RESTA UM

A marca FSC® é a garantia de que a madeira utilizada na fabricação do papel deste livro provém de florestas que foram gerenciadas de maneira ambientalmente correta, socialmente justa e economicamente viável, além de outras fontes de origem controlada.

ISABELA NORONHA

Resta um

Copyright © 2015 by Isabela Noronha

Grafia atualizada segundo o Acordo Ortográfico da Língua Portuguesa de 1990, que entrou em vigor no Brasil em 2009.

Capa
Tereza Bettinardi

Revisão
Renata Lopes Del Nero
Jane Pessoa

Os personagens e as situações desta obra são reais apenas no universo da ficção; não se referem a pessoas e fatos concretos, e não emitem opinião sobre eles.

Dados Internacionais de Catalogação na Publicação (CIP)
(Câmara Brasileira do Livro, SP, Brasil)

Noronha, Isabela
    Resta um / Isabela Noronha. — 1ª ed. — São Paulo :
Companhia das Letras, 2015.

    ISBN 978-85-359-2633-0

    1. Ficção brasileira I. Título.

15-06443   CDD-869.3

Índice para catálogo sistemático:
1. Ficção : Literatura brasileira 869.3

[2015]
Todos os direitos desta edição reservados à
EDITORA SCHWARCZ S.A.
Rua Bandeira Paulista, 702, cj. 32
04532-002 — São Paulo — SP
Telefone: (11) 3707-3500
Fax: (11) 3707-3501
www.companhiadasletras.com.br
www.blogdacompanhia.com.br

Para Gabriel e Marina

06/02/2011

Parada. Na Marginal, às 18h32 de domingo. Travada. Na veia do oeste de São Paulo, no calor, no fedor do rio Pinheiros. Cinco metros para a frente e paro de novo. Entre os milhões de veículos que vão para casa concluir o fim de semana. Com pressa. Vou para a faixa à esquerda, não, os motoqueiros não deixam, passam dos dois lados, acelerando, sessenta, setenta quilômetros por hora, uma linha longa e espremida, carregados de fast-food e pequenas encomendas. Carro que arrisca mudar tem o espelho arrancado. Ou derruba o motoqueiro. Eles morrem todo dia.

Buzinam.

"Idiota!"

A voz sai sem força para atravessar o vidro, bate na janela e volta.

Na minha frente, GRP 7254: 9; 72 e 54 são ambos múltiplos de 9.

Perto da margem do rio, no caminho concretado em que veículos motorizados são proibidos, um catador de lixo suado e descalço puxa a carroça abarrotada de cadeiras quebradas, jornais velhos, garrafas de plástico vazias, a carcaça de uma geladeira enferrujada e um aparelho de som ultrapassado. As rodas rangem para aguentar o peso, soltam um ruído agudo a cada dois segundos, um barulho antigo. A carroça é mais rápida que os carros.

Cinco metros.

Pendurado no retrovisor, o terço balança. Quer chamar minha atenção? Quando Janice me convidou para ir à igreja hoje, achei que poderia até gostar. Tentei.

Louvada seja esta nossa terra abençoada. Esse país glorioso onde em se plantando tudo dá, a água é abundante e, acima de nós, o astro rei, Sol, com sua luz absoluta brilha forte o ano inteiro. Amém?

Temos trinta e três graus, diz o rádio. Aqui dentro, trinta e cinco. Trinta e seis. Abro a janela e o odor de animais mortos, lixo doméstico e esgoto fica ainda mais forte. Torço o cabelo num cilindro denso e negro, achatado no topo da cabeça, e prendo com uma caneta Bic azul marcando o diâmetro, cortando no meio. Um mendigo, cada vez maior no retrovisor, tropeça. Nossos olhares se cruzam no espelho: ele vê que estou vendo. Sua mão direita está embrulhada na camisa escura e aberta, sem botões. Esconde uma faca? Fecho a janela. Um revólver? O mendigo para ao lado, bate no vidro com o nó imundo de seus dedos.

"Sem trocado, desculpa", projeto a voz, ela sai um pouco mais alta que o normal, para ter certeza de que ele vai ouvir.

Bem-aventurados os que atendem o chamado dos céus, pois serão recompensados. Na vida celestial? Sim. Mas também nesta. Não é da vontade do Senhor o sofrimento. O sofrimento é da vontade humana. Deus quer a alegria, a prosperidade; os prósperos

*contribuem, têm força para espalhar a palavra. Amém? Coloque
a mão no seu coração. Peça ao Senhor que o livre das tentações da
preguiça, da fuga, do cansaço. Agora, olhe para a esquerda e diga
ao seu irmão: "A miséria não lhe toca nem lhe tocará".*

O mendigo desembrulha a mão. Nem faca nem revólver.
Ele me mostra um corte entre o indicador e o dedão, sangrando.
Balanço a cabeça e faço cara de triste. Mas não espere que eu
abra o vidro, querido irmão. O mendigo desiste e retoma seu andar arrastado por entre os carros.

*Agora pedirei a vocês para colocarem suas contribuições den-
tro da cesta. Dê a quantia que quiser. Doe trinta reais, quarenta
reais ou mil reais. Dez reais é bom também. Amém? Só lembrem
que esse dinheiro não será usado por mim, tampouco pela igreja.
Será Nosso Senhor que vai gastá-lo através de nós.*

Jesus Cristo Alegria de Todos — nome ridículo para uma igreja. Daqui, ainda posso vê-la atrás do longo gramado do Villa-Lo-
bos, o parque sem árvores, do outro lado da ponte do Jaguaré.
O templo é uma construção neoclássica, indiferente às casas
vizinhas, de famílias tradicionais, que ainda mantêm traços co-
loniais com suas janelas e portas retangulares emolduradas em
azul, fachadas brancas e telhas curvas de cerâmica clara.

O tamanho impressiona. Cinco mil metros quadrados, calculo. Durante o culto, cada um deles é ocupado por duas pessoas, resultando em quase dez mil fiéis, todos contribuindo com
ao menos dez reais por ritual. São cem mil por hora e eles continuam pedindo mais.

Outros vinte metros. À esquerda, o GAA 3141, um Citroën C3
preto. "Sou o medo e temor constante do menino vadio" vem à
minha cabeça: a fórmula mnemônica do PI. A resposta é o número de letras em cada uma das palavras:

Sou = 3
o = 1
medo = 4
e = 1
temor = 5
constante = 9
do = 2
menino = 6
vadio = 5

PI = 3,14159265. Preciso de um cigarro. Pego a bolsa debaixo do banco do passageiro e encontro o maço de Marlboro Lights. Está vazio. O carro anda um pouco mais. Mudo a estação do rádio, procuro uma música que preste. Não há.

Por fim, eu gostaria de deixar abertas as portas deste templo, do nosso templo. Daqui eu vejo pessoas que começaram conosco hoje e acredito que elas retornarão. Nada para Deus é impossível. Amém?

Ligo para Janice? Não dá para conversar durante o culto, durante o culto só se diz "amém". Mas ela ainda deve estar com Tina e Sandra. Duas mulherzinhas, dois zeros à esquerda. O que Janice vê nelas? Minha amiga se perdeu um pouco nos últimos anos. A morte da mãe, um câncer agressivo. Mas tem um trabalho, sobrinhos lindos e um ex-marido generoso, rico, que ainda a ama mas não enche o saco. Tina e Sandra vivem à toa, só querem saber de se casar, de preferência com "um homem de recurso". Qual o denominador comum?

X. A igreja é o templo dos que foram tocados por ele. X é a incógnita, uma variável. É a doença, a morte, o acidente, o vício, a loucura. O aleatório manifesto. X não é escolhido, ele escolhe.

E, uma vez na sentença, condensa todos os fatores em um. X é a raiz, aquilo que justifica o restante, a ordem da vida, a resposta para as perguntas: "Por que eu?", "Por que agora?". Desvendá-lo é chegar à explicação necessária, porque só entendendo se digere e só digerindo é possível seguir em frente.

Na igreja estão os desistentes. Os que caíram na tentação de dar a X um valor abstrato e tão aleatório quanto ele mesmo. Para eles, X = Deus, a justificativa suprema, inquestionável, confortavelmente definitiva. O câncer? Vontade divina. O atropelamento da criança na tarde de um sábado quente? O fim do casamento? A queda do avião? A pobreza? Deus, Deus, Deus. Como se a tragédia fosse parte de um plano maior, o efeito antecedendo a causa, o presente justificando o passado, e não o contrário.

Mas a explicação fácil não me interessa. Na minha vida, X é uma constante, uma busca da qual não abro mão. É minha filha, a ausência dela. É um X entre milhares, porque Amélia é uma em quarenta mil, entre as quatro dezenas de milhares de crianças que somem todo ano no país, e é um X entre os milhões que seguem desaparecidos, e para desaparecimento não há fator comum além do jugo da possibilidade. Tudo o que pode acontecer, pode acontecer no próximo minuto. Da mesma forma que foi quando ela sumiu, poderá ser quando voltar. Agora, a qualquer segundo.

A chuva cai no capô como pedra, borra o vidro, quase me impede de ler os números brancos do táxi à direita. GPR 6211, 06/02/11. A data de hoje. A Marginal logo estará cheia de pontos de alagamento bloqueando vias randômicas, semáforos sairão do ar, cento e quinze saíram na última chuva, o trânsito vai virar o caos. Travada. Quero abandonar o carro aqui, na pista expressa, que se dane. Mas não faço nada.

26/09/2004

Amélia estava no telefone com Bruna desde as 9h15. Quase uma hora, sentada no banco de plástico sem encosto, entre as escadas e a mesa redonda de madeira clara que sustentava o aparelho, costas contra a parede, levemente curvadas. Seus cachos ainda estavam bagunçados da noite de sono, milhares de espirais castanho-douradas amontoadas. As roupas eram as de uma garotinha, um conjuntinho de short e blusa verde-limão barato, estampado com uma boneca feita de cinco retas e um círculo. As pernas já tinham contornos adolescentes, estavam cruzadas, o pé da frente se movia no ritmo da conversa: devagar quando Amélia sussurrava, agitado quando ela ria. Ela ria alto. Amélia nunca calçava chinelos, apesar da minha insistência. No pé, só meias — uma esticada até o meio da perna, a outra enrolada, parada no calcanhar. Ela sempre as usava para dormir, mesmo que a temperatura chegasse a trinta graus, como naquele dia.

Eu estava no cômodo ao lado tentando trabalhar, com a porta encostada. Ali era meu escritório, meu mundo dentro de casa. José o tinha arrumado para que eu não precisasse mais ir à universidade nos fins de semana. Era iluminado e arejado — a janela no fundo ficava aberta. Nas paredes, havia apenas dois conjuntos de prateleiras carregadas de livros, organizados por tamanho; entre eles, a *Biblioteca da matemática moderna*, exemplares importados, como os três volumes de *Principia Mathematica*, e dezenas de livros didáticos para estudantes de ensino médio. Embaixo das prateleiras, na escrivaninha de pátina branca em L, ficavam empilhados nove números da *Mathematics Magazine*. O lugar do computador era ao lado deles, no meio do móvel. Todos na casa tinham acesso a ele, mas a prioridade era minha. Um adesivo azul dizendo "Departamento de Matemática — USP", colado na moldura do monitor, não deixava dúvida.

Tudo cabia perfeitamente naqueles três metros quadrados: meus livros, minhas revistas, minhas calculadoras, meu computador. Ali eu podia me enfurnar, me perder por horas em medidas e análises. Naquele domingo, eu estava a três dias do prazo para fechar um relatório de cento e quarenta e três páginas recheado de equações algébricas e triângulos agudos e obtusos, círculos e paralelogramos. Porém, a cada cinco minutos meu olhar escorregava para o hall e vencia a fresta de dois centímetros para tentar encontrar os olhos de Amélia e dizer, na linguagem muda de mãe e filha: "Fale mais baixo", "Já está bom", "Desligue, alguém pode estar tentando ligar".

Mas do banco embaixo do velho cuco de madeira escura, no centro da imagem estreita emoldurada pela porta semiaberta, Amélia não me notava. Eu tentava retomar o trabalho, ela ria de novo, sacudindo seus cachos desordenados e suas meias assimétricas. Aquela menina podia ser uma versão nova de mim: o mesmo nariz achatado, as sobrancelhas espessas, os cachos, a pele que ficava bronzeada em dois minutos de sol. Mas a forma como balançava o pé, relaxadamente, não tinha nada a ver comigo. Era quase uma declaração da diferença entre nós. Amélia era meu oposto, meu negativo. Ou positivo? Ela ria de novo. Quando tinha a idade dela, eu era comprometida, preocupada. Já tinha calculado minhas chances de entrar numa universidade. Aqueles que estudam nas escolas públicas raramente vão além do balcão da padaria, dizia minha professora favorita.

Amélia, porém, era livre de cálculos. Ela podia rir alto sem medir o volume, as consequências, nada. Ela podia ter cachos bagunçados e meias desleixadas.

Mais risos. E o telefone bateu no gancho.

Saí do relatório mais uma vez para a fresta. Um filete de vazio; Amélia já tinha ido. Entre as escadas, o banco e a mesa de telefone, somente a parede opaca, impecável, branca.

Domingo

A febre começou de repente. Quando vi, meu corpo exalava calor, mas meu sangue continuava frio. Insolação.

Parece criança! Rio de mim, transbordo alegriazinha. Perdi a noção do tempo. No pomar desde o princípio do dia, separando os galhos da jabuticabeira, cortando os mais fracos, eles ainda assim mais fortes que eu, minhas mãos tremendo. Não é mais como quando eu era mais moça.

Quando eu era mais moça, menos velha, eu plantava. E num puxão exterminava galhos secos, planta parasita, erva. Tiririca não ficava mais de dois ou três dias aqui. Era aparecer a ponta e eu arrancava, pela raiz, que é como se trata o mal. Agora não, convivemos por tempos às vezes.

Meu estômago embrulha, a terra mexe embaixo de mim, gravetos, folhas, jabuticabinhas murchas, tudo balançando para um lado e para outro como gangorra.

Não gosto de dar mais atenção a uma planta só, as outras se chateiam e não frutificam bem. Ou fazem como o meu pé de carambola caprichoso e dão fruto, mas amargo, que ninguém quer.

Acontece que a jabuticabeira é a caçula, tem pouco mais que uma mão cheia de anos. E é a única. Tem outras caramboleiras, das pitangueiras tem três, das laranjeiras, um par.

Um pingo, e outro, em mim, na jabuticabeira, nas folhas embaixo dela e nas carambolas, em cada parte. Quero ficar. A terra balança de novo. Melhor ir, sentar um pouco. Não reclamo. Tenho minhas plantas, Kaique.

"Já volto", me despeço. A jabuticabeira devolve o aceno.

Dói quando minhas pernas roçam no plástico verde da almofada. Está fria. As costas se queixam do encosto de aço, é duro, ultimamente as costas só se queixam. Acordaram. A cadeira está coberta de ferrugem, não para de chover esses dias. Deu ferrugem também na jabuticabeira, mas essa era de outro tipo, era fungo. Demorei a descobrir o que era aquele pó amarelo nas frutas.

É quase o fim da tarde, e a chuva coroa o dia, lava, faz nascer, recomeçar. A gente vive assim, espremido em meio ao que nos dá vida. O céu e o chão. A gente às vezes se esquece, mas as plantas não. Elas são humildes na sabedoria de que precisam de luz e água, mas também de sombra e terra para crescer. E adubo: terra, osso, sangue, restos, dejetos. As plantas são fortes, firmes em seus troncos, esplendorosas em seus frutos, suas flores, suas folhas, seus espinhos.

Daqui vejo todas, minhas meninas. Vejo e lembro.

06/02/2011

Uma hora mais tarde, chego ao prédio, um de quatro blocos do mesmo formato e volume fincados nos ângulos retos de um quadrado perfeito — um caos simétrico de gente do país inteiro. São seiscentas e oitenta pessoas, cento e setenta por prédio, oitenta e cinco por elevador, 56,6 por porteiro, trinta e quatro para cada lixeira — e elas transbordam, constantemente. Aqui tudo é um pouco áspero e duro, a luta é para resistir: paredes, chão, os vizinhos. Eles são a classe C quase D, gerentes de serviços gerais, jogadores de futebol buscando oportunidade nos grandes times, artistas sem contrato, famílias que escaparam da pobreza da favela. Pergunte a um deles — sorteie, qualquer um — qual é o meu nome. Não sabem. Nossas conversas raramente passam de "bom dia" e "boa noite" no elevador.

O edifício é um paralelepípedo alto, catorze andares perfurando o céu, quatro apartamentos por andar, cinquenta e seis janelas por face. É o pesadelo da classe média em concreto e tinta marrom e salmão, com o elevador lento (cinco segundos para fechar as portas, três segundos entre os andares contínuos), a eterna reforma do hall de entrada e vagas estreitas de garagem que, mesmo descobertas, cheiram a fuligem. Mas tem porteiro vinte e quatro horas e é perto da Marginal e da Anhanguera. Daqui, é fácil sair da cidade.

A chuva ainda cai com força. Procuro a sombrinha. Não está na bolsa nem no porta-luvas nem debaixo do banco do passageiro. Merda.

Espero no carro. Mauro, apartamento 41, chega com a esposa, Mônica, e a bebê deles, Giulia. Às vezes, no meio da noite, o choro da menina me acorda. Abro os olhos assustada, mas aí algo naquele som me traz paz, uma saudade diferente, de um tipo que não dói, e caio no sono de novo. Mauro segura duas sombrinhas, a vermelha para esposa e filha, a bege com triângulos roxos para si mesmo. Tento chamá-lo e pedir ajuda. Ele não escuta. Buzino. Tarde demais. Mauro, Mônica e Giulia desaparecem dentro do prédio.

Chega. Desço do carro e, jaqueta jeans na cabeça, corro para a porta dos fundos. Dois lances de escada mais tarde, estou em meu apartamento. Cinquenta metros divididos em três, uma suíte, uma cozinha americana com área de serviço, e a sala. Não foi fácil fazer caberem aqui a mesa de jantar, o sofá azul de dois lugares e o rack com a TV, cinza e obesa. Ainda assim, é espaço mais do que suficiente. Para os meus livros, porém, faltam prateleiras. Uma parte fica fechada na caixa de plástico, embaixo da mesa.

Ligo a TV sem intenção de assistir. Lá fora, o sol saiu de novo. Está prestes a se pôr e não terá tempo de secar os brinquedos no playground. Mas as crianças não ligam: elas sobem e descem no escorrega e disputam a vez no balanço de madeira. Brigam para ficar no parque, uma praça arredondada no centro do complexo, no caminho para os estacionamentos B, C e D. Nunca houve um atropelamento aqui, mas poderia ter havido. Pode haver. Meninos e meninas entram e saem correndo da pracinha o tempo todo, testam a própria sorte, alheios aos caprichos da probabilidade.

Acendo um cigarro que encontro na gaveta do rack. Na TV, o Faustão não para de falar. Ao lado dele, um ator. Quem são essas pessoas?

Ele não cala a boca. Mas não tem mais nada na TV. É domingo, afinal.

26/09/2004

Alguém bateu a porta da frente. Amélia. Eu estava no meio de uma longa expressão, me perdi. Primeiro, a conversa sem fim no telefone, agora isso. Saí atrás dela. Quantas vezes preciso dizer para não bater a porta desse jeito?

"Linha!"

Afora um carro passando, a rua estava deserta. Nenhum sinal de Amélia. Voltei para dentro de casa.

"José?" Talvez meu marido pudesse explicar o que estava acontecendo. Quem tinha deixado Amélia sair? Para onde ela havia ido? Ele não estava na sala. Subi as escadas e me dirigi ao nosso quarto.

"José?", gritei.

O quarto estava vazio, a janela, aberta, e páginas do jornal de domingo se espalhavam no chão. Recolhi e coloquei no criado-mudo de José. Ele não estava na varanda nem no nosso banheiro. Saiu com ela?

"José!"

"Ele saiu, mãe. Foi na padaria, eu acho."

Era a voz de Amélia. Alívio. Raiva. José deveria ter me avisado que ia sair. Ele sempre avisava. Fui direto para o quarto dela. Abri a porta e dei de cara com a cantora no pôster na parede, olhos pretos de zumbi. Em cima da cama, que não tinha sido feita, um vestido estendido, pássaros azuis num pano verde. Calcinha e meias no chão, uma toalha vermelha molhada embolada na poltrona bege. A janela escancarada, o sol se espalhava ali dentro.

"Linha!", chamei.

As portas do armário fechadas, brancas e inteiras, perfeitamente encaixadas, em seu lugar, um elemento organizado e estranho no caos do quarto. Um barulho? Silêncio.

Sim, um barulho fino e agudo.

Abri uma porta, a do meio, a do banheiro. Amélia pegava a pinça no chão. Quando me viu, abriu a boca, engoliu ar.

"Quê?", perguntou, levantando. Seus cabelos estavam presos por uma tiara. Na frente dela, havia três estojinhos abertos, retângulos pretos com compartimentos de pó verde, azul e marrom. Aquela maquiagem era minha.

"Você passou sombra?" Era uma pergunta retórica. As pálpebras de Linha estavam cobertas de verde. Ela sabia que eu não aprovava. Aquilo não era para crianças.

"Um pouco", ela respondeu.

"Um pouco?"

Amélia ficou muda, tinha sido pega. Desviou os olhos para o espelho e os fixou na própria imagem, o pincel do blush nas bochechas, freneticamente. Ao lado da pia, sua revista favorita aberta num artigo com dicas.

"O olho esquerdo está mais verde que o direito."

"Eu sei!"

"E não chegue perto do delineador, ouviu?"

Amélia pegou a escova de cabelo num movimento plástico, mais lento que o normal.

"Ouviu, Linha?"

Ela começou a escovar os cachos, o olhar parado no espelho.

"Amélia?"

Minha voz bateu no vidro, no azulejo da quina do boxe, no gesso branco do teto. Mas Amélia não se virou, não respondeu. Puxei-a pelo ombro. Ela me encarou.

"Você pode dar licença? E fechar a porta?", perguntou.

Levantei a mão, um reflexo. Amélia arregalou os olhos, o negro dos círculos centrais vazando e respingando em mim, passando dos limites. Parei a tempo.

Retrocedi ao quarto, pisando no sol no chão. Não fechei nada.

Voltei para o escritório, meu lugar. Demorei a mergulhar de novo na expressão, a mente teimosa lá na frente. Amélia adolescente, centenas de festas para ir, eu ou José tendo que acordar no meio da noite para ir buscá-la, os novos amigos, que poderiam ser comportados como Bruna mas também poderiam ser aqueles que a apresentariam às bebidas e às drogas; as mudanças de humor, a música alta, mais discussões com a gente, a certeza de que não sabíamos nada sobre o mundo — ao menos sobre o mundo dela. Eu quis, e quis muito, pular essa fase.

Amélia me roubava a concentração, a paciência. O controle. Questionei se ela merecia mesmo o voto de confiança que tinha acabado de receber; eu tinha cedido, e ela zombando assim. Pela primeira vez, minha filha ia sozinha a uma festa, o aniversário de Bruna.

José tinha brigado por isso. Por mim, ele iria junto: haveria garotos lá. Além do mais, Amélia poderia acabar ficando até muito tarde na casa da amiga, muito mais tarde do que seria conveniente para a família da menina. O pai tinha uma padaria e precisava acordar cedo no dia seguinte. Mas José insistiu que confiássemos em nossa filha, não podíamos controlá-la ad infinitum. Tudo bem, Amélia ia uma vez por semana à casa da Bruna e eles nunca tinham reclamado do comportamento dela. Quanto aos meninos, José me disse que a mãe da garota tinha prometido ficar de olho.

"Se ela não voltar até as sete, eu vou buscá-la", ele disse, esforçando-se para se levantar do sofá. Tinha passado a manhã assistindo à Fórmula 1. Cheirava a desodorante.

"Ah, José. Nós dois sabemos muito bem que você vai ficar jogando videogame e eu vou acabar tendo que ir buscá-la."

"Se é esse o seu medo, fique com isso", disse, e me entregou um comprido e pesado retângulo preto: o controle do aparelho. Ainda não era meio-dia e José já parecia cansado.

"Você sempre cede aos caprichos dela."

José e Amélia eram um time. Nas discussões, eram dois contra um, desequilíbrio que eu tentava compensar com opiniões firmes. Tinha a lógica ao meu lado. E funcionava. Na maior parte do tempo, a última palavra era minha.

"Não é ela, Lúcia. Sou eu, eu quero fazer isso. Deixa a menina respirar, pelo amor de Deus."

Havíamos tido a mesma discussão centenas de vezes antes. Ele me criticava por "microgerenciar" nossa filha. Tudo o que eu queria era que Amélia fosse mais comprometida com a própria vida. Não queria que falhasse. Eu e o pai dela havíamos lutado muito para conquistar o que tínhamos. Mas José argumentava que ela era diferente de mim, de nós dois. Tinha pais diferentes, vivia uma realidade diferente.

Eu não podia deixar barato. Perguntei a José sobre a segurança de Amélia. Admito: foi só para continuar a discussão. Fazia catorze anos que a gente estava na Vila Sônia e nunca tínhamos ouvido falar de roubo, assalto ou sequer furto ali. Era uma área tranquila, com suas ruas estreitas e vizinhos discretos, preocupados somente com a própria vida.

Ainda assim, José sugeriu que ficássemos na porta até que Amélia entrasse no prédio de Bruna.

"E podemos marcar um horário máximo para ela voltar, sei lá, sete horas. Antes de escurecer." Tudo para ele era simples.

"Seis horas."

"Tá bom", ele concordou.

"E você fala com ela."

"Tá bom."

"Cansei de ser a única a lidar com limites aqui nessa casa."

26/09/2004

Eram sete da noite.

Eu precisava de água. Vinha guardando minha sede havia ao menos três horas, mas parar teria significado interromper meu raciocínio. Naquela tarde, eu tinha encontrado perímetros de trinta e quatro figuras geométricas. Também resolvi mais de cinquenta equações algébricas, um dos meus exercícios favoritos, as letras servindo à matemática: x ou a ou b se descobrem números no final, livres enfim. É verdade que as equações do relatório eram primárias, elaboradas para crianças de onze e doze anos. E não era minha atribuição checar uma por uma. Pedro deveria ter feito isso, teoricamente. Achei dois sinais errados que ele deixou passar. Uma falta de atenção pode alterar completamente um resultado.

Na cozinha, por acidente ou hábito, meus olhos pararam no relógio redondo acima do refrigerador. Eu tinha passado o dia inteiro imersa nos estudos. Uma alegria infantil me tomou, o sentimento binário cansaço/satisfação do dever cumprido. Era o prazer em seu expoente máximo. A quietude da casa durante toda a tarde sem dúvida tinha contribuído para minha concentração. Linha e José eram muito barulhentos juntos. Mas, desde que ela havia saído — espere aí.

Amélia. Não ouvi quando ela voltou.

"Linha?", chamei do pé da escada, na direção do quarto dela.

Sem resposta.

"Amélia?", chamei de novo, indo para a sala. Ela podia estar dormindo em frente à TV. Mas só encontrei meu marido. Ele estava estirado, apagado no sofá.

"José?" Toquei seu braço.

Ele abriu os olhos só o suficiente para ver.

"A Amélia?" Não sussurrei, a pergunta saiu mais ríspida do que eu planejava. José não se importou. Bocejou e sentou-se, lentamente. Tentei me controlar.

"A que horas você pediu a ela para estar aqui?", perguntei.

Ele esfregou os olhos, era uma criança acordando. E bocejou de novo. Eu queria gritar: "Fala logo!", certa de que José tinha deixado Amélia voltar mais tarde do que eu e ele tínhamos acertado mais cedo. Cruzei os braços, com as unhas fincadas em cada um deles, drenando o ódio. Outra discussão estava começando.

"Seis. Que horas são?"

Seis horas? José não podia estar dizendo a verdade. Se estava, a situação era ainda pior. Amélia estava me testando, claramente. Olhei os números no quadrado prateado no meu pulso.

"Sete e quinze."

"Bom, ela deve estar esperando a chuva passar."

Só então reparei na chuva lá fora. Ainda assim, ela já deveria estar em casa. José dava as desculpas por Amélia.

"Ela não pode fazer isso. Linha não pode ficar na casa dos outros até quando for conveniente para ela. O pai da Bruna trabalha cedo amanhã."

José mirava o chão, o rosto apoiado no braço, o braço apoiado na perna, uma estátua fora de lugar.

"Ela poderia ter ligado, pedido para você ir buscá-la", insisti. A gente não merecia se perder em conjecturas daquela forma. Amélia deveria ter nos avisado. José tinha que concordar. Eu tinha escutado quando ele disse a ela que ligasse se precisasse de qualquer coisa. Nossa filha estava progressivamente mais difícil, se continuasse assim íamos todos perder o controle. Era preciso dizer, ele tinha que ouvir. Estava ouvindo?

José se levantou do sofá e se dirigiu à janela, à direita da porta de entrada, as meias brancas amortecendo as pisadas. Ele pôs a cabeça para fora. Esperava ver Amélia descendo a rua? Ela não estava lá. Aquela menina queria provar que eu não governava a sua vida. José era cúmplice? Ele tirou a cabeça da janela, o rosto molhado pela chuva. Eu queria que ele fosse buscar Amélia?

"Quero. Agora. Por favor", eu disse.

Calça jeans por cima do short do pijama, uma camisa preta qualquer e o casaco de náilon vermelho e branco: José ficou pronto em três minutos. O zíper estava quebrado, mas o capuz grande do casaco justificava a escolha. Assim, ele disse, Amélia teria o guarda-chuva todo para ela.

Antes de sair, me beijou na bochecha. Judas. Não me surpreenderia se os dois estivessem juntos naquela. Ele apagado no sofá, ela se divertindo com os amigos, despreocupada do horário de voltar para casa. Não poderiam ser eventos independentes. Amélia deve ter ligado, eu escutei o telefone tocando ao menos uma vez. José atendeu na sala, ela pediu para ficar mais, e ele estava com muita preguiça para fazer valer a lei. Dedução lógica. Quando chegarem, vão ouvir. O simples pensamento de ter que pôr a casa nos trilhos de novo, sozinha, me deixava exausta.

Voltei à cozinha para preparar mistos-quentes para nós. Eu fazia os sanduíches — dois paralelogramos de muçarela em cima de um de pão. O presunto eu dividia em pequenos quadriláteros irregulares, para que o exercício de colocá-los juntos de novo no sanduíche ficasse menos enfadonho.

19h45.

Os sanduíches estavam no forno, o queijo borbulhando, derretendo no tabuleiro. Através do vidro do pequeno retângulo à esquerda, vi José voltar correndo. Sozinho. Eu não queria acreditar. Senti uma raiva. Uma raiva multiplicada, raiva dela, raiva dele. Amélia o tinha convencido a ficar mais. Ela e ele, de novo.

Desliguei o forno e fui encontrar José no hall. Aquilo não era correto. Amélia ia voltar para casa imediatamente, eu não queria nem ouvir, ele ia buscá-la naquele momento. Ou eu iria. Mas, quando entrou, José estava tomado por uma agitação estranha. Pingava, molhando o piso de madeira que tínhamos acabado de trocar, manchando tudo. Eu ia dizer para tirar o casaco e os sapatos, mas ele falou antes.

"Ela chegou?" José estava sem fôlego.

A conta não fechava. José tinha saído para ir buscar Amélia. Ela estava na casa de Bruna, cinco quarteirões para cima. Fazia vinte minutos que ele tinha saído, tempo suficiente para chegar lá e voltar. Com ela. Mas Amélia não estava com ele.

"Como assim, José?" A raiva embotava meu raciocínio, me deixava ineficiente.

Ele subiu as escadas, três degraus por vez. Fui atrás.

"Amélia!", ele gritou, entrando no quarto dela.

José olhou no banheiro, nos armários. Embaixo da cama. Depois, no nosso quarto, na varanda. Nada. Ele desceu. Olhou embaixo da mesa de jantar. Checou a cozinha, meu escritório, o jardim. Tornou a entrar em casa, eu atrás, fechando as portas que ele deixava abertas, pegando as almofadas do chão, pondo as cadeiras de volta no lugar.

"José!" Falei com firmeza.

Ele engoliu o nada, com dificuldade: a esfera dentro da sua garganta mal se mexeu.

"Ela não estava na Bruna", ele disse, arfando, ainda pingando, a água manchando o sofá e o chão. "A Bruna disse que a Amélia saiu de lá por volta das cinco e meia."

"Cinco e meia? E a chuva? E essa tempestade?"

"Eu não sei!", José berrou, e olhou para mim como se fosse um menino aprendendo a tabuada.

"Eu vou lá, vou buscá-la."

Só podia ser um mal-entendido. José era desatento, estava perdendo algo. Algum sinal. "Você fica aqui e liga para os amigos dela. Ela tem um caderninho com os contatos deles na gaveta do criado-mudo."

"E como você sabe disso?", escutei José gritar. Não quis gritar de volta. A chuva, mais fina, molhava meu cabelo, e fazia pontos na minha calça e na blusa vermelha. Tentei me acalmar: certamente haveria uma explicação razoável. Como Amélia podia fazer isso? Um belo de um castigo era o que a aguardava.

Oito horas.

Laura, mãe de Bruna, atendeu o interfone e me convidou para subir. Ela me esperava na porta. Tudo naquela mulher era simétrico e perfeitamente encaixado: o cabelo liso dividido, marcando o meio da cabeça, as pálpebras igualmente amarronzadas, combinando com os lábios vermelho-foscos. A calça cortada e passada com precisão, bege, para ressaltar o azul-bebê da blusa, as duas peças se encontrando no cinto turquesa que marcava a circunferência mínima de sua cintura.

Laura era secretária na Brito&Mello, um dos maiores escritórios de advocacia da cidade. A imagem dela fazia todas as outras mães se sentirem intimidadas nas festinhas da escola. Quanto a mim, não. Disse um boa-noite rápido e perguntei sobre minha filha. Ela me contou a mesma história que tinha contado a José:

que não tinha visto Amélia, não depois de por volta das cinco e meia, quando ela havia saído.

"Por volta?" Eu não acreditava na lentidão daquela mulher. "Você poderia tentar ser mais exata?"

"Olha, eu não chequei o relógio quando ela saiu", Laura respondeu, mantendo o tom de voz quase inaudível.

"Cadê a Bruna?" Entrei.

Os olhos de Laura se arregalaram: ela não esperava que aquela confusão com Amélia fosse durar tanto e obviamente não estava feliz em ter que lidar com problemas dos outros em plena noite de domingo. A sala de estar deles não era pequena, mas os quadros nas três paredes, a maioria retratos de cavalos, somados à mobília escura, tornavam o lugar claustrofóbico. Sentei-me no sofá de veludo cinza em frente à TV. Dava para sentir o cheiro de limão — de um produto de limpeza genérico, não do fruto. Bruna apareceu quase imediatamente na porta do corredor, já pronta para dormir, com uma camisola branca estampada com a Minnie Mouse acenando.

"Não, ela não falou nada, tia Lúcia." "Ninguém saiu junto com ela." "Ela disse: 'Até amanhã'. Acho."

As respostas de Bruna eram vazias. Nulas. Como assim, Amélia não tinha dito nada? As duas não tinham passado a tarde conversando? Não falavam sempre, infinita e interminavelmente? Bruna não parecia se preocupar; exatamente como minha filha, nunca calculavam nada. Peguei firme no braço dela: "Onde ela está? Onde?".

A garota começou a chorar e Laura interveio. Bruna não podia me ajudar, ela disse, e me mandou sentar, garantindo que eu acharia Amélia em breve.

"Correto. Pode apostar!", eu disse, ignorando a água com açúcar que Laura agora oferecia e saindo do apartamento. Desci correndo os três lances de escada até a entrada do prédio e voltei direto para casa. José já devia tê-la localizado. Amélia, você vai ouvir depois dessa, ah, se vai!

20h43.

Ouvi a voz do José e fui direto para o quarto, encontrá-lo. Ele estava sentado na cama, de costas para a porta, telefone numa das mãos, agenda da Amélia na outra.

"Obrigado de qualquer forma, Dora. Desculpe incomodá-la a essa hora."

Quando me viu, balançou a cabeça. Dei meia-volta, fui para o quarto da Amélia. A porta branca do meio, o banheiro atrás. Ela estava lá de novo?

"Linha!"

Na cama da minha filha, o edredom rosa-claro bagunçado fazia uma clareira do lado esquerdo, deixando ver o lençol roxo. A blusa do pijama estava no chão, as meias de dormir em cima da cama, uma revista aberta na escrivaninha, perto do perfume de maçã verde, sem tampa. A sombra que ela havia passado estava lá também, debaixo de uma foto que tinha escapado da tachinha da cortiça — ela e Bruna, sorrindo, de óculos escuros e uniforme da escola, dois anos antes. Amélia estava em todos os cantos. Ainda assim, não houve resposta quando gritei seu nome. Abri a porta do meio, o banheiro estava gelado. Fechei a janela e a porta do boxe. Voltei ao quarto, abri as outras portas. Ela podia estar se escondendo, rindo do meu desespero, vingando nossos atritos. Mas não estava, não havia ninguém ali.

José apareceu na porta.

"Cadê ela, Lúcia?", perguntou, mais para si do que para mim, e sentou na cama, olhos fixos no chão, arregalados, tentando enxergar.

"Vamos pegar o carro. Ela não pode estar longe." Ainda tínhamos uma chance.

"Devíamos ir até a polícia", ele respondeu.

"Polícia? Para sermos julgados por um delegado qualquer? Ouvir que não sabemos criar nossa filha? Sem chance."

Ele não se moveu.

"Vamos!" Desci as escadas e peguei a chave em cima do bufê, ao lado do vaso, em um movimento. Em menos de um minuto, estava no carro. José veio em seguida, fez menção de trancar a porta do hall, gritei para que deixasse aberta. Ela podia voltar naquele meio-tempo.

José entrou e sentou no banco do carona, sem falar. Me deu as costas. O que interessava estava do lado de fora. Saímos, tomando o cuidado de deixar uma chave do portão da rua embaixo da pedra à esquerda, onde sempre ficava a chave extra. Ela procuraria ali.

Fomos para a escola da Amélia, na Éden, a dez minutos de casa. Os portões estavam fechados a corrente. Sacudi e o barulho chamou o zelador. Perguntei sobre Amélia. Sim, ele conhecia aquela garota quieta e sorridente da 7ª A. Não, ele não a tinha visto aquela noite. A rua estava deserta, mal iluminada.

Dez horas.

Estávamos voltando, e eu desviei. Queria passar na casa de alguns dos coleguinhas dela. José não entendeu.

Sim, ele já tinha ligado para os amigos da Amélia e nenhum deles sabia da nossa filha. Mas de repente — Amélia poderia estar na vizinhança, poderia estar com algum garoto da escola, poderia estar só dando uma volta. Não estava. Amélia não estava em lugar nenhum. Perguntamos sobre ela em todas as lojas abertas que encontramos. No posto de gasolina vinte e quatro horas. No supermercado na Francisco Morato. Na pizzaria da Pirajussara. Tentei até conversar com o mendigo que ficava pedindo dinheiro perto do hospital. Também fomos ao hospital. Nada.

Qualquer movimento chamava nossa atenção. Qualquer

mulher ou até homem andando. Da janela do carro, faróis eram círculos, prédios, quadriláteros, ruas, longas linhas paralelas, praças, polígonos irregulares, ônibus e carros, retângulos dentro de retângulos, formas esvaziadas de tridimensionalidade. Sem alma.

Onze e meia.

Por quase uma hora, eu e José não tínhamos falado. Paramos no farol em frente à igreja da Cruz Torta, a cruz caída no chão, derrotada. José sussurrou uma prece: "Ave Maria, cheia de graça, o Senhor é convosco...".

Tentei organizar meus pensamentos. Se encontrasse a lógica daquilo, conseguiria achar Amélia, resolver o problema. Mas não havia ordem. Uma nova partícula havia entrado no sistema e alterado tudo, era o caos.

"Vamos à delegacia, José."

23h51.

A gente foi ao 505º DP, um prédio retangular com um zero e dois cincos enormes pintados na parte superior esquerda em vermelho e preto, as cores de São Paulo, dos nossos medos: sangue e morte. A luz lá dentro estava acesa, mas a porta estava fechada. Batemos e um policial atendeu. Ele não devia ter mais que dezenove anos, a manga de seu uniforme era desproporcional, engolia o braço. José começou a contar o que tinha acontecido. O rapaz não moveu um músculo do rosto: foi chamar o delegado.

A delegacia fedia a mofo. As luzes frias me fizeram lembrar minha sala na universidade. Mas ali elas tinham um efeito diferente, o de eliminar a profundidade dos objetos. Tudo lá parecia plano. Era domingo à noite, Amélia deveria estar em casa, nós não deveríamos estar naquele lugar.

O delegado chegou cinco minutos depois. Ele perguntou o que tinha acontecido antes mesmo de sentar na nossa frente. Comecei a explicar, José interrompeu com sua versão. Adicionei informações, contei que Amélia tinha deixado o prédio de Bruna por volta das cinco e meia para voltar a pé para nossa casa que ficava ali perto, tão perto que nada de muito grave poderia ter acontecido.

O delegado conferiu o círculo de metal redondo em seu pulso.

"Então faz mais ou menos cinco horas que ela foi vista pela última vez."

"Quase sete!", eu o corrigi. Minha melhor chance de encontrar minha filha estava nas mãos de um homem incapaz de elaborar um raciocínio aritmético básico. Senti um calafrio. José não notou. Ele continuou falando: nós percebemos que Amélia tinha desaparecido só mais tarde, por volta das sete da noite, quando refizemos duas vezes seus passos até em casa. Perguntamos sobre ela a todas as pessoas que encontramos na nossa rua e nas ruas próximas, ligamos para todos os seus amigos, fomos à casa deles, à escola e até ao hospital. Ela estava de vestido, verde, com passarinhos azuis.

"Sua filha teria motivos para fugir?"

Respondemos que não, Amélia era inocente, sem preocupações, eu disse. Alegre, José disse. E nós somos bons pais. Brincamos, educamos, damos amor. E limites.

Então o delegado se inclinou quase trinta graus em minha direção e abaixou um pouco a cabeça. "Em muitos casos" — ele olhava direto nos meus olhos — "meninas fogem porque sofrem abusos em casa."

Eu quis cuspir na cara dele.

"Não somos esse tipo de gente, doutor", disse José.

O delegado parou por um segundo, nos encarando, medindo nossa verdade.

"Ninguém é", ele respondeu.

Filho da puta. Só então ele nos explicou que precisávamos esperar ao menos vinte e quatro horas para registrar um desaparecimento. Só depois disso, 1440 minutos, 86 400 segundos, eles começariam a investigação.

"O senhor não está entendendo", eu disse, ajustando minha posição na cadeira. "Minha filha tem só doze anos." Meus braços estavam cruzados, as unhas cravadas na palma das mãos.

"Especialmente nessa idade." O delegado se reclinou e pôs as mãos na barriga, como se estivesse se preparando para assistir a um programa de TV. "Ela deve estar com um namoradinho num motel."

Fiz minhas mãos sangrarem um pouco. Me levantei e agradeci ao canalha, desejando em silêncio que todas as pessoas que ele amava explodissem naquele minuto. José veio atrás de mim.

Domingo

As laranjas outro dia estavam pequenas e verdes. De duas semanas para cá, alaranjaram, incharam. A maturidade chega num galope.

As duas laranjeiras parecem gêmeas, porque são peras, porque florescem juntas, dão frutos juntas. Mas a do canto é mais velha. Vejo daqui as folhas dela entre as da jabuticabeira, estão longe, mais ao fundo, mas são mais verdes. Tive ambição quando a pus nesse local. Queria um quintal cheio, queria transformar em doçura o deserto de grama moribunda, tiririca, formigas, besouros, barbeiros, mosquitos e terra seca. Eu queria colher. A casa era outro deserto, só tinha o baú, a cama e o relógio, o relógio morava aqui antes de mim. Mas o vazio não me incomodava, era o terreno do sonho. Com os pés na terra de novo, eu inspirava e expirava mais e com mais força, me expandia. Olhava para a grama sem cor e via o porvir, o chão coberto por folhas verdes, amarronzadas, amarelas, de ouro, de frutas caídas, escuras, matéria viva sobre o solo, sob ele, riqueza.

"Claro", respondeu o padre Adalberto, a voz longe, no telefone. Eu tinha dito que queria ter uma casa, esta casa, e um pomar, quando recebesse meu dinheiro.

Papai tinha morrido, o sítio tinha sido vendido.

"Você pode fazer o quintal que quiser", o padre completou.

Eu ia povoar este aqui, o meu. Comecei com uma cova no fundo, no canto, do lado do sol nascente.

Quando coloquei a muda da laranjeira lá, ela era a primeira e única. Rezei para ela vingar. Não só ela, também as que viriam, eu ia plantar ao seu lado, à sua frente, em outro tempo. Não que eu soubesse. Não sou de saber. Eu faço.

O muro era bom: protegeria a muda contra o vento, contra sua fragilidade. Como pode uma árvore inteira começar com tão pouco? A natureza dá um jeito. Mas logo me dei conta. O muro não era só bom, ele tinha um pecado: não ia deixar a planta receber o sol da manhã.

Repensei. Fui com os olhos aos outros cantos do quintal, ao centro, ao pedaço colado ao caminho de cimento que margeia a varanda. Estavam todos iluminados, mas naquele momento: mais tarde, a cada um seria concedida a sua sombra. Não tinha saída para a muda, nem para aquela nem para as outras.

Olhei para ela em sua cova, pertencida, aceitando. Lembrei de mamãe. Ela fechando a janela de manhã porque papai mandava. Aceitava, mas antes tinha seu prazer: enfiava o pescoço para fora e o esticava, esperava um beijo do sol, respirava como se estivesse sentindo perfume. Às vezes, a claridade a fazia chorar.

Em cima da muda da laranjeira, joguei o adubo. Estava tão insegura! Tirei os sapatos e os atirei para a varanda. Quando pisei no chão descalça, no adubo, não tive dúvida de que tudo daria certo. Fui percorrida de vigor. O cheiro era de ferrugem e óleo e planta e partezinhas mortas e fumaça, pensei que a vizinhança inteira sentiria, um presente, eu era uma boa nova vizinha. Senti meus pés afundarem, quase engolidos, virando raiz, a minha raiz naquele solo. A terra estava firme. A muda agora era planta.

Depois, foi só regar. Molhei muito, em dias que se seguiram, deixava a mangueira aberta perto dela, às vezes a manhã toda. Fazíamos assim na roça, e aqui era a minha roça. A laranjeira respondeu, cresceu, batia em minha cintura quando eu trouxe duas companheiras para ela. Duas iguais, peras. Eu tinha feito a muda dela mesma, eram descendentes.

Eu sempre quis ver como seriam plantas gêmeas. O mesmo começo dava no mesmo fim? Hoje posso dizer que não. Uma mão de anos depois, a terceira, do outro canto, o lado oposto da primeira, pegou uma doença.

Eram uns pontos amarelos nas folhas, elas foram caindo. E as poucas laranjas que a planta deu, eram menos laranja e menores, tinham defeito de crescimento. Reguei com água morna por dias, não teve efeito, as folhas caíram quase todas.

Num domingo, peguei uma fruta e um galho e saí pelo bairro. Tanta árvore no quarteirão, tanta flor, planta se derramando pelas grades dos portões, caindo sobre os muros, alguém ia poder me ajudar.

Na praça, uma velha sentada num banco parou de ler uma revista para conversar comigo quando perguntei. Ela falou do calor, dos filhos, do marido morto, da notícia do telejornal, do cabelo novo da apresentadora nova. Não falou da laranja, eu me levantei. A velha percebeu. Disse que o problema era a própria laranja, ela era podre, a exceção.

"Não, não. O pé inteiro está assim", insisti.

Ela me olhou como se aquela laranja fosse eu. Ela não tinha uma resposta. Me afastei. Mais adiante, um rapaz magro, de calção e boné, atravessava a rua com uma sacola cheia. Eram frutas. Ele não tinha ideia do que dizer sobre a laranja anã, mas me indicou a quitanda, a poucas quadras, na Morato. Simão era o dono, ele poderia me ajudar. Fui como se buscasse o próprio príncipe dos apóstolos, um intermediário entre mim e Deus. Simão, meu salvador.

Quando cheguei, tinha apenas uma pessoa no galpão escuro, sem janelas, de chão de ladrilho cor de nada. Um homem. Só podia ser Simão. Ele estava atrás do balcão e não saiu. Não sabia que eu era eu, não imaginava meu quintal, minhas frutas. Não teve visão. Duvidei que pudesse me ajudar, mas estava errada. Simão pegou a fruta e a folha, levou-as à altura dos olhos, com o braço esticado, com o braço encolhido, cheirou, e sentenciou a minha menina, minha terceira, a gêmea, à morte. Era uma doença fatal, ele disse, e essa doença se chamava tristeza de alguma coisa.

"O quê?"

"Tristeza do cítrus."

Simão fazia coisas de verdureiro, arrumava frutas que estavam ao seu alcance, organizava papéis ao lado da registradora. Ele cheirava a uma mistura de tudo que tinha sobrado, do que os fregueses não tinham querido.

Eu gargalhei.

Simão interrompeu suas tarefas e me olhou.

"Desculpe, meu senhor. Não entendo. Algo tão bobo, acabando assim com uma obra de Deus."

"É um vírus, dona", ele respondeu. E continuou com baboseiras. Disse que a doença também era criação divina. Deus não enviou aquelas pragas para o Egito? E me mostrou os dentes. Um sinal de satisfação? Pois era. Mostrei os meus também. Assim, no estranhamento, nos tornamos conhecidos.

Voltei para casa. Cavei até chegar à raiz, com minha pá e, quando ela não deu mais conta, com as mãos. Eu era moça. Arranquei o tronco podre do chão, cavei mais, tirei qualquer vestígio da planta. Amontoei os pedaços do cadáver no cimento, banhei tudo com álcool, acendi um fósforo e fiz uma fogueira que iluminou o quintal e mais ainda a cova no fundo, ao lado das duas laranjeiras saudáveis. Era uma boca aberta, pedindo comida.

Temi esse pedido: era da terra ou das outras meninas? Não queria mais plantas morrendo por uma praga estúpida. Conversei com elas. Pedi um pouco de paciência, prometi plantar de novo em breve.

Mas laranjas não.

Uma caramboleira estava em minha mente havia anos. Eu tinha visto um pé carregado perto de casa. Era só pegar um ramo.

Foram dias atrás dessa planta, eu não tinha muito conhecimento do bairro, não recordava exatamente onde a tinha visto. De manhã, eu saía em expedições, procurando. Encontrei-a umas ruas acima, um par de quarteirões para o lado da Morato. Na mesma hora, escolhi uns galhos. Precisei de força para arrancar, minhas mãos ficaram ardidas. Nunca mais saí sem uma tesoura e também uma pá na bolsa.

A essa altura, eu tinha a mistura do adubo pronta em casa fazia um tempo e ela já começava a feder. Plantei a estaca embaixo de chuva, uma bênção. Ficamos um ano só nós quatro, eu e as minhas meninas: duas crianças e uma bebê, uma família que eu não planejava, mas sabia: ia crescer.

06/02/2011

Os gritos no playground são agudos e abundantes, enchem os vãos dos brinquedos, o hall do elevador, sobem a escada, entram pelas gretas das portas. As crianças se entregam à brincadeira, amedrontadas com a chance de serem descobertas, sem se dar conta da vida. A vida é pior, elas não calculam. Mas o sol se põe e a escuridão as varre de lá. A brincadeira acaba e meu cigarro também.

Na TV, o *Fantástico* começa, a trilha do fim de domingo. São quase nove e deve estar fazendo vinte e nove graus. Ligo o ventilador. As hélices arrancam e param. Mexo, empurro. Estão mortas. Pego a última Brahma da geladeira. Qual o volume de um recipiente cilíndrico de 12,4 centímetros de altura e 6,5 de diâmetro? 350 ml de alívio.

Pego o laptop na mesa de jantar e trago para o sofá — é hora de fazer minha visita diária à "terra das possibilidades". Na página branca do site, além da minha filha, três garotas sorriem em close nas fotos.

*Jenifer Braga, catorze, desapareceu em 03/02/2002 (há 3291 dias) quando brincava no quintal da casa da avó em Lorena (SP).

*Shirlei Astuto, treze, sumiu em 20/03/2010 (há 323 dias), usando o uniforme de balé, na avenida Presidente Vargas, centro do Rio de Janeiro.

*Alexandra Pereira, doze, saiu de casa em 03/04/1982 (há 10 536 dias), às três da tarde, para ir a uma farmácia a cinquenta metros dali, no Morumbi, em São Paulo. Nunca mais foi vista.

Quando escolhi a foto de Amélia que colocaria no site, quis uma que mostrasse bem os traços. De frente, para facilitar a identificação. Não queria que ela estivesse sorrindo, porque tinha certeza de que quem a visse longe de mim e do pai nunca a veria alegre. Mas, entre os milhares de fotos que meu marido tinha tirado dela, era raro haver alguma em que ela não sorrisse: eram poucas, pouquíssimas imagens, em poses estranhas, de lado, de longe, fotografias de semimovimentos, do segundo entre a intenção e o gesto, nos flagras de nada, de quando ela se levantava de uma cadeira, quando prestava atenção no parabéns da prima, quando me observava ler um livro, quando dormia, ainda bebê.

Então peguei esta, Amélia aos dez anos, cara inteira na foto, sorriso aberto, o ângulo deixando o nariz mais achatado, o cabelo simétrico, repartido, que eu tinha acabado de escovar. Toda vez que abro a página, lá está ela, congelada. Antes, eu entrava incontáveis vezes. Por dia. Todo dia. Mantinha a janela aberta, visitava outros sites, voltava. Eu a vigiava. Parava alguns minutos naquele rosto, olhava até ele se tornar estranho. Depois, ia redescobrindo traços do José, o desenho dos lábios, a textura da pele, e os meus, da minha família, os cabelos de cachos fechados, espirais completas, o nariz, os dentes grandes da frente. Eu falava com aquela imagem.

Mas o tempo foi cobrando sua taxa, transformando numa sombra os contornos fortes da minha filha. Agora, aquela imagem é uma projeção do passado, um fantasma. Um pôster, como o que Amélia tinha na parede do quarto. Quando olho, preciso pensar, dizer a mim mesma, conscientemente: "É minha filha", para saber que ali está mais que uma menina. É Linha.

Compro essa briga com a mente, que insiste em apontar a lógica, aquela imagem não é ela, não mais. Faz sete anos. Às vezes, nos dias em que tudo está em ordem, nem trânsito nem contas nem demoras, consigo imaginar o reencontro. Quase sinto Amélia nos braços, quase sei o que vamos dizer. Quase sei como ela estará. Projeto o novo rosto de minha filha, ela com a minha cara, apenas mais jovem, dezenove anos, uma moça, eu quando entrei na USP, tudo pela frente.

Mas hoje não é um desses dias.

27/09/2004

Uma hora.

Descemos do carro sem perder tempo, José foi até a porta, por costume procurou a chave no bolso. Segurei o braço dele e girei a maçaneta. Nos olhamos, adivinhando o pensamento um do outro: ela podia ter chegado. Devia ter chegado. Abri a porta devagar, não queria assustá-la. Não queria acordá-la. Mas tudo estava exatamente como tínhamos deixado, as flores no vaso, o vaso na mesa. As janelas fechadas. Ela não tinha voltado, dava para ver que ela não estava lá: a ausência tinha peso e volume, era concreta, na casa inteira. Mesmo assim, gritei: "Amélia!".

José gritou também.

Então, um som. Um barulho baixo e oco, vindo lá de cima. Corremos até o quarto dela. Era uma ave na janela, uma pomba em busca de um lugar para dormir. Estúpida. Ficamos ali. Olhei em torno, ainda procurando. Nada naquele cômodo tinha mais sentido: a cama não tinha a ver com o armário, que não tinha a ver com o criado-mudo nem com a janela ou com as cortinas.

Eram elementos de conjuntos diferentes que tinham perdido seu ponto de interseção.

Arrumei o edredom da cama, sentei-me. José também. Ela havia comido? Estava com frio? Estava machucada? Eu não sabia o que sentir, o que fazer. Queria minha filha de volta, obviamente. Mas dentre as coisas práticas do dia a dia, comer, dormir ou ir ao banheiro, nada fazia sentido.

"O delegado", José começou a falar, vagarosamente, estudando as palavras, e se virou para mim: "Pode estar certo? Amélia pode ter fugido?".

"Claro que não."

As mãos do José estavam nas suas coxas. Ele as arrastava devagar na calça, uma paralela à outra, como se as secasse. Mas as mãos dele não estavam molhadas.

"Aconteceu algo de diferente hoje de manhã?"

"Não. Tudo estava normal." Era desnecessário falar da discussão sobre a maquiagem. Aliás, aquilo nem merecia ser chamado de discussão.

"E 'normal' é sinônimo de 'bom'?" Eu odiava quando José ficava semântico. Ele continuava esfregando as mãos, cada uma em uma perna, cada vez mais apressadas.

"O que você quer dizer?" Começava a parecer que José estava me acusando.

"Eu acho", ele respondeu, apoiando os cotovelos nas pernas e unindo as mãos na frente, como se rezasse, os olhos duas elipses borradas, "que 'normal' é confuso para você e para ela. Você é muito severa, Lúcia."

Não dava para aceitar calada. Meu sofrimento era o mesmo que o dele. Só porque era eu que sempre punha limites para Amélia, exigindo o melhor dela em vez de assistir passivamente ao seu crescimento, eu não merecia aquilo. Eu era a mãe, a amava também, mais. Igual. Não pensei, não consegui ser lógica. Só quis atacar.

"Ou talvez o delegado esteja certo. Talvez ela tenha sofrido abuso. Você e ela estavam juntos o tempo todo…"

"Lúcia!", José gritou, e se levantou da cama, deu um soco tão forte na porta que ela bateu na parede e voltou. Ele passou a noite na sala de TV, vendo um filme, uma reprise de um programa de esporte, um filme de novo, o jornal da manhã. Fiquei no nosso quarto, sentada na poltrona que arrastei para a frente da janela, vigilante, ouvindo os sons que vinham da rua, de qualquer lugar. As lâmpadas dos postes eram fracas, predominava o escuro. Por duas vezes, me debrucei, o coração disparado: a primeira, quando um carro parou na porta da vizinha, a filha adolescente deu um beijo no namorado, desceu. A segunda, quando o portão de casa abriu. Era José. Não vi para onde ele foi.

Domingo

A cadeira afunda, não me aguenta. Melhor eu ir deitar, é. Ou como uma pitanga? Ela faz a febre baixar, a pitanga faz de tudo, trata hipertensão, bronquite, catarata. É maravilhosa.

Apoio os braços na cadeira e…

Vou.

Travo.

Volto.

"Mais tarde, meninas", digo a elas, minhas três. Tão delicadas, seguram as pitangas por um fio. Não têm apego. Seu Simão é o padrinho: ele me deu as mudas. Ele lembra? Não importa. Era Dia da Árvore. Ou o dia do aniversário dele. Ou os dois. O certo é que eu fui à quitanda por precisar, ia cozinhar para mim. Adorava fazer essa sopa de batata, que levava cebola, cenoura e aipo também, uma receita que aprendi jovenzinha, na pensão. Cheguei quando seu Simão estava fechando.

"Não se preocupe. Eu espero. Pode entrar e escolher. Seu nome…?"

Eu comprava pouco na quitanda dele, cozinhava para mim

e para mais ninguém. Kaique não existia. Naquele dia, não tinha batatas além das que estavam no lixo, podres. Sem batatas, sem sopa. Tempo perdido.

"Fica para a próxima, meu querido", eu disse. Seu Simão tinha desaparecido da minha vista. Fui saindo quando ele gritou de trás de uma porta verde que descobri naquele momento.

"Espere!" E me entregou uma caixa com as mudas. "É pitanga." Era um presente para os clientes. Três para mim, porque ele não admitia que eu saísse de mãos vazias.

Pus a caixa na sacola devagar e saí. Fui pelo caminho já escolhendo os lugares das três no quintal, no meio, saboreando o fazer da mistura do adubo, o cheiro, e o colocar das mudas no chão, meu pé no solo, meus pés firmes, cada vez mais, e fortes, acelerando-se, acelerados, cheguei.

Menos de um mês depois, estavam plantadas.

A caramboleira, esta em frente à varanda, perto do muro, veio depois. E depois dela ainda, a outrinha, esta, a mais caprichosa. A muda que eu tinha feito não pegou. Morreu em menos de um dia na terra. Então comprei sementes no mercado, porque Kaique chorava. Ele não tinha ajudado com a muda, nem com o adubo, que precisei refazer. Mas deixei ele participar do plantio. Já era algum aprendizado.

Tínhamos acabado de começar a morar juntos.

Tivemos que abrir a cova algumas vezes para jogar sementes. Devem ter ido umas duas mãos cheias, mão e mãozinha. Kaique estava decorando as letras e ficava me seguindo, recitando pedaços dos escritos no saco, as instruções. Eu explicava que plantar não tem manual, tem o fazer, o testar, o esperar. Pode não dar certo. Mas na maioria das vezes dá.

A gente regava a terra dia sim, dia não com água morna, que caramboleira não gosta de frio, primeiro eu, depois eu com Kaique, depois só ele. No Natal, ela estava com dois palmos. Hoje é isso aí, abastadinha de folhas. Mas Kaique não quer mais saber.

Vou me deitar.

Meus braços nos braços da cadeira, faço força, toda ela, e estou de pé. Mas não estou inteira. Malditas costas, me cortam ao meio, espetam a garganta, os pulmões, a bunda, gelam de cima a baixo, com suas pontas insuportáveis.

Tenho espinhos dentro de mim, doutor. As frutas não dão mais conta. O médico disse que era grave, e me recomendou voltar imediatamente com as pilulazinhas branquinhas em formatozinho de frutinha-do-condezinho que explodiu. Umas bombas.

06/02/2011

O *Fantástico* vai para os comerciais. Não importa, o que quero é ouvir as vozes. Se ela estiver no Brasil, se Amélia ainda está aqui, está assistindo ao mesmo programa na TV. Na sala de quem?

A foto dela na página, as fotos das outras meninas.

Aceito fotos do seu filho.

Clico. Está funcionando. É um cadastro básico, uma ajuda aos outros e a mim: traz mais gente para ver Amélia. Mais fotos é igual a mais alcance, alcançar é o objetivo, multiplica as chances. De as pessoas ouvirem. O site é um grito, um tapa. A pessoa abre a página, vê as meninas, enxerga. E pode gritar de volta.

A internet não é como a TV. A internet ouve também. Recebo mensagens pelo site. Se não, para quê? Podem ser anônimas, não é preciso dar nome nem e-mail.

Denúncias.

Clico.

O espaço está lá, esperando ser preenchido e ser enviado, secreto, direto na minha caixa de e-mail pessoal.

O programa vai recomeçar. Ligo agora para Janice? Não, é domingo à noite, quem quer conversar num domingo à noite? Descanso o laptop no banco ao meu lado, somos os dois a ver TV agora. A próxima reportagem é sobre futebol.

Pego o computador de novo.

Noventa e cinco por cento dos e-mails que chegam ao site são lixo e mensagens dizendo que eu deveria encontrar algo melhor para fazer, deveria parar de viver de passado, que sou uma piranha, uma vaca, que a Amélia é piranha, vaca, perdida. A agressividade vem não sei de onde, não sei por quê, a internet atira a gente de volta à condição de selvagens. Imagino essas pessoas amarradas a uma cama, aleijadas, inúteis e, assim, vingo minha filha.

Mas os outros cinco por cento são encorajadores, carinhosos, ou mesmo pistas. No mês passado, recebi uma indicação de que Ana Isabel Coutinho, uma baiana de catorze anos que tinha desaparecido na periferia de Salvador dois anos antes, estava vivendo com um tio em Vitória da Conquista, perto do limite com Minas Gerais. A vizinha viu a menina no site e me escreveu revelando o paradeiro dela. Liguei para a mãe da garota, o número que estava na mensagem com a foto de Isabel. A mulher tinha um espírito côncavo, arestas afiadas, nem quis saber. A filha tinha perdido a alma, disse, a prima é que tinha feito o registro no site, não ela, não a mãe.

Não insisto. Não há frustração quando as resultantes são possibilidades calculadas e, logo, previsíveis. Há pais saudosos pelos filhos e vice-versa, mas há pais que não querem seus filhos e filhos que não querem seus pais. Desde que criei o site, eu sabia disso, e sabia que na internet estaria exposta a mais negativos que positivos. O ótimo pertence ao conjunto do menos provável. Houve momentos de desânimo. Há. Mas estes costumam ser solapados por uma mensagem, um sinal que muda tudo na equação. Como a que recebi na terceira quinta-feira de abril de 2010.

O enunciado do e-mail era objetivo: Wagner Puglia, um bombeiro de quarenta e cinco anos, tinha sequestrado os irmãos Bento e Nina.

Aquelas crianças pareciam saídas de um comercial de TV: cabelo loiro fino, olhos azuis arregalados, desproporcionais, sorrindo com tanta espontaneidade para a câmera que faziam qualquer um sorrir de volta. A cara delas estava em todos os jornais. O *Jornal Nacional* tinha feito uma reportagem sobre o caso na semana anterior, *Estadão* e *Folha* vinham publicando atualizações constantes.

A mensagem oferecia as coordenadas exatas das duas pequenas covas — Bento tinha três anos e Nina, dois. O caminho deles tinha cruzado com o de Puglia na igreja. Os dois desapareceram no fim da missa das seis, num domingo.

O e-mail dizia que tinham sido enterrados nos fundos de uma casa em Cotia, a trinta quilômetros do centro de São Paulo, cinco passos à direita do canil. A princípio, não acreditei. Era cedo demais para um resultado, o desaparecimento de Bento e Nina era recente. O destino não funciona assim. Dois dias mais tarde, passei a responsabilidade para a polícia: e se, por uma chance infinitesimal, fosse verdade? Havia somente duas hipóteses. A primeira era que não passava de um trote. A segunda era que alguém tinha decidido abrir o bico. Anonimamente, em segurança, sem mexer com a polícia — mexer com a polícia dá medo. Faltavam elementos para sustentar uma e outra. O jeito era testar, os riscos eram poucos. Melhor investir na hipótese errada que em nenhuma. Não sou contra o erro, sou contra não tentar. Para chegar à verdade, é preciso sair do lugar.

Foi seguindo a mesma linha de raciocínio que a polícia investigou. Os corpos estavam no local mencionado na mensagem. Puglia não tinha enterrado direito. As covas fediam, eram rasas, dois morros paralelos de lama, a metade de cima de um cardioide, um coração de terra dividido ao meio. Eu vi na TV. Um policial falou à mãe das crianças sobre mim, a dona do site de desaparecidos, fator-chave para encontrá-las. A irmã dela, tia de Bento e Nina, me ligou no dia seguinte. A mãe queria minha presença no velório. Eu disse que estaria lá, sem muita certeza, mais inclinada ao não. Mas era como se conhecesse aquela mulher, eu a tinha visto dezenas de vezes nos noticiários. Ela era magra como um traço, com braços longos e frágeis que nunca tinham segurado um livro. Tinha trinta e dois anos, mas parecia ter o dobro, o rosto engolido num amontoado de rugas, sem brilho.

Cheguei atrasada, quando ela rezava à beira das covas, olhos parados nos caixõezinhos, dois retângulos de madeira, nem um metro inteiro cada, sugados sete palmos para baixo, sugados dela. A mulher estava dobrada, como se acabasse de ser atingida por um tiro no estômago, o golpe perpendicular a transformava numa curva vertical: um parêntese sem a sua metade. Após a cerimônia, veio até mim, me deu um abraço. Perguntei o que ela iria fazer agora.

"Dormir", ela disse, "descansar." Tive inveja daquela mãe. Por cinco segundos. Eu não esperava aquilo, minhas ambições ecoando ali, me separando dela e do restante. Eu não dormia.

Bento e Nina também estão no site. Guardei os dois, a história deles. É necessário lembrar o que é possível.

Encontradas.

Clico.

*Fabiana Andrade, treze, achada nove anos depois de seu

desaparecimento, vivendo com um homem vinte e cinco anos mais velho, numa cidade pequena, perto da Amazônia.

*Priscila Campos, dezessete, voltou para casa em Canoa Quebrada, no Ceará. A polícia prendeu uma mulher de trinta e oito anos que a manteve prisioneira por quase cinco anos.

*Rosa Mundim, oito, encontrada há uma semana num galpão a doze quilômetros de sua casa, depois de sair atrás de um cachorro vira-lata.

Amélia também perseguia algo quando desapareceu?

Minha caixa de e-mails.

Digito o endereço, a página demora a carregar. Entre as seis novas mensagens, três são propaganda de cartão de crédito, uma corrente enviada pela Janice, um recado do banco.

José escreveu.

É bom ter a companhia dele, ainda que eletrônica. Apesar do divórcio, ele é essa presença constante, calorosa. Ainda é como foi da primeira vez que terminamos, mais de trinta anos atrás.

Eu tinha dezessete anos e precisava estudar para o vestibular, a USP era só um sonho. Passava as manhãs na escola e as tardes imersa em meus livros. Às segundas e quartas, geografia, português e história, às terças e quintas, ciências biológicas. Para física, química e matemática, eu só precisava das sextas-feiras. Era meu dia preferido da semana, quando não tinha que decorar respostas a perguntas como: "O que é fenótipo?", ou: "Como Hitler subiu ao poder?". Para manter o foco, trancava a porta do quarto e colocava os headphones do meu pai, sem som. Nada podia me atrapalhar. Nada, além do José. Ele vinha visitar quinta sim, quinta não, e ligava nos outros dias, quando seu chefe saía mais cedo. Interrompia minha concentração duas vezes. Primeiro, para atendê-lo e, segundo, porque eu ficava pensando nele, em quanto tempo mais toleraria uma namorada tão apática. Tinha certeza de que um dia José me descartaria.

Esperei que ele aparecesse no portão da frente na quinta sim, com o cabelo cortado, calças pretas de pregas, camisa de mangas compridas estampada com microquadrados pretos e brancos. Impecável, uma declaração de amor. Tive dúvidas, sim, mas fiz. Rompi. Tinha preparado o clichê: "Não é você, sou eu". Mas ele era muito esperto para isso, um ano mais velho, já empregado numa firma grande, fazia os serviços de escritório. Mas não pensava em faculdade. Seu plano era frequentar um curso técnico de desenho de peças mecânicas e abrir uma empresa com o irmão. Não entendia por que ele não pensava numa vida acadêmica. Isso me provocava, me causava repulsa, me fascinava.

"Você não gosta de mim?" Ele perguntou porque sabia a resposta. Eu o amava.

"Não", respondi, a voz tremendo.

Ele não insistiu. Em vez disso, fixou longe o olhar por um minuto e, então, se virando para mim, afastou-se do muro onde estávamos encostados e partiu. Corri de volta para casa antes que ele sumisse no fim da rua.

Clico duas vezes no nome dele na tela do laptop. É uma mensagem curta, três linhas. Ele diz "oi", e quer saber da sua coleção de carrinhos de metal, seus CDs do Julio Iglesias e do nosso computador.

Eu me lembro da velha máquina na escrivaninha branca do escritório de casa, um quebra-cabeça desastrado de peças gordas no centro do cômodo. Passava mais tempo com ele do que com José ou com Amélia, e muitas vezes, muitos domingos quando os dois iam para o parque e eu ficava a sós com aquele computador, meu marido e minha filha sentiam ciúme.

Mas mais tarde, quando nos separamos, foi José que preferiu não descartá-lo. Era parte da nossa vida quando Amélia também era, peça de uma realidade em que tudo se encaixava. Ele pediu e cedi, meu ex-marido ficou com o computador na partilha. Pelo visto, a máquina agora está perdida, em algum lugar, como nossa filha.

27/02/2004

A nova estante teria quatro metros de largura, dois de altura, cinquenta centímetros de profundidade. Medir a parede tinha me tomado quase duas horas. Precisei sair para comprar uma fita métrica, pois a que tínhamos havia se perdido em algum lugar entre a mochila escolar da Amélia e a garagem, onde José construía seus carrinhos de metal nos fins de semana. Duas horas de uma manhã bonita de domingo, que eu teria preferido usar para reler as trinta e três páginas do artigo que tinha escrito para a *Revista Brasileira de Matemática*. Tive que adiar o plano. Ora, eu tinha desenhado aquela estante, era minha ideia, não podia delegar. Um mosaico de hexágonos regulares, no papel A4 o móvel lembrava uma colmeia. José não entendeu quando viu o esboço, na tarde anterior.

"Não seria melhor uma coisa mais comum, com aqueles compartimentos tipo caixas?"

"Pelo contrário, será ótimo ter em nossa mobília formas diferentes, eu" — e me corrigi — "*nós* não precisamos ser comuns."

José esticou os lábios para o lado esquerdo, a covinha do

direito se exibiu. Fui dar um beijinho, mas meu marido, por reflexo, por não entender, desviou um pouco. Rimos.

Agora, só faltava passar as medidas para o Genaro, nosso carpinteiro, um colega de escola do meu pai. Com exceção das camas, que compramos por uma pechincha no supermercado, ele tinha feito todo o mobiliário da casa. Um telefonema e eu poderia finalmente começar meu domingo, revisar meu artigo.

Mas Amélia estava no computador, invadindo meu mundo três por três com o caos de suas espirais. Quando me ouviu chegar, fechou o documento em que trabalhava.

"O que está fazendo?"

"Nada."

"Linha, você sabe que nada é a ausência, um conjunto vazio. Nada não é o que você está fazendo."

Ela olhou para o chão e respirou fundo, o peito subiu e desceu num quase soluço. Amélia estava engasgada. Mas não falou, sabia que não havia justificativas ou desculpas. Levantou-se da cadeira, ombros mais baixos que o habitual, consciente da minha autoridade sobre aquela máquina e sobre ela, e deixou o escritório.

Não sei por que não olhei o documento em que ela mexia, por que não investiguei, como fazia sempre. Era meu dever de mãe. Amélia, solta daquela forma, era uma temeridade. Mas controlar requeria tempo. Era domingo, eu estava cansada de medir. E tinha que reler meu artigo antes do almoço. José queria ir ao Firenze, a nova cantina na quadra de baixo. Eu revisava uma página a cada dois minutos, levaria uma hora e seis minutos para finalizar. Isso se não fossem necessários ajustes. Erros poderiam dobrar o tempo de trabalho, demandando reescrever parágrafos, às vezes trechos inteiros, à procura do termo exato, da expressão mais correta. Palavras confundem, têm múltiplos significados, são escolhas. Um número apenas é.

José tinha acabado de acordar, eu ouvi. Mas quem desceu as escadas foi o Palhaço Vaga-Lume, seu alter ego dominical.

Com voz grave: "Boooom diaaaa, sr. Sol!".

Com a voz aguda, roubando um cravo vermelho do vaso de porcelana: "Bom dia, pequena e delicada flor!".

Gritando, braços abertos no meio da sala: "Booom diaaaaa, vidaaaa!".

Amélia gargalhava, viajando para trás no tempo, uma menininha de novo. Eu odiava José por aquilo. Eu o amava. Lutava para não me incomodar com o barulho, ainda faltava a conclusão do relatório.

"Oi", pedi. "Oi!" E, um pouco mais alto: "Gente? Dá para falar mais baixo?".

Eles não responderam. Fechei a porta, mas os gritos e risadas dos dois davam a volta na mesa, invadiam o escritório, brincavam com minha concentração. Abri a gaveta secreta, peguei um cigarro.

José não podia nem imaginar que eu fumava, uma prima dele tinha acabado de morrer de câncer de pulmão, aos quarenta e um anos. Acendi. E Amélia — pensei na minha filha. Ela jamais poderia me ver fumando, menos que perfeita. Lá fora, a casa branca do vizinho brilhava, única testemunha.

06/02/2011

O e-mail seguinte é surpresa boa. Ruim. Uma mistura dos dois. Só pela assinatura descubro quem me enviou. Foi o professor Américo, chefe do Departamento de Matemática da USP, meu ex-chefe, meu mentor. Por que isso agora, depois de tanto tempo? O endereço deve ser novo. Muito mudou, tudo mudou. Não sou mais membro desse universo, não pertenço.

Ele pergunta como estou. Não é a primeira vez. Em agosto de 2009, Américo escreveu também, no dia 12 — data em que eu completava, completaria, uma década como professora do departamento. Como eu estava, mais agradecimentos por minha contribuição à universidade, mais uma sugestão para tomarmos um café. Não respondi. Ambos perderíamos. Eu não era a mesma Lúcia de dez anos antes, apaixonada, dedicada, sem medo. A universidade também não. As mensagens do professor me lembravam outra vida, um passado que deveria ficar onde estava.

Correto?

Releio a mensagem.

E se eu fosse tomar esse café com ele? E se ele me chamasse de novo, fé em mim, em não sei o quê, disposto a essa segunda chance? Eu conseguiria ir?

"Sim", vou responder. Não. Espere. Que piada. Fecho a mensagem.

No *Fantástico*, uma mulher conta como roubaram seu rim.

"Um cara que conheci numa festa me dopou e acordei na manhã seguinte dentro de uma banheira com gelo. Fiquei em coma por três dias."

Não mostram o rosto dela, apenas um contorno no escuro, e a voz foi distorcida por um computador. Esse tipo de crime cresceu no país nos últimos anos, diz o repórter. Geralmente, as gangues roubam os corpos no necrotério. Um coração pode ser vendido por cem mil reais, as córneas por oitenta, um rim por sessenta. Mas eles também sequestram e matam pessoas para pegar os órgãos. Essa mulher que sobreviveu deveria se considerar sortuda.

"O que você diria às pessoas que estão nos assistindo?", pergunta o repórter.

Desligo a TV antes da resposta.

Vou para a cozinha, quero água, e prometo a mim mesma comprar mais cerveja amanhã. Acendo outro cigarro e miro minha outra TV, diante de mim, maior e transparente, minha janela. Às vezes, quando um vizinho deixa as cortinas abertas, apago a luz da sala e assisto às cenas daquelas famílias fazendo tudo juntas, fazendo nada. Mas desisto e penso mesmo em ir para a cama e descansar, para poder carregar o peso da semana, mais uma. Ainda não. Ainda falta um e-mail que veio pelo site. Uma denúncia? Uma frase de consolo? Um xingamento? Abro.

Amélia
Posso te levar pra ela
P.

Leio outra vez, minha boca seca. Fecho a mensagem. Verdade? Lá fora, está tudo escuro. Abro a mensagem de novo. Releio. P.? Quem é P.? Meus dedos estão dormentes. Sinto cada um deles, sinto meu corpo inteiro. Paulo? Patrícia? Rio alto para fazer som, para fazer tudo parecer real novamente. Ela sumiu há tantos anos. Uma mensagem tão direta. Nunca. É possível ler verdade ou mentira em tão poucas palavras? Levanto, vou ao banheiro, o espelho, o espelho, o espelho. A realidade. Volto. Leio a mensagem mais uma vez. Pode ser verdade. E de novo. Falsa, com certeza é falsa. Uma clássica afirmação indecidível. Probabilidade. O que pode acontecer a qualquer momento pode acontecer daqui a um segundo, agora. Por que não? Clico em responder e pego outro cigarro no maço. Começo a escrever.

Quem é

Hahaha. Não é possível. Desligo o computador, apago o cigarro não terminado. Cama. Giulia, o bebê do 41, chora. Volto para a sala, para a TV. Um filme preto e branco no canal 5, as duas atrizes principais são muito parecidas para se saber quem é quem. Giulia para de chorar. A janela escura, a TV ligada baixinho, o sofá, a TV, o som, o film...

10/10/2004

Duas semanas sem Amélia.

José não trabalhava, tinha deixado a empresa nas mãos de Décio, num acordo de irmãos firmado nas poucas palavras necessárias. Meu marido passava os dias na cama, a barba espessa mudando seu rosto, fazendo-o parecer um messias, um que não suportava o peso da própria cruz. Ele se levantava a intervalos irregulares, imprevisíveis, para dar suas caminhadas, que consistiam em ir até o prédio de Bruna, depois andar em torno da quadra, depois de volta para casa. Saía em diferentes horários, retraçando os passos de Amélia, conectando os pontos da linha desenhada por ela. Havia uma curva que não estávamos vendo? Ele buscava o desvio. Onde o lápis poderia ter escorregado?

Certa manhã, eu estava deitada no sofá com a TV ligada, a apresentadora ensinando a fazer sopa fria de tomate. José desceu trazendo algo embrulhado numa sacola de supermercado. Na parte que ele segurava, o plástico semitransparente formava um ângulo reto. Não vi o que era, mas minha mente foi direto para o armário, na prateleira de cima, onde ele guardava a Parabellum, o revólver de seu pai. José se dirigiu à porta da frente. Perguntei aonde ia, e ele disse: "Caminhar". José carregava o embrulho com a mão direita, quase imóvel, grudada no corpo, tapando minha visão. Perguntei o que estava levando, ele disse: "Uma garrafa de água", e abriu a porta. Quando ele fechou, fui atrás.

José deixou o portão aberto, talvez por achar desimportante fechá-lo, agora que ele sabia que aquelas lanças de ferro afiadas eram insuficientes para manter os perigos do lado de fora. Elas formavam um padrão mórbido, uma coleção de vetores apontando para o céu. Fechei o portão com cuidado, nosso sobrado terracota atrás, quase laranja à luz do dia, quieto. José estava dez metros à frente, andando com a cabeça num ângulo obtuso, o sol queimando igualmente cada parte de seu rosto.

Segui meu marido até o fim da rua. Então, vendo o ridículo de tudo, gritei o nome dele. José virou e não disse nada. Ele enfiou o embrulho na parte de trás da calça.

"Posso ir com você?"

"Não, Lúcia, hoje não." Ele olhou para baixo e, em seguida, me encarou com olhos apertados. Não era hora para começar uma discussão. Ele continuou andando e eu o deixei ir sozinho por um tempo, uma distância maior dessa vez, vinte metros, antes de voltar a segui-lo.

Ele virou à esquerda na Alenquer e passou pela casa de portão azul onde, no jardim, o duende Tenório acenava. Amélia tinha roubado o nome de uma história infantil que ela adorava. Ao lado, ficava o sobrado que, com sua rampa curva e pilares cilíndricos enfileirados, queria ser modernista mas tinha sido impedido pelas janelas de metal verde. José achava horrível, a casa mais feia que ele já tinha visto. Havia uma pilha de madeira em frente, tocos queimados, escuros, sujos, quebrados, tijolos e pedras, dos quais José se desviou sem alterar a velocidade. Seus passos eram calmos. A tensão se concentrava na mão direita, que voltara a carregar o embrulho. Ele caminhava com ela um pouco adiante, como se estivesse desencaixada, um ser independente com um ritmo distinto.

No fim da rua, parou por alguns segundos. Escolhia um lugar para ser o último? Acelerei o passo e ele recomeçou a caminhar, deixando aparecer atrás uma praça, um morro que eu nunca tinha visto. Pedaços finos de madeira estavam fincados na grama verde-escura para ajudar as árvores a crescer. De onde eu estava, pareciam cruzes, um cemitério sem muro.

José entrou à esquerda numa via larga, dividida ao meio por um córrego. Ele parou na ponta oposta, perto de uma cabine preta dois por dois. Era daquelas de segurança, no meio da rua. Havia roupas espalhadas dentro dela, uma TV pequena estava ligada, um cachorro dormia ao lado — alguém morava ali.

De trás da cabine, veio um homem vestido com calça e blusa gastas e folgadas, roupas de outra pessoa. Ele falava baixo e seus gestos eram comedidos, não parecia mau. Parecia querer ajudar.

Parei. José começou a abrir o embrulho, a testa suando, a mão tremendo. Temi. Pensei em meu marido entregando a arma a um estranho, pedindo que este fizesse o que ele mesmo não tinha coragem de fazer.

"José!", gritei.

"Lúcia?" Em sua mão, finalmente descoberto, estava um porta-retratos. Dentro dele, Amélia. "Seu Andrade, esta é a mãe da Amélia."

O homem sorriu, me oferecendo a aspereza da mão.

"Prazer", eu disse, tentando não olhar para a imagem no porta-retratos.

"Pedi ao seu Andrade para ficar com essa foto…"

Amélia olhava para mim com um sorriso incompleto, sem os dentes da frente.

"Eu achei, assim, ainda que nessa foto ela esteja muito mais nova, talvez ajudasse a identificar…"

Ela estava com sete anos e usava uma blusa amarela, lisa, iluminada.

"Mas, se você não quiser, podemos levar de volta."

"Por favor, me devolva", pedi. "Por favor." E tirei, com algum custo, a foto da mão de José. "Seu Andrade, desculpe. A gente faz uma cópia e traz para o senhor."

Segurei o braço do José durante todo o caminho. Não falamos nada. Ele não estava bem, dar uma foto da Amélia a um estranho era como dar nossa filha, um pedaço dela. Chegamos na hora do almoço. Conceição tinha feito arroz, feijão-preto, carne e batata frita, cortada fininha, como Amélia sempre pedia. José não comeu. Ele subiu direto, um movimento só, da porta até a cama, deitou e não se levantou até o dia seguinte.

A polícia não tinha feito contato desde o registro do boletim de ocorrência. Para ser exata, fizeram, sim: mandaram um investigador à nossa casa, um idiota que refez todas as perguntas do delegado. Contamos tudo mais uma vez, aquele dia inteiro de novo. Durante a conversa, José pediu licença e saiu por alguns minutos. Ele voltou pálido, limpando os cantos da boca. Sei que passou mal.

Comecei minha própria busca. Minha filha não tinha virado fumaça, ela estava em algum lugar. Eu tinha certeza de que ia encontrá-la. O tempo pode pôr minha paciência à prova, a vida pode testar minha atenção, mas eu passo, eu venço. Sou treinada. Estou acostumada a resolver equações, longos quebra-cabeças de letras, números, parênteses e chaves. Verdadeiros monstros que os desavisados e os leigos preferem ignorar. Mas eu sei que é preciso encará-los, resolver segmento por segmento, não importa o tamanho, a soma das partes levará ao resultado.

Fiz um pôster de vinte centímetros por trinta da fotografia

do passaporte da Amélia, ela com argolas de prata, casaco jeans, sorrindo, lábios brilhando com o gloss rosa. Eu queria colocar fotos da minha filha em todos os lugares, até que a cidade que a engoliu se enjoasse dela e a devolvesse para mim. Comecei com os hospitais, perguntando se entre os pacientes não havia alguma garota não identificada.

"Não, dona, nenhuma."

Eu mostrava a foto ao atendente.

"Nunca vi."

Eu pedia que mostrasse a foto aos médicos e enfermeiras. Trabalhando no balcão, talvez não conhecesse todos os pacientes, é difícil quando há tanta gente se machucando o tempo todo, ou adoecendo, e o que custaria, qual era o problema, será que ele não poderia ajudar uma mãe desesperada a encontrar a filha?

"Um pouco mais baixo, por favor", ordenou o atendente.

Senti os olhares em mim, aquelas pessoas esperando para engessar um braço ou suturar um corte, preocupadas em perder um dia de trabalho, ou o oposto, esperando um atestado médico que as liberasse dos tormentos do escritório.

Guardei a foto da Amélia na bolsa de novo e saí dali de mãos vazias. Estivessem eles no meu lugar, e eles iriam ver. Do outro lado da equação, os sinais se invertem.

Repeti a jornada incontáveis vezes. No Hospital Sabará, uma enfermeira loira e redonda mal olhou para a foto da Amélia. Desabei na frente dela.

"Você pensou em ir à televisão?", a mulher perguntou.

Ir à TV? Vinte dias antes, eu teria ficado horrorizada com a ideia de frequentar qualquer um desses programas de mulheres traídas, homens enganados, endividados, alcoólatras e viciados tentando se reconciliar com as famílias. Mas um programa de TV alcança milhões de pessoas. Uma delas haveria de saber onde estava minha filha.

"Uma prima minha é assistente do Carlos Valadão. Te dou o fixo dela."

Era 6763-3394. Eu não podia esquecer. Criei um mnemônico: "Preste atenção, Amélia, sua mãe vai encontrar você". O número de letras de cada palavra era o número para o qual eu devia ligar, uma sequência curta empenhada em cumprir a promessa contida em si mesma.

Liguei durante dois dias, ninguém atendeu. Decidi ir até a emissora. Coloquei o vestido preto, escovei o cabelo. A maquiagem foi a parte mais difícil. Minha sombra e o blush haviam ficado no quarto da Amélia. Quando abri a porta, estava quente lá dentro. Eu a vi em cada canto novamente. José e eu não tínhamos mudado nada ali. Hesitei em entrar, era como se cometesse uma violação.

Mas, quando vi a maquiagem em cima da escrivaninha, me veio aquela cena, ela se maquiando, e eu senti raiva. Raiva. E uma felicidade quase grande, quase importante, porque a raiva fazia com que eu sentisse Linha viva. E me fazia sentir viva. Ora, nada daquilo tinha razão de ser, porque o que poderia mudar com o desaparecimento, com o caos, era a minha relação com ela. Mas nossas dificuldades permaneciam inalteradas, estavam lá, tornando inútil todo o esforço do universo para modificar a situação. O resultado era nulo, invalidava a equação.

José ignorava meus movimentos. Mal conversávamos. Ele era um zumbi dentro da nossa casa e eu, fora. Quando me perguntou aonde eu ia, menti: "À igreja".

Ele não ia querer ir. Alguém tinha que ficar em casa, de guarda. E se ela voltasse? E se fizesse contato?

Então lá estava eu, sozinha, em frente ao prédio da emissora que oscilava entre o terceiro e o quarto lugar na disputa pela atenção do público. Lembrei-me da novela das nove, da Globo, sobre uma mulher cuja filha desaparecia. Não me vinha o nome. Tinha começado anos antes quando nada daquilo ainda era verdade. Eu me esforçava para recordar números, tinha lido as estatísticas na imprensa, precisava pensar em algo que eu pudesse dizer agora, dar uma medida da importância do meu caso. Deveria ser um dado estrondoso, o Brasil com as suas dimensões. Cem mil crianças desaparecidas por ano? Cento e quarenta mil? Quantos pais buscando seus filhos? Mas não conseguia pensar, agora eu estava entre eles, tinha virado um número, e era impossível lembrar.

Quando o porteiro perguntou se havia alguém esperando por mim, fui sincera.

"Não", disse, e me arrependi antes mesmo de terminar de dizer. Ele me barrou.

Mostrei uma foto de Amélia, expliquei que a menina tinha doze anos de idade, e que se ele tivesse filhos saberia, e que eu só queria encontrar Ana Paula, cujo número eu tinha conseguido com uma prima dela, uma enfermeira, eu já tinha rodado todos os hospitais da cidade, e se pudesse falar com a Ana por alguns poucos minutos, e mostrar minha filha rapidinho, ele não ia se arrepender, não era um favor excepcional, podia me revistar, não estava armada. Por favor, moço, pense na minha filha, é uma criança.

Sem dizer uma palavra, ele liberou a catraca. Me dirigi ao enorme cubo pálido de concreto. Quase no pico da manhã daquela sexta, parecia um templo. Quando cheguei, pedi à recepcionista que chamasse Ana Paula. Esperei por cinquenta minutos e ela veio me encontrar no hall onde eu estava assistindo ao programa de atrocidades de Carlos Valadão. O rádio dela apitava. Contei tudo sobre Amélia e como eu tinha conhecido sua prima no hospital (bip), não, eu não queria participar (bip), eu só queria que a foto da Amélia fosse mostrada, quem sabe aquele cara que anunciava os produtos não podia contar a história (bip) no programa seguinte, talvez (bip), ou então só falar o nome da minha filha (bip), dizer que os pais a queriam de volta.

"Só um minuto, Vidigal", Ana Paula disse, no rádio, interrompendo o barulho.

"Dona..."

"Lúcia", eu disse.

"Dona Lúcia, um espaço na nossa grade é muito caro."

"Eu sei", respondi. E sugeri o inimaginável: "E se eu mesma falasse? Contasse a história para o Carlos, fizesse um apelo para as câmeras?".

"Desculpe. Mas não consigo pensar numa forma de te encaixar."

Aquela mulher era surda.

"E tenho certeza de que sua filha vai voltar logo. Ela vai se arrepender de ter fugido, a vida no mundo lá fora é dura." (bip)

"Ela não fugiu!"

Ana Paula já tinha virado as costas para mim, falava com o rádio. A recepcionista voltou os olhos para a tela do computador. Eu já não estava mais ali. Fui embora.

Meu corpo doía, mas eu estava cheia de energia, queria sair de mim, me espalhar. Estava sozinha, era uma entre os onze milhões de habitantes desse octógono irregular, inchado e mal desenhado no Sudeste do país, um milhão e quinhentos mil quilômetros quadrados de ruas, prédios, carros e gente, gente além da conta.

Cheguei em casa, voltei para nada. A apatia daquele sobrado me dava náusea. Havia flores no vaso em cima da mesa redonda em frente à porta, gérberas, rosas, cravos e astromélias. Estavam murchas, mortas como tudo o que eu via dali, as cortinas, o sofá azul e a TV, os livros no escritório, a geladeira na cozinha, o jardim. Atirei o vaso no chão, espalhando na madeira clara, manchada de chuva, triângulos, pentágonos e heptágonos irregulares de porcelana verde. José desceu assustado do quarto. Ele afagou minha cabeça e a encostou, devagar, em seu peito.

Segunda-feira

Acordo bem melhorzinha, corpo forte, cabeça firme. Vou às compras. Batata, espinafre, pepinos para a salada. Quando estou saindo, deixo bater o portão; Fernanda, vizinha da esquerda, criatura magra, está entrando em casa, de mãos dadas com o filho. Ela me vê. Viro-me para o lado oposto.

"Dona Esmê", diz, "como vai?"

Desviro-me. E digo que vai tudo bem, como sempre, que ela está bonita, como sempre, e o Carlos, crescendo — um rapaz! Mas preciso ir, que bom ver vocês. Mudo a direção e retomo o caminho.

"E seu neto?", ela pergunta, quer a fofoca, não se conforma com o muro gordo que nos separa.

"Bem também, querida." Recomeço a andar, esperando que ela perceba e cuide do próprio quintal, aquele amontoado de plantas fracas e sem nome. Nem chego a vê-las acima do muro.

"Há quanto tempo não o vejo", ela ainda diz. Quero seguir, mas resisto, me viro de novo e respondo, pelo prazer de dizer, por poder dizer o que quero.

"Ah, Kaique tem viajado. Morou fora, essas coisas. Mas deve vir em breve. Virá", digo, e volto a caminhar, me apresso.

O portão de Fernanda bate atrás de mim.

Ficamos só eu e a rua, eu e a cássia-imperial na calçada em frente com seus cachos amarelos. Andorinhas cantam nela, duas, três, das grandes. Sua música me acompanha até a esquina. Vem o seu Andrade, vigia da rua de baixo. Devo atravessar? Ele aperta o passo em minha direção. Não tenho tempo. Sigo adiante, ele me acompanha, um cão querendo osso. Jogo um.

"Oh, seu Andrade", digo, caminhando para o fim da rua, indo para a próxima, que se ilumina lá na frente, como o paraíso. "Estou com pressa agora, mas depois passe lá em casa, Kaique trouxe seu pôster."

Seu Andrade agradece, pega em meu braço, as unhas curtas e serradinhas, comidinhas, com filetes pretos rentes à carne, minhoquinhas aprisionadas. Me arrepio.

"Assinado pelo time inteiro. Por todo o Coringão!", completo, e puxo o braço de volta.

Ele agradece mais uma vez, agradece mil vezes. Depois diz que não pode ficar muito tempo longe da cabine, quer valorizar a pequena ajuda que me deu levando os caixotes com as frutas para o seu Simão, na semana passada. Eu tive que prometer o pôster.

Caminho mais rápido, seu Andrade desaparece atrás de mim.

Alguns passos adiante, nem me lembro mais dele. Estou tomada de púrpura, a trombeteira está em flor de novo, até que enfim. Atravesso a rua para perto dela, tropeço, o meio-fio, velha, o meio-fio. Mas a raivinha para por aí, a planta me interessa tanto, só vejo as flores, a púrpura, as trombetas se abrem para baixo, são guarda-chuvas, saias de menina, dezenas delas. E seus galhos são cobertos de verde, cheios de folhas, uma beleza, e de brotos, deixa ver, brotos macios, de veludinho, peralá.

Um galho fraco.

Vai ter que sair.

Tento arrancar, não consigo.

Abro o zíper da bolsa e apalpo. Carteira, não, moedas, lenço, não e não, a pá, estou quase.

Achei.

Tesoura.

Num corte livro a planta. E sigo.

Dobro outra esquina.

Duas meninas andam abraçadas, uma de sandália vermelha, a outra de tênis e rabo de cavalo, mochilas pesando nas costas, batendo, paf, paf, paf, na bunda delas, no ritmo dos passos. Outras meninas vêm atrás. E outras de cima e de baixo.

Vejo belas-emílias azuis, amarílis e azaleias rosa, um pé de framboesa, íris roxas, olho pelas grades, por cima das muretas e até pelo buraco das cartas no portão de ferro.

Penso que não tinha nome melhor para esta rua: Éden, a rua da escola e dos jardins, sempre cheia, um respiro, as plantas vencendo os muros e portões, as crianças ocupando quase tudo, os carros têm que buzinar para passar. Me fazem rir.

Chego à Francisco Morato, pessoas, ônibus e caminhões, muito de cada um. Me atordoam. Atravesso, passinho, passinho, passinho, e estou na quitanda.

Seu Simão me recebe com um sorriso. Da porta, retribuo.

"Bom dia", digo, e sinto o cheiro de podre. Ele pede desculpa, diz que hoje tudo que era bom já foi. Respondo que ainda dá para pegar o que preciso.

"Você tem longans?", pergunto, por diversão. Não, seu Simão não tem longans, ele nem sabe o que são essas frutas, que são uma febre na China.

"Eu poderia viver delas", digo. "Eu queria ser uma delas!"

Seu Simão cai na gargalhada, ele para quando vê que não acompanhei.

Digo que há muito não planto nada.

"Mas vou à China buscar umas longans. Quando eu voltar, meu neto vai ajudar. É ele que vai plantar."

Seu Simão abre a boca para dizer algo e para. Então continua: "E aquelas suas frutas maravilhosas? Quando me mandará mais?". E dispara, fala de cada uma, quer todas, quer as carambolas. Os clientes sentem falta principalmente delas.

Digo que nunca mais mandarei minhas frutas para ele. Seu Simão fica imóvel, o suor marca seu peito, seus sovacos, suas têmporas, faz a careca brilhar.

"Você vai ter que ir buscá-las!" E caio na gargalhada, seu Simão se junta a mim, enxuga a testa com as costas da mão. Ele diz que, claro, será uma honra conhecer minhas meninas, quando ele puder ir é só avisar, ele paga quanto eu pedir.

"Vá na semana que vem", digo.

Não consigo encontrar nem duas folhas de espinafre que prestem. A fedentina entra por baixo da minha calça, contamina meu cabelo, a blusa, meus peitos soltos embaixo dela. Seu Simão tenta me ajudar com as batatas, mas suas mãos deixam úmidas as que ele escolhe. Agradeço, digo que não estou me sentindo bem.

"Volto outra hora, meu querido." Saio de mãos vazias.

07/02/2011

O alarme toca no melhor do sono. Faz tempo que a hora de ir para o trabalho é cedo demais, ainda que seja tarde. Mas jogar tudo para o alto traria mais problemas. Me levanto.

Levo em média quarenta minutos para chegar à escola. Se o trânsito não fosse tão ruim, e se eu pudesse dirigir a razoáveis trinta quilômetros por hora sem parar, precisaria da metade do tempo. Tento não pensar nisso antes de sair de casa, ou a possibilidade de eu desistir de ir se multiplica.

O rádio diz que a Paulista está parada, que há cento e vinte e cinco quilômetros de congestionamento na cidade. O começo de um novo ano letivo e um acidente perto da praça Oswaldo Cruz são os culpados. Três carros e uma moto, três pessoas feridas. A passagem do metrô vai subir esse mês. É impossível não fazer uma projeção pessimista. A cada minuto, um, dois, sete carros se somam ao trânsito. A cada minuto, me distancio mais de casa, do remetente daquela mensagem, da Amélia, e não chego a lugar algum.

Chego atrasada ao Inês de Castro, mais do que tinha calculado. Não tem vaga na rua. Sigo para o estacionamento, catorze reais por dia. Parece insignificante, mas com isso vou ter que cortar algumas despesas para não estourar no banco. Do cigarro, não abro mão.

Dobro a distância dos meus passos para ganhar velocidade e alcançar logo a escola. Entro pela porta dos fundos, ignoro o aviso que pede para telefonarmos em caso de atraso, mais uma artimanha de Gilberto para nos controlar. Atravesso a cantina, me desvio das mesas fixas que recortam o caminho, sigo pelo corredor, as portas todas fechadas, menos a da garagem feita auditório audiovisual, com a tela branca emprestada que nunca devolvemos. Dez segundos depois, estou em sala. Janice está lá, os alunos começaram o exercício no horário. Ela sai e fico só, com o silêncio da classe.

Sento-me em minha cadeira, em frente à mesa de madeira. Os alunos têm a idade da Amélia quando desapareceu. Inocentes, despreparados. E se aquela mensagem for verdade? Bloqueio o pensamento. E qualquer outro. Raquel bate na porta. Gilberto quer falar comigo. Mais uma vez é impossível não fazer outra projeção pessimista: ele vai me receber com a cara séria, a boca escondida embaixo do bigode escovado e acinzentado em forma de trapézio, vai dizer coisas ininteligíveis, um sermão pelo meu atraso, um lembrete de que sou "o" — categoria de quem pode ir embora a qualquer momento. O. Um traço curvo que abraça o vazio, uma boca aberta, um grito gordo, oco, começo e termino em mim mesma. Fiz prova para entrar nessa escola, para sair é preciso pouco, nada.

Gilberto me odeia, sabe de onde venho, que estaria melhor como diretora. Mas, principalmente, sabe que não quero isso. Não agora. Ele não suporta o suspense, a possibilidade de que um dia eu decida brigar pela liderança aqui. Tem medo de perder e, logo, tem medo de mim, a prova da capacidade humana de sobreviver à perda. E essa é outra razão pela qual ele não me despede, por admiração. Isso e o receio do que os outros pensariam dele. Mandar embora a professora que perdeu a filha seria como demitir alguém com alguma deficiência.

No fim da aula, vou à sala de Gilberto, mas ele não está lá. Raquel, "gentil" como o chefe mas muito mais direta, me avisa que ele saiu.

"A conversa de vocês com certeza não era importante", ela diz, atrás de uma mesa de madeira que deveria estar numa sala de aula. Pouco me importa a reação dela, mas odeio que aquela mulher, cujo cérebro é estreito como o aro dos seus óculos, tenha uma mesa como a minha.

"E o salário dela é igual ao nosso", me conta Janice. A sala dos professores é como uma cela, ou o que imagino que seja uma. O conjunto de seis pequenas janelas quadradas no alto da parede, quase colado no teto, é desproporcional, não deixa passar luz suficiente. A gente fecha todas para impedir o acesso do fedor azedo do chorume — os latões de lixo da escola inteira ficam atrás da sala.

"Se ele pelo menos se preocupasse com as coisas certas", diz Janice, evitando nomes mas ainda assim bem baixinho. "Não sei mais o que fazer", completa. Ela me conta de Washington, um de seus melhores alunos. Ele não vem à escola há duas semanas. Ontem, ela recebeu um e-mail do garoto: o pai aumentou sua carga horária na oficina mecânica da família depois que Washington deixou escapar que as aulas eram "moleza".

"É essa beleza de programa", ela diz, esquecendo-se de falar baixo. "Se ele fosse um diretor de verdade, estaria do nosso lado, pensando em como fazer nosso manifesto chegar até o governador e…"

Pela terceira vez nesta manhã, meus pensamentos voltam para a minha caixa de entrada. Janice pode me ajudar a entender melhor o que está acontecendo. Ela é um pouco imatura, mas não é burra. Não vai me deixar cair numa armadilha. Conto sobre o e-mail, finjo não lembrar os termos exatos mas os repito com precisão. Sei de cor as palavras e a sequência que as representa: 652533, um mnemônico que criei. Não que fosse necessário: a mensagem de P. era muito simples. Mas não consegui controlar.

Janice me abraça.

"Viu, Lúcia? Viu? Sua visita ao Grandioso já está valendo a pena."

Digo que tenho medo de que se trate de uma armadilha. Não aguentaria outra decepção. Não mereço. Fora o atraso hoje, sou uma boa professora, boa cidadã, boa amiga, boa vizinha. Sou até uma boa ex-mulher. Sou um bom ser humano.

"O que você merece", diz Janice, "é se permitir acreditar." E ela continua: "Palavras também podem dizer a verdade, isso não é exclusividade dos números".

Tento pensar em outras razões, um único contraexemplo para tornar inválidas as afirmações dela, mas não consigo.

"No fim das contas, você não tem nada a perder."

Prova por exaustão, preciso reconhecer: Janice venceu. Ela seria uma excelente pastora, se fosse essa a sua vontade.

25/11/2004

Nosso calendário passou a ser contado em números ordinais: era o sexagésimo dia após o desaparecimento, a oitava semana, o segundo mês.

Sentíamos a presença da Amélia o tempo todo, como um braço amputado que coça, que ainda dói. Ouvíamos o barulho dela na casa: portas batendo, o alarme pontual no quarto às sete horas, passos nos cômodos em que eu e José não estávamos. Ele continuava a comprar três pãezinhos franceses para o café da manhã de domingo, a lista de supermercado tinha o mesmo tamanho, o tamanho da fome de três pessoas.

Jogamos fora muita comida, carne apodrecida, iogurtes vencidos, e mais da metade da musse de chocolate da Conceição, que Amélia adorava graças à quantidade exagerada de acúcar.

Cada pequena alteração na rotina — não comprar o pão dela, não fazer sua sobremesa favorita — parecia uma desistência, uma derrota. Era abandonar nossa filha.

Não havia mais ordem na casa. Não havia mais vasos, as almofadas volta e meia caíam e caídas ficavam. Poeira se acumulava

78

na superfície de livros e apostilas, no teclado e na tela do computador. Havia pedaços de jornal em todo canto, Conceição recolhia, mas na manhã seguinte estavam lá de novo, um novo dia, novas notícias que inspecionávamos, primeiro eu, depois José, em busca de qualquer pista.

Por que eu tinha sido escolhida?

Na internet, caí nos absurdos.

Marco Aurélio, catorze anos. Era um de dez meninos selecionados pela escola para subir a montanha de Piquete, no interior de São Paulo, em março de 1985. A turma ia coletar espécimes para analisar na aula de ciências, plantas e insetos a serem dissecados em nome do conhecimento. Uma morte honrosa. O professor tinha escolhido cada menino que iria na pequena expedição, como se fosse prêmio. Marco Aurélio não era gênio, mas tirava boas notas. E era um menino forte, de ombros largos, parrudo. Fazia sol quando começaram a subida. A dois quilômetros do início e a um quilômetro do fim, um dos alunos tropeçou num buraco e torceu o pé. Caiu gritando, era um menino escandaloso. O professor, sozinho com o grupo, pediu a Marco que fosse buscar ajuda. Era um caminho cartesiano: voltar por onde tinham vindo, seguindo a faixa estreita pelada no chão. Lá embaixo havia uma casa de apoio; era chegar, conversar com o homem barbudo, o mesmo que os tinha recebido e dado instruções gerais sobre a subida. Marco Aurélio assentiu e saiu para sua missão, deixando para trás os colegas, o professor, essa existência. Nunca chegou à casa de apoio. O professor percebeu que havia algo errado quatro horas depois, quando começou a escurecer, e nada. O grupo desceu o morro devagar, dois alunos apoiando o colega de pé torcido. Os bombeiros começaram a busca na primeira hora de luz do dia seguinte. Quais eram as possibilidades? Marco Aurélio tinha se perdido. Marco Aurélio tinha tropeçado e se machucado também, ficando impedido de andar. Marco Aurélio tinha sido picado por um bicho peçonhento. Marco Aurélio tinha tido um mal súbito, desmaiando no caminho. Procuraram o garoto por toda a trilha, por todos os desvios, usaram cães, um helicóptero. Fizeram, sem parar, durante uma semana, a mesma varredura. Uma busca tão minuciosa que um bombeiro que tinha perdido uma faca no meio do mato na primeira ronda a achou dois dias depois. Encontraram uma caverna rasa que nunca tinha sido vista, o cadáver de um cão, sete ninhos de cobra, mas nenhum corpo de gente por perto. Nem corpo, nem ossos. Marco Aurélio tinha evaporado.

Um menino uruguaio de nove anos. Era o mais velho de três. Viajava com o pai, caminhoneiro, a serviço de uma empresa fabricante de baterias de automóvel. O pai não viu o carro parado após a curva depois de Ansina. Ao desviar, bateu em outros quatro, o caminhão tombou e derramou ácido sulfúrico na pista. Todos os envolvidos morreram — o motorista foi lançado quase quinze metros para a frente. E o menino? Os bombeiros procuraram entre os carros, na pista, na ribanceira ao lado, desceram os vinte metros, embora fosse uma trajetória improvável para o pequeno corpo de menos de quarenta quilos. Não acharam. Qual a probabilidade? Dissolução. O menino uruguaio tinha sido corroído, roupa, pele e alma, pelo ácido.

Tereza Drummond, vinte anos. Filha de dono de hospital, da alta-roda de Araxá, em Minas Gerais. Saía para caminhar com a irmã Débora com frequência. Iam no fim da tarde a um parque próximo ao Grande Hotel, onde podiam falar de rapazes, de casamento e de Bossa Nova — eram os anos 1960. Passeavam lado a lado, uma ocasionalmente tomando a frente da outra quando esta parava para ver uma flor mais de perto, observar alguém no lago, procurar a árvore exata em que um sabiá cantava. Era um desses momentos. Débora estava alguns metros adiante quando se lembrou de dizer qualquer coisa. Virou-se, e Tereza não estava atrás dela. Débora voltou alguns passos, chamando pela irmã. Procurou no banco em que ela gostava de sentar-se para ler, procurou perto da quadra de tênis, na entrada das termas, dentro das termas. Descrevia Tereza por precaução, porque todos sabiam quem eram as duas. Ninguém a tinha visto. Correu para casa, para a mãe, atônita, doente de Alzheimer. Pelo menos, pelo menos, a irmã tinha esse consolo: havia anos a mãe já não tinha as filhas, não sofreria.

O mais estranho era o caso de Jovelino Barroso, de trinta e dois anos. Dentista, de uma família de classe média de Belo Horizonte, saiu um dia, nos anos 1970, cabelo na altura dos ombros, blusa de seda preta, casaco branco com riscas pretas. Era junho. Ia se encontrar com um amigo, do outro lado da cidade, no bairro Floresta, para jogar cartas. Pediu à mulher que o esperasse para o jantar, deixou a porta da frente destrancada. Parou um táxi na rua da Bahia, entrou, calmo, viu um lixeiro que o conhecia. Nunca chegou à casa do amigo. Em 1999, o corpo de um homem de cerca de trinta anos foi encontrado na região do Floresta, num sábado de maio. A gola grande por cima do blazer e a calça larga chamaram a atenção dos policiais. A hipótese: a vítima vinha de uma festa a fantasia. No bolso, os documentos de Jovelino Barroso, nascido em 1942. No necrotério, a filha reconheceu o rosto, ainda preservado, do qual só recordava alguns contornos.

Estudiosos tinham inúmeras teorias, esforçavam-se para explicar Marco Aurélio, o menino uruguaio, Tereza, Jovelino e tantos mais. Culpavam fendas temporais de transporte para outras épocas, seres extraterrestres, povos intraterrenos. Eram palpites, conjecturas, incapazes de oferecer conforto. Eu ainda acreditava que poderia encontrar uma explicação para o que tinha acontecido com Amélia, uma razão lógica. Tentei negociar. Com Deus, com o universo, com o Diabo. Queria entender. Em alguns momentos, no escuro do quarto quando José estava fora, cedi, desejei vê-la logo, ainda que fosse só um corpo. Mas esse pensamento me machucava, Amélia morta era prêmio de consolação, não uma vitória, e eu não sei perder. Implorava perdão à minha filha ausente. Aquela ideia era ridícula. Como é que ia encará-la quando ela reaparecesse? Como é que ia dizer: pensei que você estivesse morta, segui em frente.

Amélia estava viva, era assim que eu ia encontrá-la.

Não. Era assim que eu esperava que ela me encontrasse. Não conseguia sair da cama. Sentia calor e frio, tinha fome e nenhum apetite. Queria, quem sabe, achar uma dessas fendas de que se falava. Tentava me levantar e caía na cama, tonta. Uma psicóloga enviada pela universidade diagnosticou: eu estava em choque. Ela me receitou Prozac e terapia. Quando falta a esperança, é preciso algum tipo de anestesia. José, que estava melhor, foi comprar o remédio. Ele voltou com quatro caixas, pílulas suficientes para quatro meses. Pensei no que aquilo dizia sobre a fé dele, não em mim ou na minha recuperação, mas na volta da Amélia.

Eu ainda não tinha começado a usar o antidepressivo quando o professor Américo foi a minha casa. Barbeado e de banho tomado, o cabelo grisalho cuidadosamente penteado para trás, ele lembrava meu pai quando ia a um batizado ou missa de sétimo dia. O professor vestia seu tradicional suéter de lã azul com losangos marrons e camisa listrada de azul e branco. Era a imagem do equilíbrio.

Estava dormindo quando ele chegou, por volta das três da tarde. Eu nunca o teria deixado entrar, foi José quem atendeu a porta. Poucas vezes na vida me senti tão invadida quanto ao receber meu ex-mentor no meu quarto. Todos na universidade sabiam pelo que eu estava passando, mas o professor Américo não precisava me ver descabelada, suja, de pijama.

Não fiz esforço, não queria conversar. José nos deixou sozinhos e o professor sentou na cama. Ele tentou fazer uma piada sobre a chuva que caía todo dia, com hora marcada. Não ri. Falou da universidade e do problema em que vinha trabalhando com um aluno do doutorado. Continuei quieta. Américo conversou sozinho por quase quinze minutos, que, para mim, duraram o dobro. O triplo.

"Lúcia, consegui uma licença de seis meses para você", ele disse, por fim.

Dava para ver que esperava minha gratidão. Ficou desapontado quando tudo que consegui fazer foi dar um sorriso fraco. Seis meses era muito, mais que o suficiente para a velha Lúcia ler vinte trabalhos, corrigir dezenas de provas, escrever ao menos três artigos. Mas, para a nova Lúcia, seis meses era nada se a filha não voltasse.

Quando ele se levantou, tentou me abraçar, sem jeito, quis passar o braço esquerdo por trás de mim, mas eu estava apoiada no travesseiro e não me movi. José apareceu nesse momento e tive certeza de que estava ouvindo atrás da porta. Ele acompanhou o professor até o carro.

Tive um acesso de choro quando ouvi Américo indo embora. Pensei na Parabellum do José no alto do armário. Me levantei. Escutei os passos do meu marido. Voltei para a cama, abri a gaveta do criado-mudo e peguei uma pílula. Minha primeira. Engoli sem água e me deitei de novo.

Segunda-feira

Calor. Enrolo o cabelo, prendo atrás com o passador. É pou-co. Tiro a calça e a blusa com o fedor da quitanda, e escolho: o vestido rosa-bebê, de bolas mais bebê ainda, corda que amarra na cintura, de sedazinha, me sinto pelada, solta. Quero dançar com as meninas, descalça, terra, grama pinicando entre os dedos, o aroma delas, doce da jabuticaba, doce da carambola, amargo do verde, da chuva que vem.

Música.

Desço as escadas, as costas pesam, me apoio no sofá. As almofadas estampadas, duas empilhadas na ponta, nenhuma no restante do sofá, relógio, ao lado dele o velho aparelho de som. Aperto o botão, e Leny começa:

Encosta a tua cabecinha no meu ombro e chora

Aumento, para ela tomar a sala inteira:

E conta logo a tua mágoa toda para mim

Penso na roça, a madeira dura do curral, o leite no fogo, subindo, fervente, a mãe chamando atrás da porta, batendo, o quarto escurozinho, carinho do papai, papai tirando o cinto, tirando o cintinho, e roça, roça, o leite borbulhava transbordando branco, sujava tudo, aperto o botão, mais, mais música, mais alto. Para o vento espalhar, e as meninas ouvirem. Escancaro a porta de vidro. Elas cantam comigo:

Quem chora no meu ombro eu juro que não vai embora

A música na casa toda, no quintal. Atravesso o portal entre o fim do vidro e a parede, estou na varanda, de cara com o sol, uma pontinha dele, atrás de uma nuvem, o vento vem de novo, pela frente, por trás, me arrepia, as folhinhas se mexem, fazem um barulho arrastadinho, tadinhas, de secas, de velhas. E sobe o cheiro de verde e marrom da terra, a madeira, tudo molhado, roça, roça.

Porque gosta de mim/ Amor, eu quero o teu carinho/ Porque

Meus pés pesam. É o sapato. Meu sapatinho preto, de tecido, de bailarina, é fino, mas bloqueia o contato com a terra. Tiro um com a ponta do sapato no pé oposto e outro com o primeiro dedo do pé, a unha arranha o calcanhar. As meninas me convidam, e o vento, sigo para o pomar, e já estou na faixa de cimento que divide casa e quintal, separa o lugar onde durmo do lugar onde vivo, eu vivo aqui, com elas, estou pronta para sentir as lambidas da terra. Mas uma nota estranha arranha a música. A campainha.

Se ela vai embora, se ela vai embora

Não deve ser nada.

Piso na grama, parte das folhas finas e compridas de santo-agostinho acaricia meu pé, parte se dobra. O barulho de novo, um golpe na Leny, mais longo agora. Não quero atender. Quem pode ser? Quem está interrompendo?

As meninas gritam. Peço silêncio, sejam boas, sem escândalo. Passo a porta de vidro deslizante que dá para a sala de estar, passo o sofá violeta de almofadas estampadas, o jornal da semana anterior em cima delas, passo o relógio de chão, passo o tapete bege enrolado, encostado na quina da sala de jantar, passo o baú com a herança de papai, seus objetos preferidos, os que escolhi.

Papai se acabou numa doença.

"Seu padrasto finalmente se foi!", disse padre Adalberto, sumindo no telefone.

Mandei que ele não tirasse nada da casa.

"Queima tudo", falei.

As cinzas fariam bem ao solo. Mas em seguida me corrigi e fiz uma lista curta de coisas para salvar, coisas que caberiam numa caixa média a ser despachada pelo correio. Ordenei que o padre banhasse a casa, banheiro, curral e chiqueiro com álcool, e fizesse uma enorme fogueira, para ser vista dos céus, para Deus se aquecer! Padre Adalberto vendeu o terreno e me deu o dinheiro.

Isso aconteceu faz pouco.

Não. Faz uns dez anos.

Peralá.

O presidente tinha morrido.

Faz mais.

O pó do sítio virou esta casa, meu quintal, a minha terra prometida. Assim renasci. Bairro bom, Vila Sônia, quase perto do Centro, cercada de praças, de pássaros, de escolas. Era perfeito. É.

Um alarme.

Não, é a campainha.

Hall. Espelho com moldura esculpida em peroba, a velha nele. Abro a porta.

É seu Andrade.

Ele pergunta se estou bem. Se desculpa por enterrar o dedo na campainha.

"É que eu tive medo, a senhora sabe, eu tive medo que..."

Seu Andrade é hilário, com suas unhinhas sujas, sua camisa xadrez verde-claro e verde-escuro, sobrando nas mangas, com certeza doação de alguém, a calça bege, o cinto sob os passadores, um deles a um cisco de arrebentar, e seu Andrade ainda quer ser digno. Explico que demorei porque estava terminando de me trocar.

"Essa música..."

"Leny Eversong. Eu ouvia na meninice. Com papai", digo.

"Ah", ele responde, e emenda suas reais intenções. "Eu vim buscar o pôster, que a senhora falou, o pôster, do Coringão, a senhora desculpe se não for uma boa hora."

"Que pôster?"

Seu Andrade não muda a cara, a não ser pela boca, que se contrai, trava o que ele queria dizer.

"O pôster, certo", digo. Reclamo da cabeça de velha, seguro a mão dele. "Eu pegaria para você, mas veja, meu querido, estou de saída."

Ele responde que passa outra hora, sem problema. Seu Andrade desce as escadas rapidamente, exibe a energia que costuma lhe faltar. Ele está no portão e se vira, dá um último adeusinho. E abre os olhos como um cão que vê, e depois franze o focinho como um cão que fareja: "Mas, dona Esmê, a senhora está descalça".

"Oh", eu olho para os meus pés. "Claro, claro, como eu disse, eu estava terminando de me vestir." E fecho a porta antes que aquele homem diga outra coisa, volto para dentro da casa, para o baile. Mas o disco pulou para a faixa seguinte, a música não me inspira mais. Poltrona, espelho, tapete, sofá, almofadas empilhadas, som. Desligo. Porta de vidro, varanda, apanho no chão meu sapato de bailarina, agora de andarilha, e calço.

07/02/2011

"Correto", digo a Diego, o garoto de uniforme desbotado na terceira carteira da quarta fila, a cabeça raspada fazendo saltar a cicatriz que estica a sobrancelha direita, transformando-a numa longa hipérbole. Ele cora.

"Matemática" vem da palavra grega "mathema", que significa "algo aprendido". Apesar da obviedade da equação no quadro-negro, é enorme a satisfação de perceber que, para aquele garoto, números já não são um quebra-cabeça escrito numa língua exótica. Ele pode decifrar, ele entende.

Não tive tempo de viver algo assim com Amélia.

Minha filha tropeçava em cálculos simples. A dificuldade em si, porém, não era o que mais me incomodava. O que acabava comigo era que ela não ligava. Com suas notas 7 e raros 8, Amélia se via como uma boa aluna de matemática, ao menos até aquele almoço com Américo.

Recebemos o professor e a esposa, Edna, num sábado. Era fevereiro de 2002, tínhamos acabado de terminar a reforma de casa. Os planos eram comer uma feijoada, ouvir Julio Iglesias e Roberto Carlos, beber cerveja e falar da universidade, de matemática, da vida. O encontro começou bem, com Américo contando casos de sua infância numa fazenda em Minas, Edna gargalhando feito uma hiena, o relógio dourado brilhando, inadequado, em seu pulso. José ria com um entusiasmo nostálgico. Aquelas histórias lembravam a meu marido as do pai dele no interior da Bahia. Eu apenas sorria e balançava a cabeça, ora concordando, ora condenando falsamente, de brincadeira, ocupada que estava em manter os copos cheios, em garantir que todos fossem servidos, que os guardanapos estivessem à mão, que as flores parecessem vivas, que houvesse sabonete, papel higiênico e toalha seca no lavabo.

Amélia também estava sentada à mesa. Ouvia atentamente as conversas, quieta, rindo com atraso das piadas de adulto — tinha dez anos. Estava linda com o vestido azul-marinho, laço rosa marcando a cintura, que ela mesma tinha escolhido na lojinha da Alenquer. Minha filha tinha essa necessidade de se sentir bonita. Ela estava dando um bocejo mal disfarçado quando Américo decidiu trazê-la para a conversa: "Então, Amélia, você é tão boa com números quanto sua mãe?".

Ela olhou para mim — eu trocava os pratos —, esperando ser encorajada. Assentir de leve com a cabeça teria sido suficiente, mas não consegui, eu sabia das limitações da minha filha. Levei a pilha de pratos sujos para a cozinha e, de lá, ouvi sua resposta.

"Sou", ela disse.

Voltei quase correndo para a sala, toquei no ombro do Américo.

"Professor, e aquela vez que seu pai comprou uma mula para você e jurou que era um pônei…", tentei.

"Me diga, menina: quanto é dois vezes três?", o professor perguntou a Amélia, me ignorando. Ele adorava aquele jogo, e fazia o tempo inteiro comigo, com os colegas, com os alunos dele. O grau de dificuldade das perguntas variava de acordo com o interlocutor.

"Seis", Amélia respondeu, sem pensar.

"E cinco vezes sete?", ele continuou. Dessa vez, Amélia demorou uns três segundos. Mas acertou.

"Trinta e cinco."

Eu precisava interromper aquilo.

"Quem aceita sorvete napolitano? Edna, posso trazer..." Ninguém olhava para mim. Estavam os quatro dentro de uma bolha.

"E seis vezes oito?", Américo perguntou.

"Cinquenta e seis."

Pronto. Ela havia errado.

Perdi.

"Amélia, não!", eu disse com firmeza, e agora, sim, todos me olhavam. "Não é difícil, é quarenta e oito, lembra? Quarenta e oito!"

Ela desviou os olhos. Uma pergunta simples. Minha filha tinha que saber. Na idade dela, eu já tinha ganhado minha primeira olimpíada de matemática na escola, resolvendo cálculos como onze vezes treze.

"De novo", eu disse.

"Ah, não, mãe."

"Amélia, diga ao professor Américo, a Edna e ao seu pai. Quanto é seis vezes oito?"

"Você já falou, mãe. Para."

"Mas você não. Quanto é?"

"Quarenta e oito", ela respondeu baixo, quase para si, e se levantou, correu até as escadas e subiu de dois em dois degraus, as pernas finas mas firmes, até o quarto. Ouvimos a porta bater.

"Lúcia!", José gritou, e foi atrás dela. Fiquei sem graça, três vezes sem graça: pela inequívoca incapacidade da minha filha com números, por fazer Américo e Edna assistirem àquilo e, sim, pela minha reação. Me desculpei, mas um deles — o professor, acho — mudou de assunto. Não aceitaram o napolitano, e quinze minutos depois já tinham partido.

Na semana seguinte, comprei para Amélia um vestido azul-claro, rosa e violeta. Estava na vitrine da Cinderella, uma loja perto do campus, e era provavelmente o mais caro ali. Um grande "+" para compensar um grande "–" com a minha filha, uma atitude anulando a outra, restaurando o equilíbrio do zero. Amélia me agradeceu, guardou o vestido no armário e nunca usou.

Segunda-feira

Paro embaixo do jequitibá, falo com ele. Que me guarde. O jequitibá é o mais alto de todos. Sento no banco em frente, estou protegida. Arranco os sapatos, acaricio o chão com os dedos. Crianças correm, infestam a praça, pisam de tênis na grama. Elas gritam.

"Um pouco mais baixo", eu peço.

Olho para trás, o jequitibá é majestoso. Percorro com o olhar cada galho inteiro, eles vão do tronco até o céu, fazem cosquinha nos pés dos querubins. Os meninos e meninas não param de correr.

"Mais baixo", eu grito.

E as crianças finalmente olham para mim. As crianças não. Uma delas, um menino, com botas de chuva vermelhas, short vermelho, blusa azul, capa vermelha. Ele exibe seus microdentes. Sorri? Chamo, ele se aproxima, as pernas são dois gambitos, não dão para nada. O menino para na minha frente. Sussurro: "Você já viu árvore de flamboyantzinho? Você é menor que ela. E menor que acácia-mimosa. Menor até que um agave. Você não é super-herói coisa nenhuma".

O menino apalpa as próprias costas, busca a capa vermelha. Sim, ainda está lá. Ele a acaricia e faz menção de vir até mim, cara de espanto, boca abertazinha, baba. Ele muda de ideia, corre na direção oposta.

A chuva ainda não secou na madeira do banco e minha coxa mela, sou obrigada a descer a saia. Me ajeito. E o menino vem vindo de volta, puxa uma mulher pela mão. É a mãe, vejo a cara de um na fuça do outro. Ele não diz nada, aponta para mim. Um vento vem em minha defesa, sopra a capa dele, gruda a blusa verde-clara da mãe no corpo, empurra os dois para trás. Mas eles não saem do lugar.

"Gabriel", diz a mulher. Ela se agacha, fica minúscula como o filho. "É uma senhora", continua. "Uma velhinha, uma vovó. Não quis te fazer mal." A mulher fala e olha para o garoto, não para mim.

Deito a cabeça no ar, olho para o menino e para a mãe, e me preparo para dizer: "Não foi nada". Mas ele já está de costas e a mãe também. Os dois vão rápido, ela puxa o menino, eles passam o portão da Francisco de Proença, atravessam a rua, o menino olha para trás. Mas a mãe não vê nada, nem repara no morro das tipuanas, tão lindas à direita. Como cresceram! Ainda ontem só ficavam de pé com a ajuda das estacas e dos canos. O morro foi todo fincado.

Eu me levanto e volto ao jequitibá. Apalpo o tronco, está em perfeita saúde. Há uma figueira nascendo dentro de um buraco no meio dele. Ninguém viu. Ninguém vê. A figueira vai crescer com a seiva do jequitibá, o sol e a chuva filtrados por ele, até o jequitibá estourar.

Deixo a figueira-bebê, a natureza decide. Apenas colaboro, sou parceira. Corto os galhos amarelados, não farão falta. São fracos. Preciso da tesoura. Cadê minha bolsa? Não está comigo, não está no banco. Deixei em casa. Tudo bem, eu arranco. O primeiro sai fácil. Tento com o segundo, puxo. Ele sai. E me joga para trás.

As crianças riem. De mim? Algumas olham. Aquela tontura de novo, o rasgo, um raio dos pés à cabeça. Malditas costas. Me apoio no banco. Sinto um pingo de chuva, vejo os cadáveres de outros pingos no chão à minha frente, cada mortezinha registrada por uma marca no cimento, perto das crianças, perto do jequitibá, de mim, na praça inteira.

Só há um menino e uma menina agora. Tento me aproximar, mas eles correm. Encontram a babá, uma única para os dois.

Ela puxa as crianças, eles passam ao meu lado, cabeça baixa para evitar a água. Bobos. A chuva passa em qualquer fresta, é poderosa. Derruba árvores, montanhas, terra, casas, passarinhos. Mas não há mais ninguém na rua, mais ninguém no mundo, casas e prédios estão fechados, seríssimos.

Eu me sento de novo. Os pingos acertam os cílios, os cílios fecham os olhos. Sinto o cabelo amortecer as gotas e depois a água atravessar e escorrer no couro cabeludo, e dele para o rosto, meu corpo amortecendo os pingos, amortecendo a vida. Tudo se renova.

07/02/2011

Procuro mais exercícios no livro à minha frente, não acho. Mais uma vez, não consigo manter a cabeça nesta sala de aula. Vou para o futuro. O que responder a P.? Devo responder? O tempo corre dentro de mim, os últimos minutos da aula me fazem duvidar da exatidão do relógio. Não é possível que ainda sejam 17h52. São oito horas desde que conversei com Janice na sala dos professores, onze desde que saí de casa, vinte desde que li a mensagem. Parece uma eternidade. Parecem sete anos. Mas sei que os números dentro do círculo branco acima do quadro-negro são reais. Invejo os ponteiros e seus passos lentos, estáveis.

"E, finalmente, a última equação de hoje, gente", anuncio, roubando um exercício dentre os que eu tinha separado para a lição de casa das crianças. Preciso me concentrar. Odeio a mim mesma, minha fraqueza, minha incapacidade de impedir que essas abstrações tomem conta de mim. Meu sentimento, minha pressa, nada se justifica. Mas também sou humana. Só quero poder responder aquele e-mail. Voltar para casa. Por que não fiz isso ontem? Me projeto para a sala do apartamento, onde digito cada letra da mensagem e em seguida P. me dá a resposta que espero há tantos anos. Já me sinto melhor. O cérebro é uma máquina maravilhosa quando se sabe programá-la.

"Isto aqui, gente, é muito simples", digo, neurolinguisticamente. "Se o número colado no x é 3, temos que dividir por..."

Silêncio. Um protesto? Os alunos percebem que não estou aqui? Não, não. Eles também desistiram, também querem ir embora. São 18h05, tão perto de 18h15 que não fará mal a ninguém se todos sairmos agora.

"Três, correto, gente?"

Resolvo a equação e termino a aula, atendendo à ansiedade coletiva. A vida seria mais simples se viesse escrita em instruções como somar, subtrair, dividir ou multiplicar.

"Por hoje é só", digo. Eles sorriem, meus cúmplices.

Me dirijo à porta dos fundos. Janice vem na outra ponta do corredor. Ela acena para mim e tenho a impressão de que quer dizer algo. Acelero, preciso ir.

Em um minuto, estou na rua. Chove, outra razão para ser mais rápida, com passadas mais longas reduzo de doze para oito minutos o caminho até o estacionamento. O homem de blusa rosa, sandália preta e short cor de terra está na cabine verde à direita do portão. Ele me olha de cima a baixo e quase posso afirmar que tem pena da mulher descabelada, com a blusa e a calça pingando no único pedaço seco ali, os vinte centímetros embaixo do teto de zinco. Entrego o dinheiro. Catorze reais parecem muito mais agora do que quando combinamos o preço.

No caminho de casa, as ruas estão paradas nos lugares de sempre. No farol na esquina da Marginal, um vendedor de capas de chuva canta uma canção que não conheço. A loira de sombrinha roxa que atravessa a rua ri. A letra fica na cabeça, contra a minha vontade.

Você vai voltar. Encontrar você foi mais que sorte. O universo conspira por nós.

Não acredito em sinais, mas a canção me dá força. Passados quarenta minutos, estou no prédio. O elevador é lento, subo as escadas. Ligo o computador. Um cigarro. Não, depois, como prêmio. Foco. Três minutos e a caixa de entrada se abre para mim.
P. não escreveu.
Deve estar esperando minha resposta.
Começo a digitar.

Por que eu deveria

Deleto. Confrontá-lo não é a melhor ideia.

Será que você poderia

Não. Não é isso. Vamos ao que interessa. Agora:

Quem é você?

Antes de enviar, espero. Quero reler mais tarde. A distância ajuda a fazer um julgamento melhor. Ligo a TV e tento ver a novela enquanto não começa o jornal. Não dá. Não há mais tempo, já esperei muito. Volto para a frente do computador, aperto *enviar*.

07/02/2011

Finalmente, o cigarro-recompensa. P. Seu P. Dr. P. Ou será dona P.?

Visito sites aleatórios, mas nenhum consegue me capturar. Aperto F5 para atualizar a caixa de entrada. Nada. Ligo para Janice, ela atende. Sorte a minha, é hora do intervalo. Desde que se divorciou de Pablo, toda segunda e quarta Janice dá aulas à noite, para complementar a renda.

Ela fala sobre ele. Pablo ligou de novo, ela não quer voltar. Infidelidade não tem perdão. Já tivemos essa conversa dezenas de vezes. Normalmente, não me importo, é como ouvir uma novela no rádio. Mas hoje eu não consigo me conectar. Dou uma desculpa, tento me despedir. Janice não ouve. Ela fala, fala, fala. Falo por cima dela. Por fim desligamos. Aperto de novo a tecla *atualizar*, e não há novas mensagens. Fraca. Não quero ver TV. Não há crianças lá embaixo.

Amélia, a caixa de entrada, hipótese: é tudo uma farsa, tudo mentira, caí de novo, José, razão, razão, razão, a aula de amanhã, é pouco demais, Janice, ah, Janice, sete anos, os livros presos, sufocados, na caixa quase transparente, outro cigarro, cadê o maço? Que horas são? Vou deitar. Como? Ver TV. O quê?

Checar os e-mails. Só mais uma vez.

Uma.

F5.

Nada.

Preciso sair, andar pela quadra, decido tomar um café na Pão Bom, na rua paralela. E vou, proibindo a mim mesma de checar a hora. Sem querer, trago o cigarro na velocidade dos segundos. Na boca. Abaixo. Na boca. Abaixo. E caminho no mesmo ritmo. Eu sei. Mas não confiro: cair na tentação é fraqueza. Na metade da quadra, dá para ver a fila na padaria. Está enorme, uns oito minutos, calculo. Uma velha de cabelo grande come um pedaço de pizza, um garoto de blusa e short vermelhos e boné do Palmeiras espera sua vez. Um pai carrega a filha no colo enquanto implora ao filho mais velho que não mexa nos sacos de balas e chicletes nas prateleiras. Um homem gordo usa o bigode como se fosse crachá: é dono do táxi parado lá na porta. Quantas pessoas tentando não estar em casa. Meus ombros pesam. Venta, sinto o cheiro de tempestade. Saí de casa sem sombrinha. Cedo e checo o relógio. São quase nove. É segunda, amanhã tenho que dar aula. Chega dessa besteira. Dou a volta, sem café e sem pressa.

No apartamento, resisto a ir para a frente do computador. Me jogo no sofá e me misturo a ele, esperando que minha mente também afunde ali. Fecho os olhos. O computador. Ligo a TV, a novela. Capítulo 150, calculo, a segunda metade da trama. Mocinha e mocinho querem ficar juntos, mas não podem. O computador. A fórmula repetida não cola. Mas fico com eles até que oitenta por cento das luzes no prédio defronte se apaguem. O computador. Acendo um cigarro, e tento reorganizar os livros na prateleira do canto direito da sala, liberar outros guardados na caixa plástica. O computador. Eles estão empoeirados. O computador.

Penso em limpar o quarto ou a sala, mas fiz isso ontem de manhã. O computador. Ligo para Janice de novo? Não, não vou prestar atenção em nada, não estou com saco. O computador. Não tenho para onde ir, nada para fazer. O computador.

O.k. Desisto.

Volto para o laptop, tento adiar o momento de checar os e-mails. Visito sites de notícia: um incêndio na Cidade do Samba engoliu os depósitos de três escolas. Carros alegóricos com cavalos alados, vestidos de porta-bandeira, sapos gigantes e fantasias de criaturas do mar, todos reduzidos a cinzas. Mas o Carnaval está mantido, é no começo do mês que vem. São 22h23, devo me preparar para dormir. Que amanhã chegue logo, para eu voltar à realidade: P. nunca escreveu, ele nem existe. E eu não respondi, principalmente, não estou esperando nada. Mas, de novo, sou fraca demais. Checo a caixa de entrada. Rápido. A última vez.

Mal acredito quando vejo o novo e-mail. Isso merece um pequeno ritual. Um cigarro. Acendo, trago. Abro a mensagem. P. não diz quem é.

Voce nao é a boa na pesquisa? Me ache
P.

26/11/2004

Pílulas podem derrotar a insônia, não os pesadelos. O meu, depois que o professor Américo deixou minha casa, foi com a universidade.

Quando acordei, José dormia ao meu lado. O silêncio era tão absoluto que eu podia ouvir os ponteiros do relógio. Quase fui ao quarto da Amélia para descobrir que o desaparecimento dela havia sido apenas um devaneio. Mas a ausência era concreta demais para jogos de imaginação. Eram seis horas da manhã.

Fechei os olhos de novo, sem esperança de voltar a dormir, só queria me desligar. Em vez disso, abri a porta para uma segunda parte do pesadelo: dessa vez, uma coleção de fragmentos da realidade. Eu conversava com Pedro na garagem do Bloco B, depois da aula de sexta-feira. Ele me beijou e eu aceitei o beijo, o Pitágoras bidimensional na parede de vidro nos encarando com os olhos vazios, desavisado. Não foi culpa de Pedro. Eu é que tinha começado tudo na noite anterior: no carro, do banco do passageiro, agarrei aquele rosto fresco, sem barba. Pedro tinha vinte e quatro anos e era brilhante. Éramos iguais, membros do mesmo conjunto. Mas nunca foi minha intenção levar longe aquilo. Não podia arriscar a carreira, virar a professora que teve um caso com um estudante. Sabia desde o início que nossa história teria um começo bem definido, A, e um fim bem definido, B, uma linha simples, direta, paralela a todo o restante.

Seis meses depois, estava grávida. Era do José, eu tinha certeza, o bebê era do meu marido. Pedro não aceitava o término. Ele achava que estávamos apaixonados, um erro de cálculo. Disse a ele que amava José.

"Não estou dizendo que você não o ama. Estou dizendo que você me ama mais", Pedro retrucou.

Respondi com um questionamento. Como ele podia saber, não existe isso, uma escala, uma régua para medir sentimentos. Pedro não disse nada. Ao sair da minha sala, derrubou a pilha de relatórios e dissertações que estavam na mesa, espalhando no chão anos de trabalho de dezenas de estudantes, nenhum deles tão importante para mim quanto ele.

O barulho chamou a atenção do professor Américo, que passava no corredor. Ele parou para perguntar se estava tudo bem. Pedro continuou andando, e o professor olhou para mim como se eu fosse uma aluna que estivesse matando aula. Ele sabia do meu caso com Pedro. Sorri e voltei a ler as propostas de pesquisa de alguns alunos de graduação. O uso de cordas no ensino da geometria, ideia repetida.

Depois, quando eu estava grávida de cinco meses, uma noite José ligou. Eram 20h45. Atendi sem vontade, sabia que era ele. Meu marido me queria em casa, o campus não era seguro. Lembrei-o do prédio enorme da polícia perto da entrada principal. Ele retrucou citando os casos que dominavam as manchetes dos jornais, a onda de estupros na universidade. Três meninas tinham sido violentadas, uma delas antes das dez da noite no estacionamento da Geografia. Disse a ele que a segurança noturna tinha sido reforçada, havia patrulhas de hora em hora. Menti.

"Você prometeu", ele reclamou, sabendo que já tinha perdido a competição cujo prêmio era me ter em casa.

"Preciso de mais algumas horas."

"Pelo amor de Deus, Lúcia."

"Só tenho quatro meses até o bebê nascer", respondi, e desligamos.

O professor Américo bateu na porta logo depois. Ele segurava a pasta preta de couro que usava fazia anos. Mesmo àquela hora, suas roupas estavam limpas, nem sequer tinham amassado. Ele nunca dobrava a manga da camisa, nem no verão. Disse que eu fosse para casa, em tom de quase sermão. Mas eu precisava terminar a análise dos dados do grupo de pesquisa dos livros didáticos.

Américo se aproximou, sentou-se na cadeira em minha frente, pôs a pasta no chão. Ele olhava para mim e eu, para o trabalho aberto na mesa. Só faltavam cinco páginas. Ele pegou na minha mão.

"Lúcia, para que tudo isso?"

Não respondi. Mas ele sabia muito bem que Glória, a professora "dragão", como a chamavam os estudantes, tencionava assumir meu grupo de pesquisa quando eu tivesse o bebê. Ela dizia a quem quisesse ouvir que planejava refazer toda a análise que, após três anos, estava quase pronta. Era um retrocesso, um desrespeito a um trabalho cuidadoso, ao meu trabalho.

Américo continuou o sermão. Ele me lembrou dos inúmeros artigos que eu tinha publicado, um deles na *Annals of Mathematics*, dos grupos de pesquisa que eu havia coordenado, dos vários debates nacionais sobre matemática de que participara.

"Você já é bem-sucedida", disse.

"Correto", concordei. Eu sabia quem era, minhas conquistas. Eu merecia aquilo. Ora, minha vida era a matemática, a universidade.

Ficamos em silêncio por alguns segundos, até que decidi falar.

"Glória não vai assumir meu grupo", disse. Queria encerrar o assunto.

"Não leve as coisas para o lado pessoal", ele respondeu. "Aproveite sua gravidez."

"Prefiro aproveitar isso", retruquei, indicando o trabalho e voltando a lê-lo.

O professor disse algo, "Se cuide", provavelmente, e foi embora.

07/02/2011

Esse P. sabe que sou pesquisadora. Não quero essa mensagem. Ele me conhece de outra vida, de uma existência em que eu era inteira, feliz, mas não completa: mesmo quando se tem tudo, algo está faltando, ironicamente aquilo que se nota, aquilo que te faz achar que felicidade é privilégio de outras pessoas. Vemos com mais clareza o que não está.

Não há como P. saber que sou, que fui, pesquisadora. No meu site, me apresento como professora. Há cinco anos não sou nada além disso. Será que ele me conhece? Seria loucura contemplar essa hipótese, pensar que alguém do nosso círculo poderia ter levado Amélia.

P.

Pedro?

A associação é absurda. Por que a mente faz a conexão com ele?

Ainda que eu admita essa possibilidade: seria primário, elementar, um tapa na cara. P. de Pedro? Como se ele não se lembrasse do que sou capaz. A não ser que a intenção fosse justamente que eu não demorasse a descobrir. Mas isso soa mais como projeção de um desejo do que como a realidade.

Não sei de Pedro, nunca mais soube. Há meia década não nos vemos, há o quádruplo disso não nos amamos. Pedro também desapareceu para mim. Mas esse foi um desaparecimento consentido. Terminamos quando eu disse que estava grávida.

Digito o nome dele na ferramenta de busca.

Em um segundo, surgem dezenas de resultados. Clico no primeiro, um artigo, e descubro. Pedro não está mais em São Paulo. Está nos Estados Unidos, desde 2007. Está certo. O caminho dele não teve desvios. Seguiu a rota previsível, calculada para gente como nós. Ele é professor numa universidade de ponta, foi ser grande.

Outro resultado. Clico.

Ele vai dar palestra no congresso internacional, em Washington, daqui a duas semanas.

Pedro não precisou abrir mão de nada. Ele sempre foi focado, mergulhado em si. Deve ter seus próprios grupos de pesquisa hoje, seus próprios alunos brilhantes, uma família, amantes.

O que nos separa agora e há muito tempo é mais que dez mil quilômetros. É um universo. Eu também desapareci para ele.

Pedro não é P.

Com que facilidade a mente se perde nos caminhos óbvios. Preciso ser eficiente, ir além. Uma segunda opinião?

José.

Ele atende no primeiro toque. Há tranquilidade em sua voz, uma calma que só desapareceu nos primeiros meses sem Amélia. Naqueles dias, ele falava pouco, apenas o necessário. E, ainda assim, era como ouvir um fantasma, as palavras saíam modificadas, mais estridentes, apressadas, tristes.

Ele aproveita o meu contato. Logo pergunta se sei da caixa onde estavam sua coleção de carros, seus CDs, o nosso computador. Eu lembro: não respondi o e-mail dele. Digo que não sei, há anos não vejo esses objetos, devem ter se perdido na mudança, na primeira ou nesta. José acabou de ir para um apartamento em Pinheiros. Algo sempre se perde nas mudanças, não é o que dizem? Mas isso é menos importante agora.

Conto sobre o primeiro e-mail de P., da minha resposta e da nova mensagem dele. Meu ex-marido quer minúcias, o dia, a hora, a palavra precisos. José me cansa com tantos pedidos de explicação, com sua dificuldade de se ater somente ao mais importante. Faço um esforço para dizer mais, leio as mensagens para ele. A primeira, enviada às 17h24 de 06/02/2011 e respondida por mim às 19h37 de 07/02/2011. A segunda, enviada às 22h20 de 07/02/2011. Ele dá o veredicto: mentira. P. só quer se divertir.

Odeio José. Pela capacidade de destruir minhas esperanças com tão poucas palavras, sem se importar em apresentar um argumento completo. E porque sei que ele está certo. É como se, gradualmente, objetividade e lógica, que sempre foram minhas principais ferramentas — mais que isso, minhas principais armas —, estivessem me deixando. E diante do José, que sempre foi o romântico, o relaxado, a criança do casal. Ele era o melhor amigo da Amélia enquanto eu era a mãe, a autoridade da casa.

Como acontece toda vez que as emoções tomam conta, a realidade me confunde: "Mas como P. pode saber que sou pesquisadora?".

"Ainda está no site da universidade", ele responde, lendo na tela do computador. "Professora Lúcia Conceição Venâncio Bueno. Formada em 1985 no Instituto de Matemática e Estatística da Universidade de São Paulo, mestre em matemática (1989) também pelo IME-USP."

"Para", peço. Mas ele continua, robô.

"Doutora pela Universidade de São Paulo (1993). Professora do IME desde 1986 na área de matemática educacional."

"Para!"

Ele finalmente escuta.

"Entendi", digo. "Mas ainda assim não significa…"

"Pelo amor de Deus, Lúcia. Não vamos começar. É um trote. Mais um."

Queria não saber por que ele diz isso com amargura.

23/01/2005

Era quase o quarto mês. Um calor opressivo dominava São Paulo. Nenhum dos três ventiladores que Décio, irmão do José, tinha comprado para nós conseguia refrescar a casa. Nem a chuva, que sempre chegava no fim da tarde derramando sobre a cidade três vezes a quantidade de água do rio Tietê, amenizava o ar quente preso entre os prédios.

Durante o dia, nosso quintal fritava, o verde da grama empalidecia, agonizava. Dentro da casa, eu me movimentava só o necessário, da TV para o computador, do computador para a TV, para o banheiro, para a cama. Era um daqueles períodos de intervalo, em que eu não precisava ficar deitada o tempo todo. José tinha voltado a trabalhar, "a melhor coisa que tinha feito", dizia, ainda que em jornadas menores, de trinta e cinco horas semanais. Ele não escondia a vontade de que eu voltasse para a USP também, embora isso significasse trazer de volta a velha Lúcia, longe, estressada, apaixonada por um lugar só dela. Mas eu não queria isso, ainda não. Meu trabalho era continuar a busca pela minha filha. Eu tinha procurado um órgão do governo que registrasse pessoas desaparecidas e esse órgão não existia. Não existia. Esse país de dimensões continentais, de uma diversidade absurda, e eu não podia contar com uma instituição nacional para encontrar minha filha.

Passei a registrar Amélia em sites sobre pessoas desaparecidas, a maioria deles feita por pais na mesma situação que eu. Postava fotos dela em poses variadas — na escola aos onze, com roupa de balé aos oito, no aniversário de um coleguinha aos dez —, para mostrar ângulos diferentes. Cadastrava telefone e e-mail, às vezes endereço, tudo o que pediam. Naqueles em que havia espaço, escrevia um apelo, sete linhas implorando por uma pista, qualquer dica, para que me devolvessem minha filha.

Então recebi o primeiro trote. Uma menina ligou, uma criança. Ela não tinha mais que doze anos. Quando ouvi a voz, senti o corpo amolecer. Amélia. Por alguns segundos, não entendi o que estava acontecendo. Amélia dizia que minha filha tinha fugido com um homem e começou a descrever as intimidades dos dois, em detalhes escabrosos. Amélia dizia tudo isso entre risadinhas. Amélia falava de si mesma na terceira pessoa. Não era ela. Era uma garota qualquer, aleatória, a filha de outra mulher, se divertindo, provavelmente com seus irmãos ou amigos. Quando tentei conversar, perguntar onde tinha encontrado meu telefone, ela desligou.

Era o quinto mês, mais de trinta dias depois da ligação daquela menina, o suficiente para eu ter esquecido dela. Meu marido trazia as cartas que coletava na caixa de correio incrustada na parede de pedra ao lado do portão. Uma delas, endereçada "Aos pais da Amélia Bueno", era de um homem de Goiânia, a capital da secura no Brasil Central.

A mensagem era gentil. O remetente criticava a falta de segurança no país, a lentidão do governo em criar leis mais duras para proteger nossas crianças. Era uma voz indignada e articulada.

Não havia assinatura. No fim, apenas uma imagem da Amélia em seu uniforme azul, o cabelo preso por dois passadores idênticos, preto e branco, e brincos de joaninha. Era uma das fotos que eu tinha colocado na internet. A imagem tinha sido impressa em papel-ofício e estava recortada rente à borda, deixando um milímetro de espaço branco no papel colado na folha arrancada de um caderno. Ao lado da foto, as palavras: "Vida longa a Amélia".

Guardei a carta na pasta polionda azul reservada a qualquer coisa relacionada à minha filha. Passados quatro dias, recebemos outro envelope, do mesmo endereço. Dessa vez, o remetente se identificava: Wolfgang Rezzi Cordeiro, advogado. A filha dele, Eliza, tinha desaparecido em abril de 1992 e, dois meses depois, fora encontrada morta num beco na periferia de Goiânia. Agora, Cordeiro era um ativista, lutava pelos pais de filhos desaparecidos. Goiás, ele dizia, era um conhecido refúgio de gangues de tráfico humano, por sua posição estratégica, longe dos holofotes de Rio, São Paulo, Bahia e Ceará. No fim, nos dava o número de um telefone celular para o qual pedia que ligássemos. E de novo colou a foto da Amélia com a mesma mensagem.

José ligou imediatamente. O homem respondeu no segundo toque, repetiu a história que estava na carta e chorou. José também, e os dois conversaram por quase uma hora.

"Gostei muito de falar com o Cordeiro", disse meu marido, mais tarde naquele dia.

José e o homem passaram a conversar ao menos uma vez por semana. Nos dois meses seguintes, Cordeiro ligou todo sábado às nove da manhã e também em algumas noites úteis. Numa dessas ocasiões, sugeri que trocassem e-mails — era mais prático e barato. Eles riram. Meu marido não tinha muita paciência com o mundo on-line, e o advogado disse que a internet era o playground dos "tolos e preguiçosos". José esperava por aqueles telefonemas, contava com eles. Ele precisava falar com alguém que entendesse sua angústia e, ao mesmo tempo, se mantivesse à distância, o tirasse de nossa rotina. Alguém diferente de mim. José estava mais leve, o novo amigo o encorajava a acreditar que Amélia seria encontrada em breve.

Eles conversavam longamente, José oferecia o ombro a Cordeiro para quando este precisava falar da morte prematura da mulher, das dificuldades em criar uma garota sozinho e sobre o choque de perdê-la brusca e brutalmente, e como havia conseguido sobreviver. E José podia falar sem pudores de suas dificuldades, contava de nossa filha, nossa família, da vida que tínhamos. Eu me sentia exposta, mas, diante do alívio do meu marido, pôr limites nessas conversas parecia um capricho. Além do mais, o que eu tinha a perder agora? Através do José, Cordeiro era uma pessoa presente, tão concreta quanto os vazios da nossa casa. Ele me mandava beijos e abraços, era um tio carinhoso. E demonstrava sua preocupação: perguntava dos avanços nas investigações, às vezes me pedia opiniões sobre questões comuns e, do outro lado da linha, no ouvido do José, adiantava o que eu ia dizer. Os dois riam da minha previsibilidade, a previsibilidade do bom senso. Mas também porque aquela era uma prova, um *quod erat demonstrandum* de intimidade que nos transformava em mais que conhecidos que nunca tinham se visto. Éramos próximos e cúmplices, uma família.

Numa sexta-feira, Cordeiro ligou no meio da tarde. Estranhei. José não estava, e ele sabia. Quando me contou a razão da ligação, fiquei paralisada. O advogado tinha recebido a informação de que uma garota com as mesmas características físicas da Amélia — cabelo cacheado, cerca de doze anos, sotaque paulista — era mantida em cativeiro perto da saída de Goiânia. Um amigo dele, que trabalhava com a polícia, ainda tinha contado que as pessoas da favela ouviram os criminosos chamarem a garota de "Amelinha". Esse mesmo amigo tinha dito que a polícia não poderia fazer nada a respeito no fim de semana, por causa de baixas na equipe.

"Como assim?", eu o interrompi. Era a minha filha, minha vida. Não dava para esperar mais nenhum dia.

Cordeiro insistiu que não havia nada a fazer. Eu disse que sempre há um jeito. Essa chance não podia escapar, eu faria o que fosse necessário.

"Por quanto esses caras aceitariam fazer esse resgate como um bico no fim de semana?"

Cordeiro respondeu que não era boa ideia. Os homens estariam desrespeitando ordens: uma operação como aquela era ilegal se não estivessem em serviço.

Ele não estava entendendo. Precisava ser feito, ia ser feito. Com certeza os policiais aceitariam dinheiro. Em São Paulo, o salário deles era tão baixo que quase todos trabalhavam também como porteiros noturnos ou seguranças. Não devia ser diferente em Goiânia.

"Sei que você consegue descobrir qual o preço deles", eu disse. Vencido, Cordeiro respondeu que me ligaria em cinco minutos, e ligou. Os policiais queriam seis mil reais para fazer o trabalho. Três caras, um deles ex-delegado.

"Seis mil?"

"Mas, por favor, me deixe contribuir com dois. Me sinto responsável por isso."

Eu queria dizer que não era necessário, que eu e José arcaríamos com tudo, mas, na verdade, seria uma grande ajuda. Meu marido tinha acabado de voltar ao trabalho e eu não estava recebendo mais nada da universidade, minha licença não era remunerada. Aceitei.

Em seguida liguei para José. Pagaríamos nossa parte a Cordeiro, que completaria e levaria o dinheiro em espécie aos policiais. Meu marido queria fazer a transferência logo, naquele minuto. Eu estava em dúvida. Talvez o advogado tivesse razão. Não parecia certo financiar uma operação clandestina. Um passo em falso, um erro, e Amélia poderia se ferir ou, pior, ser morta. Não era melhor contar com o apoio do governo? Talvez devêssemos tentar convencer a polícia de Goiânia a fazer o resgate da maneira tradicional, e no fim de semana. Estaríamos lá para participar.

José não concordou. Ele insistiu, era nossa chance, vamos pagar, vamos fazer. Cordeiro vinha lidando com aquela gente havia anos, daria um jeito de tudo funcionar.

"Ele vai nos ajudar, sem dúvida", disse.

Meu marido tinha uma teoria. Para ele, Cordeiro havia se apegado a nós porque éramos sua chance de se redimir da morte da filha. Encontrar Amélia seria alcançar a justiça que ele não tinha conseguido.

Cedi. José fez a transferência, e decidimos ir para Goiânia imediatamente. Queríamos acompanhar a operação de perto, estar lá quando Amélia fosse salva. Pesquisei preços. Ir de avião era muito caro. A passagem de ônibus custava cerca de noventa reais. Mas ficar treze horas num veículo lotado e fedido, à mercê de um motorista que poderia ser lento demais, não compensava. De carro, poderíamos ir no nosso próprio ritmo, e a viagem seria encurtada em pelo menos três horas.

José concordou.

Quando chegou em casa naquela noite, em torno das oito, tentou avisar Cordeiro que estávamos indo, mas o advogado não atendeu o celular.

"Tudo bem. Ligaremos quando chegarmos. Qualquer coisa, temos o endereço dele."

José foi ao escritório e pegou as cartas de Cordeiro na pasta azul. Depois, subiu para tomar banho enquanto eu arrumava a mala. Passei pelo quarto da Amélia para checar se estava tudo em ordem. Conceição tinha limpado uma semana antes. Logo, tudo estaria de ponta-cabeça de novo. Nunca imaginei que a perspectiva de desordem me faria tão feliz. Era o fim da angústia. Traríamos Amélia para casa e retomaríamos nossa vida, José voltaria a pensar na expansão da empresa, eu seria a pesquisadora mais dedicada não só do IME, mas de toda a USP.

Saímos por volta das nove horas, escapando do congestionamento de sexta, quando milhares de pessoas vão para a praia ou visitar parentes no interior, e os migrantes viajam para seus estados, saudosos do almoço de domingo em família.

José dirigiu setecentos e trinta e seis quilômetros, sem parar, enquanto eu separava o dinheiro dos pedágios. Só nas estradas de São Paulo, eram dez. Nos duzentos quilômetros finais, assumi o volante. Fazia um calor abafado, abrir as janelas não tinha surtido efeito. A poeira transformou nosso Siena azul em um carro marrom, mais velho. Demoramos dez horas numa estrada que, no escuro denso em que se podiam contar todas as estrelas do céu, se descolava de qualquer coisa terrena. Era tudo sobrenatural naquela viagem.

Chegamos a Goiânia perto das sete da manhã, a cidade já estava movimentada, os ônibus lotados, o trânsito lento, muita gente buzinando. José queria parar em algum lugar e tirar um cochilo até um horário decente para irmos à casa de Cordeiro. Tínhamos o endereço nas cartas. Não devia ser longe: Goiânia não era São Paulo. Eu o persuadi a comprar um mapa, não queria ficar refém da orientação dos outros. Os outros costumam se atrapalhar. Com um guia de ruas na mão, chegamos sem erro à padaria mais próxima. Enquanto tomávamos café com um pão de queijo murcho e puxento, explorei o mapa.

Goiânia é um pentágono deformado, cheia de árvores nas calçadas, em praças e nos canteiros das avenidas, provavelmente a cidade mais verde do país. Os quarteirões têm um desenho preciso, e, na região central, a maioria das vias é numerada, não tem nome. Tive certeza de que encontraria minha filha, ela não estava perdida no meio de um lugar caótico; estava segura, visível. Eu e José ficamos calados, quase mortos. Ele olhava para a TV. As imagens no jornal matutino mostravam o corpo coberto de um promotor local, assassinado com dois tiros à queima-roupa. Ele denunciara uma quadrilha de bandidos que aplicava golpes elaborados, atraindo as vítimas para a periferia, torturando-as e matando para roubar. Não consegui entender se algum integrante tinha sido preso, o som estava abafado pelo rádio, que tocava uma canção estridente de Zezé Di Camargo e Luciano.

As pessoas entravam e saíam, trabalhadores de regata e bermuda desbotadas havia muito, dedos grossos, pele rachada, segurando com o mindinho saltado o copo americano cheio de café quente até a borda, e mulheres de olhos pretos, cabelo coberto por um lenço, se preparando para passar o dia na faxina. Eu pensava se algum deles sabia de minha filha. Mas me repreendia em seguida. A cidade tem mais de um milhão de habitantes.

E meu pensamento então voltava para a ação policial que aconteceria naquela noite. Os agentes à paisana, jovens provavelmente, tentando compensar o salário baixo com um bico que salvaria não uma, mas três vidas: as nossas. Torci para que eles não perdessem a deles, para que fossem habilidosos o suficiente, para que tivessem calma.

"Vou ligar para o Cordeiro", disse José, tirando do bolso o celular e um pequeno retângulo amarelo, um autoadesivo, em que ele tinha anotado o número.

Não o impedi. Ainda eram oito da manhã, mas lá tudo começava antes. O advogado não nos atendeu naquela hora e em nenhuma das outras cinco vezes em que tentamos falar com ele, até as onze horas. Na sexta tentativa, o celular estava desligado.

José não sabia o que fazer. Ele começou a temer pela segurança do amigo. E se alguém tivesse revelado para os bandidos as intenções de Cordeiro? Propus que fôssemos à casa dele. Na pior das hipóteses, chamaríamos a polícia. Era melhor resolver logo aquilo. Nada podia atrapalhar a operação da noite.

Com o envelope pardo na mão, procurei a rua Osíris Faria, número 22, no guia. Não encontrei. José quis tentar e também não achou.

"Pode ser uma rua nova", ele disse. "Porcaria de guia desatualizado." Meu marido tinha perdido a paciência.

Procuramos um táxi. Vimos um estacionado na quadra de baixo. O motorista dormia com uma revista no rosto para se proteger do sol; àquela altura, a temperatura era de trinta e dois graus. Ele nunca tinha ouvido falar daquela rua e pediu ajuda.

"Central, copia o 223?"

Uma voz feminina confirmou imediatamente. Quando ele perguntou sobre o endereço, a resposta demorou dois minutos. Não havia aquela rua em Goiânia. Pedi licença e peguei o rádio. Soletrei: O-s-í-r-i-s. Com dois "s", nenhum "z".

"Copia?" Usei a linguagem do taxista. A mulher respondeu que sim e, em seguida, que não. Não havia aquela rua em Goiânia, nem nas cidades vizinhas.

"Nada nem parecido com isso?", insisti.

José bufou, olhos levemente arregalados, narinas abertas em figuras elípticas escuras, puxando mais ar do que o normal. O suor fazia semicírculos nas axilas dele.

"Nada", disse a voz no rádio. O taxista apertou um lábio contra o outro em sinal de simpatia, lamentando nosso engano.

"Onde é a delegacia mais próxima?", perguntou José.

Voltamos em silêncio para nosso carro, José com pressa, com ódio, e fomos até o local indicado pelo taxista, sete ruas para baixo. Demorou duas horas para sermos atendidos. José continuava insistindo em falar com Cordeiro. Sem sucesso. Antes de nos sentarmos em frente ao delegado para contar a nossa história, antes mesmo de descobrirmos que o celular de "Cordeiro" era de um chip pré-pago que não podia ser rastreado, antes ainda de ficarmos sabendo que não existia um Wolfgang Rezzi Cordeiro em Goiânia, tanto eu quanto José já tínhamos entendido: havíamos caído num golpe.

O delegado foi severo. Nos passou um sermão por termos pensado em pagar policiais por fora, ainda que fôssemos as vítimas ali.

"O senhor poderia tentar rastrear o depósito", disse José.

O delegado continuou falando, disse que encontrar o cara era praticamente impossível. Ele poderia ser qualquer pessoa, estar em qualquer lugar.

"O depósito", José repetiu.

"Só com ordem judicial", respondeu o outro, como que encerrando a conversa. Então, ele apostou o braço direito que o nosso "amigo" havia aberto uma conta bancária usando documentos falsos, e que Wolfgang Cordeiro era um nome inventado. Nunca mais veríamos aqueles quatro mil reais. Os quatro mil que eu tinha insistido em pagar. Cordeiro, afinal, me conhecia muito bem. Era o homem que adivinhava minhas respostas.

Não precisei olhar para José para perceber que ele pensou o mesmo que eu. Aquele dinheiro nunca foi tão pouco. O que perdemos naquele dia não podia ser contabilizado.

Voltamos para São Paulo na manhã seguinte, cedo. Meu marido chorou no caminho, quieto, limpando as lágrimas com as costas da mão. Em casa, queimei as cartas de Cordeiro. José não tocou no assunto. Depois disso, nunca mais acreditou em ligações ou e-mails que falavam sobre Amélia.

Por outro lado, eu conferia tudo. Para todo X há uma resposta. Não posso me deixar tomar pela emoção. Ninguém aguentaria sentir tanto, por tanto tempo. Mas é inegável que aquela decepção também me mudou. Me deixou com medo de nunca conseguir parar de ter esperança.

Terça-feira

O telefone toca, ignoro, mas ele toca de novo. E toca de novo. Já vou! Porta de vidro deslizante, sofá violeta de almofadas estampadas, o jornal, relógio, passo o tapete enrolado, baú. Tiro as luvas e ponho em cima da mesa. Bufê. Atendo.

É Kaique. Ele não vai poder vir almoçar hoje.

"Por quê?"

Ele faz "tsc". E emenda uma explicação, fala rápido, o chefe anda louco, dando trabalho, desde que outra empresa comprou a empresa que é a dona da empresa dele.

"Quem sabe então aman…".

"Talvez. Logo", ele diz. "Quero as pílulas."

"O quê?"

"As pílulas."

"Ah, certo. Estarão aqui, anjo."

Desligamos. Preciso voltar ao trabalho: a laranjeira me espera para limpeza. Mesa de jantar, baú com a herança de papai, tapete enrolado, relógio, porta deslizante. Da varanda, vejo a mancha marrom e cinza-metal, cabo e lâmina da tesoura, debaixo da laranjeira mais nova. Com os pés já no cimento que margeia o pomar, percebo. Estou sem luvas. Deixei lá dentro. Volto. Relógio, sofá, jornal, baú, tapete. Pego as luvas, coloco, para o quintal mais uma vez. Tapete, baú, jornal, sofá, relógio.

Chego suando à varanda. A febre. Não, é o calor. Vou até a laranjeira, sento na terra embaixo dela para pegar sombra. O vestido sobe um pouco, sobe demais. Minha menina me abraça. Kaique quer as pílulas. Levanto e procuro o restante de ramos secos para tirar. Tem saúvas no tronco. Por que fui contar que tinha voltado com as pílulas? Quantas formigas. O que eu acho? Nojo. Vagabundas, sugadoras de seiva. Sopro para saírem da planta, coitada. Imagina a coceira. Elas não saem, as bichas continuam subindo, carregam pedacinhos de folha e gravetos. Grito: "Aqui não é lugar para vocês!".

Mas elas seguem marchando. Uso a mão para expulsá-las, elas vencem.

Volto para a varanda, porta de vidro, relógio antigo, sofá. Pego o jornal, na página de economia o preço das terras disparou, terra é ouro, diz a reportagem.

Baú, tapete, mesa de jantar, cozinha. Pego a frigideira e retorno, mesa de jantar, tapete, baú, sofá, porta de vidro. Pomar. Prego o jornal na laranjeira, ele se transforma em tronco preto-branco-manchado, espero que elas subam, vêm em grupo, e, uma vez no papel, derrubo na frigideira. Elas sobem no papel, frigideira, sobem no papel, frigideira. Acabaram. Vasculho o tronco inteiro, debaixo da terra, até em cima. Peguei todas.

Porta de vidro, sofá, relógio, baú, mesa de jantar. Cozinha. Dentro da frigideira, as formigas tentam subir. Me fazem rir com os tombos que levam de costas, caindo e caindo. Acendo o fogão, ponho a frigideira para cumprir sua missão na Terra, fritar. Elas não gritam, morrem aos poucos, seus corpinhos passam de marrom-claros a marrom-escuros e a pretos. A morte delas cheira a mato. Levo a panela de volta à laranjeira, despejo as formigas ao pé da árvore.

Ela é nova ainda, mas o tronco é marcado, tem suas rugas. Carrega litros e litros de suco. Ela e a outra laranjeira, minhas primeiras. Estão cercadas pelas demais.

"Não falei que vocês não ficariam sozinhas?", digo, e incho, as meninas crescidas me orgulham.

Foi como tinha que ser. Plantar é ritual, não se faz de uma hora para outra. Exige aguardamento. A cajarana tinha me iniciado nessa arte. Ela demorou um inverno inteiro para surgir na roça, como uma ponta. E outros dois para dar flor, uma flor sem perfume, preguiçosa, mas branca, fina, um esforço de delicadeza da árvore que é a mais forte das árvores. A mais desejada. Faz janela, faz banco, faz porta, faz gaiola, faz caixinhas melhor que todas. Nada quebra sua madeira vermelha nem a faz estufar.

As flores da cajarana ofereciam néctar, abelhas, besouros, aranhas e formigas, saúvas enormes, se deliciavam. Por esperteza da planta. Nos frutos, logo ali, tinha um veneninho para essas miudezas. Os cadaverezinhos caíam no chão e a árvore se alimentava da morte de novo. Tinha majestade. Aqui, dominaria o quintal, as outras meninas, a mim. Não caberia. Meu pomar me pertence, me adora, me oferece banquetes suspensos, curas, e eu retribuo. É o que eu quis. Tive visão.

Quarta-feira

O porco esquartejado em cima da mesa da cozinha, suas partes em pequenas vasilhas de metal, cada uma cheirando como um suíno inteiro. A cozinha fede a chiqueiro.

5 kg de feijão-preto
1,5 kg de bacon
1,5 kg de pé e rabo
1,5 kg de charque
2,5 kg de lombo defumado
2 kg de costelinha defumada
2 kg de linguiça semidefumada
1,4 kg de paio
800 g de linguiça calabresa
2 kg de pernil fresco

Leda está me ensinando a fazer uma feijoada completa. Ela sabe cozinhar porque trabalha em restaurante desde os dezenove anos. Tem quarenta e sete agora. Foi garçonete e depois gerente de estoque no Folguedo, subchefe no Viramundo e no Tristão do Centro. Abriu o dela, de receitas nordestinas, na quadra de baixo, na Raul Fonseca, mas não deu certo. As pessoas não aceitavam pagar vinte reais por uma buchada de bode.

Eu aceitei. E vomitei elogios: "Mas isso aqui está divino!".

E Leda, que antes tinha sumido dentro da cozinha várias vezes durante a refeição, querendo parecer atarefada, sentou comigo. A nossa era a única mesa ocupada do restaurante. Eu ouvia, concordava com tudo, com todas as suas mesquinharias, mas só pensava no meu quintal, tinha acabado de me mudar, tinha acabado de me plantar, de enterrar as laranjeiras irmãs naquela manhã.

Depois dessa conversa, queria passar longe do restaurante. Mas Leda era do bairro. Ela vinha até a minha casa, num exercício insistente de vizinhança, me convidava para isso ou aquilo, fazia perguntas, entrava e chorava, chorou muito, antes, durante e depois de se livrar daquele buraco.

O que restou foram pratos arranhados e um monte de garfos e facas e colheres, e vasilhas vazias, que ela guarda na varanda coberta, de frente para a cozinha, pedacinhos de passado, restos de um naufrágio. Não muito diferentes das partes do porco diante de nós.

4 dentes de alho
1 kg de cebola
1 pimentão vermelho
3 doses de cachaça
1 maço de salsinha
1 maço de cebolinha
3 pimentas-malagueta
5 folhas de louro
20 cravos-da-índia

2 *laranjas*
Sal a gosto

As laranjas eu trouxe de uma das minhas meninas. Elas também foram esquartejadas, em rodelas. Brilham como pequenos sóis na cozinha escura de Leda. O ambiente é de uma limpeza hospitalar: não há vasilhas sujas na pia, nem no escorredor. Os azulejos que cobrem as paredes são azul-claros; os espaços entre eles, brancos. Mas a gordura está no ar, contamina tudo. Os cabelos de Leda se escondem dentro da touca.

Ela me explica a receita no seu passo a passo, como se estivesse num programa de televisão: "Tem que cozinhar as carnes com antecedência, reservar o caldo e depois colocar na geladeira para separar a gordura".

O bacon é frito primeiro, até secar.

"Pega o caldo das carnes e vai pondo aos poucos."

Eu vim aqui para usar a internet, e só. Alguns minutinhos. Uma pesquisa que estou fazendo, coisas que não podem esperar mais. Mas Leda quis brincar de cozinheira. Eu disse que não podia, ela insistiu, precisava fazer valer a morte do leitão.

Papai encurralava o porco perto da porta da cozinha e me chamava para assistir. O bicho dava uns gritos de horror, gritos de mulher de juízo frouxo feito sua mãe, papai dizia.

Uma tonteira — aquela febre de novo. Ou o vapor. Leda, eu e o porco, suas partezinhas, estamos todos suando. E também Aline, que vai buscar um banco para mim, obedece à mãe. Preciso me sentar. A pele da menina brilha, é firme como nada no mundo. Seus braços finos estão pelados. Ela tem nove anos.

Juízo frouxo. E papai pegava o machado, seu machado ficava encostado na parede, ao lado do tanque. Com a cabeça, o lado oposto da lâmina, acertava o cocuruto do bicho. Não era de uma vez. Eram necessários vários golpes, não para o porco morrer, para porco morrer basta um, mas esse golpe tem que ser no ponto certo, no ponto da morte. Entre os olhos, um pouquinho acima. Aí ele desmorona, faz um barulho abafado, uma palma batida com pressa. O porco era da cor do chão. Ele tremia, as patas iam para a frente e para trás, para a frente, para trás. Para nada.

"Aí bate no liquidificador a pimenta, os quatro dentes de alho, a cebola, o sal, a cachaça", diz Leda.

"Cachaça?", pergunto. "Não sabia que levava cachaça. Que interessante!" Ela apenas mexe a cabeça, ciente do roteiro, não querendo causar estranhamento aos telespectadores imaginários.

"Então, você vai mexendo, sempre devagar, para não espirrar."

Papai pisava no pescoço do porco e fincava a faca no coração dele: "Vem ver, menina". Um jato de sangue espirrava no chão, eu varria terra com meu pé para jogar em cima. Papai ia para dentro da casa assobiando e voltava com uma pedra e água fervente para raspar o bicho, tirava os pelos e a sujeira, o porco ficava limpo, sagrado. A pele a gente tirava depois, cortando com a faca de pouco em pouco, descascando as patas, o tronco, o leitão completo, completamente despeladinho. Uma tarde inteira nisso.

Aline senta ao lado do fogão, a cor do braço dela do tom exato do lombo cozido que Leda pega e começa a partir, a peça, macia, cede na hora.

"Agora junta as carnes e espera ferver."

Minha boca se enche de água.

De noitinha, papai pegava o machado de novo, o porco despelado no chão. Ele gesticulava para eu me afastar e levantava a lâmina bem alto, apontando para baixo, e a deixava cair, nas juntas do bicho. Gostava de acertar. Cabeça, patas, rabo e tronco espalhadinhos, um só porco tinha se tornado vários. A gente sentava em volta, nós dois. "Aperta, menina. Aperta a carne", meu pai botava a mão na minha. "Assim. Não. Assim", demonstrava. Carne mole demais ou dura demais era ruim. Firme estava boa.

Aline coloca o braço junto ao próprio corpo, a alça da camiseta azul caída, seus seios quase inexistentes saltando por baixo. O prato vai ficando mais apetitoso, o cheiro de feijão, louro e carnes toma a cozinha. Aline tem os olhos grudados na mãe, pretos feito jabuticaba, mirando aquela mulher, a colher e as vasilhas. A mulher, a colher, as vasilhas. Ela antecipa a receita e pega o ingrediente exato e o entrega a Leda, é irritante.

"Vai mexendo, sempre devagar, para não espirrar", Leda repete, em seu script. Ela põe alguns feijões na mão e lambe, engole. Aline entrega o saleiro à mãe. Leda põe mais sal para corrigir o tempero. Mais pimenta também. Acrescenta as laranjas, mas não todas as rodelas. Aline chupa as restantes, a boca da garota nova, molhada.

"Parece delicioso", digo.

09/02/2011

Na aula hoje, problemas — com duas variáveis, os alunos perdidos, mudos, não fazem perguntas. Não entenderam nada. Gilberto e o bigode trapezoide, o jeito quadrado de enxergar, de não enxergar, me julgando na sala dos professores, perguntando por que os alunos ficam tão quietos na minha aula. Cruzo os braços, cravo as unhas em cada um deles, e respondo: "Estão prestando atenção".

Soa como uma mentira hiperbólica, e odeio a mim mesma, odeio Gilberto. Ele devolve com um sorriso nojento e expira com força, e eu imediatamente associo o som ao cheiro de lixo que toma a sala. Meus braços doem. A janela está aberta, trinta e cinco graus lá fora, quarenta aqui. O inferno.

Na segunda metade da manhã, quando volto à sala de aula, há um bilhete em minha mesa, uma folha de papel A4 cortada ao meio e dobrada. Outra mensagem de P.? Não quero pensar nele. Não vou abrir esse bilhete. Transformo o retângulo quase bidimensional do papel numa pequena esfera, que faz uma trajetória retilínea até o cesto de lixo.

Uma nova leva de alunos chega e sou forçada a recomeçar. É a terceira aula do dia, a terceira vez que vou falar sobre os mesmos problemas. Construo os enunciados com certo suspense e, então, guio aqueles garotos e garotas de doze anos para a resposta. Me sinto presa numa dízima periódica, repetindo sequências, imitando a dinâmica que enfrentamos dia após dia, de lidar com as mesmas questões achando que conseguimos resolvê-las, para perceber, em seguida, que teremos que enfrentá-las de novo e de novo.

Penso em P. e o abomino. E o amo. Como uma adolescente estúpida, não consigo evitar a fantasia de ouvir dele exatamente o que quero. Ele vai insistir? Se realmente quiser que eu acredite nele, vai ter que fazer isso, mandar outro e-mail mesmo sem receber resposta. A última mensagem chegou há dois dias.

Quando a aula acaba, vou para casa. Três dias atrás eu estava bem melhor. Agora, o corpo pesa, mas o sono que tenho não me fará dormir. Meus pensamentos virão me atacar. Antes bastava me imaginar na frente de uma das lousas da universidade escrevendo o que me incomodava. Os quadrados pequenos e quase invisíveis tornavam tudo mais fácil, minha letra ficava mais bonita. Eu podia encarar meus problemas por horas, usar a lógica, calcular e, no meio do processo, relaxar e apagar na cama. Não funciona mais.

E se eu escrever para P.?

Devo dar ouvidos a José?

Não sei por que dou tanto crédito ao meu ex-marido. Eu já ajudei pessoas com meu site. José, porém, parece ter entregado o caso de nossa filha nas mãos da polícia, desistiu. O fato é: ele deixa as emoções interferirem, não percebe que é a cabeça que está no topo, não o coração.

A mentira, tanto quanto a verdade, precisa ser comprovada. Logo, se não consigo demonstrar que P. está mentindo, ele não está mentindo. Um paradoxo: me prender estritamente às provas não me faz cética ou cínica. Me faz crente. Mas a fé que tenho é na lógica.

O telefone toca quando estou ligando o computador. Janice. Recebi o bilhete que ela deixou na minha mesa? O papel.

"Não", digo. "O vento deve ter derrubado. Ou algum aluno pegou."

Ela me chama para sair.

"Impossível", digo. "Tenho provas para corrigir."

Insiste.

"Janice", tento interromper, mas ela não para, diz que preciso começar a viver de novo.

"Janice", repito, com mais força. Mas essa mulher não respira, não há pausas na sua fala.

"Assim você nunca vai achar um homem", diz.

"Janice!", falo alto, por cima, e ela para. "Vou ter que ir. Minha pizza chegou."

Janice ainda não foi derrotada, jura, antes de desligar. Acendo um cigarro e começo a navegar. Visito meu site. Não posso abandoná-lo, tenho uma responsabilidade, não posso deixar P. atrapalhar isso. Vejo os sorrisos da primeira página, clico na aba *encontrados*, vou até a página do *fale conosco*, clico no *sobre a autora* e vejo minha cara, leio minha história, lembro a mim quem eu sou. Ligo a TV, está passando o noticiário, parte de um prédio desabou no Rio, uma mulher morreu, na calçada, ia para o trabalho. A filha não se conforma, chora, pede punição para os responsáveis.

Procuro uma cerveja na geladeira e só então lembro que bebi todas no fim de semana. Volto ao computador, apago o cigarro, vou para a caixa de entrada.

Apesar de não estar esperando P. responder, apesar de querer esquecer as mensagens dele, me preparo para a decepção. No entanto, lá está.

P. escreveu de novo.

Pego o último cigarro do maço. Penso em abrir a mensagem. Por que hesitar? Ler não significa responder. Não significa perder o controle.

O celular toca. Se for Janice, não vou atender.

Não é.

"Alô!", diz a voz.

É José. Sempre teremos um negócio para tratar.

"Está em casa?"

"Sim."

"Posso ir até aí?"

Não gosto do tom. Não posso dizer que nunca tinha ouvido José falar assim, porque já tinha. Digo que sim, por inércia. Quinze minutos mais tarde, José está aqui, me chamando no interfone.

Apago o cigarro e autorizo a sua subida. Ele já devia estar a caminho quando ligou. Fecho o computador e vou ao banheiro. Meu cabelo não está tão bagunçado quanto pensei. Bom. Não quero parecer louca. José bate na porta.

Abro e, antes que perceba, estou sorrindo. Ele diz "oi" e pergunta se estou bem, de um jeito mecânico, formal. Eu o convido a sentar, mantendo o mesmo tom. Somos péssimos atores estragando uma cena simples. José, porém, não fica à vontade. Ele pede que eu me sente também.

Mal me acomodei no sofá quando José começa a contar: capitão Bernardo, o amigo da PM, ligou. Encontraram outro corpo. Por um ou dois segundos, não consigo entender o que ele está falando.

"Nossa filha está viva, José", digo.

Mas ele não aceita. Balança a cabeça e respira pesado, dispara a fazer comentários sem nexo, visita lugares e eventos que não aconteceram, não como ele lembra. José tende a romantizar, exagera. Questiona axiomas, imagina tudo, imagina as soluções que não tem fôlego para encontrar.

"Aquele corpo, Lúcia. Penso nele todo dia", ele diz.

"Aquela coisa" — me corrijo — "aquelas coisas" — e o restante sai porque precisa sair — "não eram a Amélia."

"Era o cabelo dela. O vestido dela."

"Era pano. De um vestido de uma loja de departamentos. Milhares de garotas tinham um igual."

José abre a boca e toma ar. Ignoro. A conversa precisa acabar.

"Aquela garota foi queimada", digo, a voz estridente, aguda, por ouvir as proposições absurdas dele e por mais uma vez perder o controle. José consegue.

"Como você pode se permitir pensar que Amélia foi queimada? Como você pode ter certeza? Eram pedaços, sem dedos, sem nariz, sem lábios, sem dentes."

Ele pega a carteira e a chave do carro em cima da mesa e se dirige à porta. Como sempre. Quando a discussão fica séria, José interrompe, foge. Ele bate a porta e eu volto ao computador. Vou ler a mensagem de P.

L. sumiu
Ela ta de brincadeira? Nao quer a filha?
P.

Não penso, só digito.

Amélia está viva?

Aperto *enviar* e pego o maço de cigarros. Está vazio. O celular toca. É Janice. Não atendo.

Ela liga de novo, eu aceito a chamada.

Sim, o entregador já foi embora.

Janice acha, Janice quer, Janice tem certeza, ela não ouve, me encurrala, me prende, me deixa tonta com tantas perguntas, tantas frases imperativas, sabedoria de autoajuda, sermões religiosos. Digo: "Não, não estou a fim de sair nesta quinta, não sei dançar forró". Desligo. Minha cabeça volta para José e depois para P. Aperto F5, recarrego a caixa de entrada. Ele não respondeu. Me sinto uma adolescente mais uma vez. Talvez ele escreva amanhã.

Desligo o computador, os ponteiros do retângulo em meu pulso apontam para o quarto. É zero hora, melhor dormir. Na cama, entro na sala de aula imaginária e transformo meu problema numa equação na lousa quadriculada. Começo a tentar resolvê-la, mas algo me interrompe. Escuto risadinhas atrás de mim: os alunos, penso. Porém, quando me viro, não há ninguém. Estou só. Me levanto e vou ao banheiro, uma, duas, três vezes, até não conseguir mais. Estou seca. Vou para a sala e procuro um cigarro, mas o maço escondido na gaveta do bufê está vazio.

Abro a geladeira, quero vodca. Eu tinha uma aqui. Não mais. Não há nada para beber. Abro a janela da sala, tento encontrar luz no bloco de concreto vertical e denso em frente. Não há nenhuma entre as cinquenta e seis possibilidades existentes. Cigarro. Na bolsa, agora. Ela está cheia: um espelhinho redondo que comprei num farol na semana passada, o batom, documentos, uma coleção de recibos de supermercado e estacionamento, chaves. Nenhum cigarro.

Volto para o quarto e abro a primeira gaveta do criado-mudo, onde devo ter uma daquelas pílulas. Eu tinha parado com elas no fim do ano. Estava indo bem. Não sobrou nenhuma. Abro as outras gavetas e olho também, fingindo que alguém pode tê-las mudado de lugar, fingindo que não estou sozinha aqui o tempo inteiro.

Me conectar. É. Internet. Pode ser bom. Talvez P. tenha escrito agora, talvez seja um homem ocupado, uma mulher ocupada que chegou em casa faz dez minutos. Aperto o pequeno quadrado do laptop, pedindo a ele que ganhe vida. Demora um longo tempo para ligar. O que estou fazendo? Espero o computador carregar, me controlando, cantarolando uma canção antiga. Ridícula. Vou só dar uma olhadinha na caixa de entrada, e é isso. Nada de ficar obcecada com a tecla *atualizar*. É preciso ter limite. Quando a caixa de entrada está na minha frente, não há mensagem de P. Ele, ela, o que quer que seja, não respondeu ainda. Preciso de um cigarro. Preciso sair. Pego a chave do carro.

O estacionamento está cheio de veículos, a maioria preto ou prata, Unos, Kas e velhos Palios como o meu, compactos, como nossas vidas.

Passo o portão de metal verde e, na rua, já estou melhor. A cidade não está quieta, nunca está. Há caminhões nas ruas em que eles só podem trafegar à noite, e alguns carros. Em quinze minutos estou na Marginal. Sem os milhões de veículos que passam ali durante o dia, a via parece nua. Há prédios em todo o seu entorno, nas duas margens, lado a lado, um histograma de colunas paralelas. Procuro um posto de gasolina, uma loja de conveniência. Ando quatro quilômetros. Seis. Não encontro.

Me lembro da minha antiga vizinhança, Vila Sônia, a loja num posto da avenida Pirajussara. Chego um quarto de hora mais tarde e, finalmente, compro os cigarros. Acendo um assim que saio, a vendedora faz menção de dizer algo mas desiste. Olho ao redor, procurando traços familiares, minha memória trava. Volto para o carro. Termino o cigarro e jogo no chão sem perder tempo, fecho logo a janela. Planejo o caminho de volta ao apartamento e caio na Éden. De lá até a Campos nem um quilômetro. Estou perto demais para não ir. Cinco minutos depois, estou em frente ao jardim de espinhos, ao sobrado terracota feito de madeira e cimento. A casa está toda apagada. No escuro, as pontas das lanças do portão parecem mais afiadas. Quem está morando ali? Estão felizes? Sabem da nossa história? A rua é silenciosa. As casas dos vizinhos, residências de pessoas do passado, estranhos. Não devia ter vindo. Vou embora. No caminho, paro numa farmácia vinte e quatro horas para comprar qualquer coisa que ajude a dormir. O farmacêutico é rápido, sabe exatamente do que preciso. Ele acha que sabe.

26/05/2005

Eu queria medir a escuridão que tinha engolido tudo. Queria saber sua largura, profundidade, espessura, para que, como Tales, que media sombras para encontrar a altura das pirâmides, pudesse calcular sua dimensão real, ver onde termina, contar regressivamente. Mas o desaparecimento da minha filha não me deixou nada para juntar. Eu não tinha equação para construir.

Era exatamente o oitavo mês, quase uma nova gravidez: Amélia havia entrado em mim de novo, comia, dormia, ganhava peso dentro de meu corpo.

José tinha voltado a cumprir jornada integral na empresa, das nove às nove, às vezes até as onze. A Dejota Mecânica Industrial estava indo bem, agora era um nome no mercado. Ao longo da licença de José, Décio tinha fechado exclusividade com uma grande companhia de mineração. Meu marido ficava com a parte criativa, reformulava as peças das máquinas dos clientes para torná-las mais eficientes. Não conversávamos muito, a não ser durante as refeições. Ele evitava tocar no nome de Amélia.

Eu contava que seu Simão, da quitanda da Morato, tinha

mencionado que outra menina tinha desaparecido anos antes na região, uma das gêmeas de dois anos, filhas de uma mulher da rua, a criança tinha um defeito nas pernas, um aleijão, não poderia ter fugido. Muita gente achava que a mãe tinha jogado a bebê fora, por causa do defeito. Mas seu Simão conversava com a mulher e estava certo de que a menina tinha sido roubada. José respondia falando que Décio estava prestes a fechar um contrato com uma nova empresa. Multinacional. Eu contava do site, de como tinha aprendido a checar quantas visitas recebera, uma média de dez por dia. Ele reclamava da comida da Conceição, pimenta demais, baiana demais. Eu reclamava da falta de notícias da polícia. José me avisava que iria ao jogo do Corinthians no fim de semana. Eu perguntava sobre Bruna e Laura, nunca mais tínhamos ouvido falar das duas, José pegava a taça com pêssego em calda e corria para a TV antes que o *Jornal Nacional* acabasse.

Aquele, porém, não era qualquer dia. Era o oitavo mês. Não podia deixá-lo escapar tão facilmente. Ele estava desrespeitando a mim, à nossa filha. Não via? Seguir em frente era dar a vitória ao monstro que a tinha tirado de nós.

"Você poderia fazer o favor de voltar a sentar?" Eu quis ser gentil, mas soou como uma ordem.

"Hã?" José parou ao lado da mesa, o corpo virado para mim, a cabeça para a televisão. "Claro."

"Não fuja quando falo dela."

"Não estou fugindo, Lúcia", disse ele, e continuou em pé.

Ri, sem vontade.

"O que é?", José perguntou.

"Hoje são oito meses. Exatos." Como conseguia ser indiferente?

"Você acha que esqueci." Uma pequena veia, um tubo azul minúsculo, saltou no canto direito do seu rosto, embora ele mantivesse o tom calmo e frio.

"É preciso falar", comecei a responder, controlada, não queria discussão. Mas ele me interrompeu, não ouviu, continuou, em tom crescente: "Eu fui à igreja hoje. E você? O que fez?".

Eu não tinha feito nada além do que vinha fazendo nos últimos duzentos e quarenta dias, adicionara fotos de crianças desaparecidas ao meu site, pesquisara outros, lera jornais. A pasta no computador dedicada a Amélia e seu desaparecimento era a única que eu alimentava.

José pôs a taça na mesa.

"Estou tentando não sumir também. Quando ela voltar, vai precisar que eu esteja bem, que seja o pai dela. Você devia fazer o mesmo."

"Amélia está em algum lugar."

"Que ironia." Ele forçou o sorriso. "Por muito tempo, tudo o que você queria era ficar sozinha para poder trabalhar em paz. Você nem queria a Amélia."

"José!", gritei, a saliva espessa na boca.

02/04/1991

Não posso dizer que adorei a ideia de ter um filho quando José pediu. Ele já tinha tudo o que queria: a própria empresa, estabilidade, um futuro promissor. Eu não. Eu precisava de mais. Tinha ideias para ao menos outras duas linhas de pesquisa, planejava subir de dez para catorze o número de artigos que publicava por semestre, ia fazer o pós-doutorado, talvez no Impa, no Rio, onde o professor Américo tinha contatos, talvez numa universidade americana. Queria ter meu trabalho reconhecido no mundo.

Mas José não quis negociar. E eu cedi, estava cansada de brigas. Além disso, me sentia em dívida: me dedicava tanto à universidade, doze horas por dia entre aulas e pesquisa, que deixava José sozinho em casa, em jantares de família, e em muitas manhãs de domingo até. E tinha Pedro.

Menos de quarenta e cinco dias depois, eu estava no consultório da médica indicada por uma colega, fazendo um ultrassom para investigar um atraso menstrual de quatro dias e um sangramento aguado.

"Estou grávida?", perguntei, assim que ela tocou o instrumento frio na minha barriga inchada. Eu estava cheia d'água.

"Calma", ela pediu. E continuou o exame. O pouco sol que conseguia penetrar na sala coloria com o verde da cortina a pele da mulher, seu avental e o cabelo curto e estático. Não havia fotos ou quadros ali. Só os retângulos frágeis dos lenços para limpeza brancos e o aparelho de ultrassom, quadrados, retângulos e círculos sobrepostos.

O rosto da médica se contorceu. Eu conhecia a expressão, tinha visto incontáveis vezes em alunos e orientandos: ela estava em dúvida.

"Doutora?"

Ela apertou mais o instrumento contra a minha barriga.

"Estou ou não?"

"Infelizmente, não", respondeu, e tirou a luva para colocar a mão sobre a minha, lendo minha ansiedade pelo avesso. "E nem deve ficar tão cedo", completou. "Pelo que vi aqui, você tem um pouco de endometriose. Vou pedir uns exames para confirmar."

Eu corri para o banheiro, pernas, braços, pescoço e tronco dormentes, um choque em virtude da privação da adrenalina que estavam sentindo havia quatro dias, quando tinha percebido o atraso da menstruação. Que perda de tempo. Esvaziei a bexiga organizando o que restava da tarde, precisava finalizar umas correções, preparar uma aula, arrumar minha mesa. A mesa estava mergulhada em desordem, livros abertos em cima de livros abertos, apostilas da pesquisa espalhadas, papéis velhos no meio de novos. Outra perda dos últimos dias tinha sido o meu foco. Me senti estúpida.

Não estava grávida.

A médica me esperava na sala adjacente, onde havia mais luz, diplomas na parede e fotos, ela e crianças, ela e um homem, ela e esse homem, de perfil, os dois num lugar alto, olhando para uma cadeia de montanhas cobertas de neve. Ela me entregou um papel com uma sequência numérica.

"Este aqui é o telefone de um especialista que vai fazer esse diagnóstico com mais clareza."

Assenti e me levantei.

"Mas não se preocupe. Uma gravidez não é assim, automática, para ninguém. E, se você operar, volta a ter a chance normal de engravidar", disse a médica.

Já na porta, me ocorreu perguntar: "Qual a chance, doutora?".

"Para um casal saudável, a probabilidade é de quinze por cento. Para vocês, é de seis por cento."

"Seis por cento?", repeti, para ouvir em voz alta mais uma vez. Não era uma probabilidade. Era uma improbabilidade. E então eu não estava mais com ela, estava fora, fora do consultório, do prédio do consultório, na rua, no carro, voltando para a universidade.

Seis por cento, seis chances em cem, 0,6 a cada dez.

Probabilidades são concretas, construídas com base na realidade. Com as verdades passadas, chega-se a uma verdade futura. São uma forma básica de previsão, de dizer se pode ou não acontecer, e, além disso, o tamanho dessa possibilidade. São uma ferramenta de ajuste de expectativa. Eu tinha razões para esperar — para saber — que a gravidez não viria em breve.

Eu tinha tempo.

Retomei a rotina que, por quatro dias, vinha me preparando para alterar. Uma gravidez exigiria reformulações, adiamentos.

Naquela tarde, ao chegar à minha sala, empenhei meia hora na arrumação. A mesa. Depois, deixei de lado as obrigações menores e comecei a escrever minha proposta de pós-doutorado. José não soube, eu não tinha contado do atraso menstrual, muito menos da consulta. E ele também não perguntou, não estranhou quando nossas transas ficaram mais desprogramadas. Meu marido delegava a mim a responsabilidade de escolher os "dias certos", sem saber que todo dia era certo. Ou nenhum.

Eu gozava o controle que tinha sobre meu corpo e nosso futuro, sobre o meu futuro, meus projetos, o controle que achava que tinha, esquecida, ou querendo me esquecer, de que o improvável não é impossível.

Quatro meses depois, a menstruação não veio. Não me preocupei, isso já tinha acontecido antes. Mas, no mês seguinte, a falta, de novo. Passei a acordar à noite para ir ao banheiro, duas, três vezes. Ainda assim, não tinha me dado conta. Uma manhã, me senti mal, o estômago comprimido, embrulhado. Achei que estava doente. Foi José que suspeitou. Ele sentou na cama, ao meu lado, pronto para ir trabalhar, calça bege de pregas, camisa verde, correto, calmo.

"Você acha que está…"

"Não", respondi.

"Certeza?"

Ele ligou para Décio e avisou que chegaria mais tarde. Em seguida, foi a uma farmácia na Francisco Morato e comprou um teste de gravidez. Deu positivo. Tínhamos sido sorteados. Cara a cara com a improbabilidade, fiz um esforço para sorrir. José me abraçou, e chorou. Tentei chorar também, mas não consegui. Não havia nada dentro de mim além daquela criança. Me levantei e fui trabalhar. Comprei eu mesma mais dois testes, de marcas diferentes. Ambos deram positivo.

Fui ao consultório da médica sem marcar, esperei uma hora e meia para ser atendida. Queria uma resposta objetiva. Mas ela me encheu de perguntas — não, eu não tinha procurado o especialista; sim, eu tinha tido outros atrasos, mas nunca por tanto tempo; três, eu tinha feito três testes de farmácia, todos deram positivo.

"Então é bem provável que você esteja."

"Podemos fazer um ultrassom?", sugeri.

Ela ficou calada por um segundo.

"Claro", disse, e se levantou.

Fomos as duas para o verde nauseante da sala contígua. Mais dois minutos, de preparação, do aparelho e da mulher. Das mulheres. A médica começou o exame. Em trinta segundos:

"Olha só!", ela disse, a mesma cara da foto da antessala, a expressão de quem avista montanhas da beira de um abismo. "Tem um bebezinho aqui, sim", e bateu em minha mão, apertou-a.

Por meses, não contei a ninguém. As pessoas percebiam e falavam da barriga, eu sorria e logo voltava ao assunto da conversa. Dei um jeito de encaixar as consultas na minha rotina e organizei tudo para parar de trabalhar na trigésima sexta semana, parir na trigésima oitava e estar de volta à minha sala na USP três meses depois. Nem um dia a mais.

José me mimava, me buscava no campus todo dia, me dava beijos, roupas, comprava geleia de pimenta, suco de caju, pão preto, o que eu quisesse. Discutíamos menos.

Até minha mãe, com quem eu mal falei durante toda a vida, ficou mais atenciosa. Me visitava aos sábados, no fim da tarde, depois de ir à missa. Trazia mangas frescas, cortava-as em cubos desastrados e me servia num prato de criança. Não saía da frente até que eu terminasse de comer. Apesar da saúde já debilitada pela diabetes, não deixava a gente levá-la em casa. Ia embora à noite, no escuro, e caminhava quatro quadras até o ponto para pegar o primeiro dos três ônibus que a levariam de volta, em sua uma hora e quarenta e cinco minutos de viagem. Tantos anos vivendo em São Paulo e ela ainda se espantava, se encantava, na verdade, com o fato de que se pudesse andar tanto e continuar no mesmo lugar. Para ela, a mesma cidade era o mesmo lugar.

Mas eu ainda estava focada na universidade: orientava três estudantes, dava vinte aulas por semana e coordenava um grupo de pesquisa em fase de conclusão. Estávamos fazendo um trabalho pioneiro sobre os livros didáticos adotados em escolas públicas. Eu não podia parar.

Hoje penso que toda aquela energia era só mais um truque do cérebro. A liberdade que recuperei no consultório da médica quando ela diagnosticou a não gravidez e a paz que a dedicação à carreira me trazia eram ilusões para evitar um derramamento dos hormônios do estresse, os hormônios errados. Talvez meu cérebro soubesse o que eu ainda não era capaz de formular: eu queria um bebê. Queria Amélia.

Fato é que minha filha surgiu para mim, para nós, contrariando as expectativas, carregada pelo inesperado, desafiando as probabilidades. Do mesmo modo como mais tarde sumiria.

Quinta-feira

O corpo apoiado na grade, ela cercando a praça, ele encaixado entre duas barras de metal, no ponto embaixo do galho mais comprido do jequitibá. Era um pássaro. Aquela espécie! Eu não conhecia. As asas pretas, o peito branco, o dorso cinza, o papo vermelho-puro, marcando a garganta inteira, como se ele estivesse babando sangue. A cabeça pretíssima, o bico nanquim, reto, curto, pontudo. Peguei na asinha, estiquei, ela voltou para o mesmo lugar. Puxei pela cabeça. Três penas caíram e eu deixei: para aquele solo, para o jequitibá. Olhei nos olhos do pássaro, amarelos com um furo escuro no centro, o furo da existência. Não se moviam. Passei as penas no meu rosto, a temperatura, o peso, o cheiro do que não era mais. Tirei meu lenço, embrulhei, coloquei o tesouro na bolsa.

Retomei o caminho para o supermercado. Aquele pássaro, tão passarinho! Caidinho na grade, ninguém da família por perto, uma sorte. Fui andando, com cuidado. A calçada estava quebrada, as raízes das árvores buscavam ar. Fícus não gostam de cimento. Mas eu me sacudia a cada passo e a bolsa batia na minha perna, até o momento em que tive a impressão de que ela estava se mexendo fora do ritmo, a bolsa tinha ganhado vontade própria. Parei, e ela se mexeu de novo. Então, percebi: era o pássaro.

Quando cheguei ao supermercado, abri um dedo do fecho da bolsa para ele respirar. Espiei lá dentro, o colar vermelho brilhava. O balcão de flores era do lado de fora, uma mulher sentada num banco alto estava sempre ali, outra planta. Nunca tínhamos conversado, mas eu sorria para ela quando chegava e ela sorria de volta. Naquela manhã, respondeu com entusiasmo ao meu bom-dia e, quando eu disse que o perfume das flores atraía as pessoas de longe, desceu do banco. Então, falei que tinha uma pequena joia e queria mostrar.

"Você gosta de pássaros?" Ela respondeu que todo mundo gosta de passarinhos.

"Pois eu amo", eu disse. E reformulei: "O que quero saber é se você entende de pássaros".

E ela disse que não mas que o Abdala, o supervisor do estoque, entendia. Ele estava lá? Sim. Mandei chamar. O Abdala apareceu no fundo do mercado, uma figura exuberante, veio caminhando devagar, fazendo os corredores parecerem mais estreitos. Disse que ia mostrar um tesouro a ele. Mas, quando fiz menção de abrir o zíper, o pássaro fez um movimento forte e a bolsa bateu na minha perna. A mulher do banco tremeu, o supervisor também. Foi um aviso. Fechei a bolsa completamente. E descrevi o pássaro: um colar lindo vermelho-sangue, cabeça preta, olhos amarelos. Abdala não tinha ideia.

"Tudo bem. Agradeço de qualquer forma", falei. E pedi licença, peguei uma cesta e entrei para as compras. Comprei couve já picada, arroz e feijão. Pouco, o suficiente.

No caixa preferencial, uma velha comprava arroz pronto, batatas e um frango assado, a embalagem úmida.

Descrevi meu pássaro para ela, o bico fino, pretíssimo, o

peito é cinza. A mulher não sabia do que eu estava falando. Nem quis saber. Tinha pressa.

"A senhora já pensou em olhar na internet?", perguntou a jovenzinha no caixa. "Procura no Google."

"Muito obrigada. É uma ótima ideia."

A caminho de casa, o pássaro agitou-se. Enfiou o bico no fecho da bolsa, forçando a saída. Tive que parar e enfiar a cabecinha dele de volta para dentro, fechar o zíper até o fim. Pensei nas asinhas, pretinhas, sem uma pena, sem outra, tornando-se brancas, braços tornando-se carnes. O corpo perdendo a levezinha, as plumas saindo uma a uma, transformando aquele num pássaro qualquer. Ri. São todos iguais na camada de baixo. Minha boca se encheu de água. Haveria gritos entre as meninas, frutiferinhas, frutiferozes, e seus galhos perderiam folhas, tentariam atingir os das outras. Era sempre assim, e eu deixava, tinha gosto nisso, porque, como mamãe dizia, raiva é saúde, é energia pulsando, é um luxo — um a que ela não se dava.

Eu estava certa. Antes mesmo de abrir a porta da frente, ouvi as meninas. Poltrona, espelho, relógio, sofá. Abri a bolsa o suficiente para o pássaro colocar a cabecinha ali, se mostrar. As meninas se agitaram mais. Conheciam aquela espécie? Me lembrei da moça do supermercado: "É só procurar no Google!". Mas isso era no computador, e eu não tinha um. Enquanto pensava nisso, que precisava da internet, o tesouro abriu mais o zíper. Tentei fechar a bolsa, mas dessa vez ele me bicou e conseguiu sair. Quando vi, estava no alto da jabuticabeira. No muro. No pé de carambola do fundo. Em outro lugar. Longe. O pássaro tinha ido embora. Ri, ri muito, fui perdendo a força, me soltei na cadeira de metal.

No dia seguinte, lá estava ele de novo. Na caramboleira, bicando uma fruta. Eu queria dizer que ainda estava verde, queria oferecer outra. Uma pitanga? Mas, quando me aproximei, ele fugiu. Depois de uma semana, voltou. Na laranjeira. Me apressei, porta de vidro, sofá, relógio, baú, tapete, mesa, cozinha. Vassoura. E voltei, silenciosa. Ele ia me ouvir, nem que fosse estateladinho no chão. Mas, quando cheguei, o pássaro não estava. Depois disso, não nos encontramos mais. Sei que ele vem, porque conheço suas bicadas. Vem pelas frutas — elas são o seu vício. Ele as fere de volta. Às vezes, penso se devia mesmo tê-lo apanhado, trazido para cá. Mas o que está feito, está bem-feito.

Isso faz tempo, só que Kaique já era homem. Não morava mais comigo, não me ajudava, muito menos com os passarinhos caídos na rua.

Quinta-feira

Aquele tesouro do colar vermelho, ah, Kaique. Aquele tesouro era você. Não. Era quase.

Você não tem penas. Mas seus olhinhos também têm o furo. Eu notei desde a primeira vez que te vi. Eram dois olhinhos perdidos, esticados, chineses entre duas barras de metal verde da grade do parque.

Foram eles que me fizeram entrar. Eu estava ali pela feira. Leda tinha insistido: "É a maior feira livre da cidade!". Fiz o que uma boa vizinha faria. Foram horas para chegar, fritando dentro de um carro minúsculo, Leda falando. Não me lembro o quê, mas me lembro do meu esforço: eu ri quando ela riu e concordei com seus pontos de vista. Leda é curta. Paramos o carro longíssimo e nos misturamos à multidão, uns seguindo os outros como vacas, em passos de besta.

Pensei em voltar, estava decidida, mas, enquanto caminhávamos até o portão de entrada, num buraco que se fez como por intervenção dos céus, eu vi. Uma cabeça de criança. Para fora da grade verde, a grade verde que cercava o parque. A cabeça arrancadinha era um cisco naquele gramado metálico, uma miragem? Me descolei de Leda, me dirigi à cabeça. Não, ela não estava arrancadinha. Tinha um corpo atrás, quase nu, vestia apenas um calção apertado. Era uma menininha com as roupas de um menino menor, lindíssima. Seus cabelos finos, da cor do barro seco, batiam no ombro. Os dedos do pé estavam cravados no chão. Tinha marcas pretas na barriga, perto dos mamilos e nos joelhos. Era um montinho de sujeira.

Corpo de um lado e cabeça de outro, a menina era prisioneira das barras. Seus olhos estavam fechados e ela não fazia nenhum som. Pensei: "Crianças podem morrer de pé?". Me detive. Mas ela fez um movimento, mexeu um dos braços, coçou as costas. Abriu os olhos e, quando me viu, deu um grito agudo.

Ouvi Leda me chamando. Precisava encontrá-la, seguir em frente. Mas voltaria logo. O sol tocava tudo naquele momento. Eu tinha que ser grata a Leda. Disse à garotinha: "Não se assuste, anjo. Já volto para salvar você". Ela deu outro grito.

Ouvi a voz de Leda de novo, do meio da manada. Me juntei à procissão, também chamei por ela, e nos encontramos alguns passos adiante, eu com o corpo entre a criança e a vizinha, não queria que se vissem. Pedi milhares de desculpas pela confusão, era muita gente, sou distraída!, mas, se tornar a acontecer, minha amiga, não me espere, volto sozinha, não se preocupe, há táxis em todo lugar. Seguimos até a entrada, mais uma eternidade lutando para vencer as pessoas-vacas. Eu precisava voltar logo à menina.

Dentro do parque, a feira estava para um lado, minha menina para outro. Todos estavam do lado da feira, tinha mais gente que frutas e verduras, gente segurando a bolsa à frente do corpo, gente de cabelo molhado, de roupas curtas, gente gritando. Os feirantes gritando. O cheiro era bom, de folhas frescas e banana. Meu vestido tinha grudado nas pernas, meus peitos pesavam.

Leda apontou para as galinhas que ciscavam o chão. Estavam com seus pintos e com galos jovens. Ela comemorou. Aplaudi, idiota, minha mente estava fixa naquela criança e em sua cabeça espremida para fora do parque.

Uma das galinhas se aproximou e soltou um jato de titica na terra, quase acerta meu pé. Eu disse a Leda que ia ao banheiro.

Caminhei para o outro lado, percorrendo a grade por dentro, em busca da menina. Hibisco cobria tudo. A criança estaria entre ele e a grade, então. Mas onde? Começou o pique-esconde. Um vendedor de algodão-doce passou ao meu lado. Chamei-o. Escolhi um rosa. Que menina resiste a um doce da cor do amor? Segui os hibiscos, o barulho da feira ficando mais baixo e o parque mais deserto, mais meu. Mais nosso.

Cadê o meu tesouro? Não deveria estar longe. Eu gostava da caçada, era parte da diversão. Então, em frente a uma casinha em ruínas, na direção dos brinquedos descascados de uma área infantil, o arbusto se mexeu. Atrás dele, uma sombra minúscula e bege, cor de burrico que não fugiu. Era ela.

Parei longe um instante, me deliciando. Não dava para saber se a criança estava ali para a feira ou para o parque nem se estava com alguém. Esperei, não veio vivalma. Estava sozinha. Uma coisa daquela pequenitude! Ela era do tamanho ideal.

Me aproximei e a criatura se agitou. Pedi calma e ofereci o doce. A menina se rendeu. Uma das mãos em sua testa, outra no ombro, fizemos força para trás. A cabeça não saiu. De novo, mais forte. Ela se soltou, as orelhas vermelhas, ardendo. Ela chorava alto, mas não largou o doce. Eu a abracei. Peguei sua mão, escapou. Tomei o doce da outra. Ela chorava mais. Fui até um banco próximo, me sentei, a menina veio gemendo atrás de mim, obcecada pelo doce.

Tinha poucos dentes, embora sua fome pedisse uma boca cheia deles.

"Como você se chama?"

A criança não respondeu, continuou comendo tufos de algodão-doce. Nem mastigava.

"Quantos anos você tem?" Ela levantou a mão e ajeitou os dedos, o indicador segurando a ponta do dedão, os outros três em pé, fez um buraco. Zero? Zero ano? A existência daquela criatura começava ali, naquela conversa comigo.

"Cadê a sua mãe?" Era uma pergunta arriscada.

Ela balançou a cabeça de um lado para outro.

"Está aqui?"

A menina não falou nada. Pôs as mãos mínimas em meus joelhos, senti um choque, eletricidade correu em mim.

Convidei-a para ir à minha casa: "Quer comer o maior bolo de chocolate que você já viu?". Elas sempre queriam.

A menina estendeu a mão para mim, eu estendi a minha aos céus. Tinha sido abençoada de novo. Peguei a mão melada e nos levantamos. Tirei o lenço da bolsa e a embrulhei, não queria que exibisse o peito nu. Ela ficou ainda mais lenta, não conseguia me acompanhar. Peguei-a no colo. Essas criaturinhas. Não são perdidas. Só lhes falta quem dê dignidade a elas.

Fomos até o outro portão, evitando as pessoas, principalmente Leda. Na rua pegamos um táxi.

Assim que abri a porta de casa, a criança correu para dentro. Era muito desengonçada. Tranquei a porta de entrada e fechei as janelas. Fui atrás dela sem correr, sem causar altercações. Não queria espantá-la.

Ela parou em frente ao baú.

"Bolo?", perguntou, e tentou abrir o baú, mas a tampa caiu pesada em seguida.

"Não mexa aí", eu gritei. Mas me recompus: "Vá para o quintal. Lá tem uma surpresa. Melhor que bolo".

Ela correu para lá. As meninas a amaram no ato. Naquela

época, tinha as laranjeiras e as pitangueiras. E a caramboleira mais velha, carregada. Ela seduziu a criança. Eu me sentei na cadeira de ferro por um instante, observei a menina caminhando para a árvore, esticando o bracinho para alcançar a fruta, desistindo, pegando uma do chão, mordendo, babando, o caldo escorrendo até sua barriga, entrando no shortinho, misturando a sujeira nela, deixando a criança molhada e toda melada.

Eu precisava dar um banho nela. Um desejo. Um banho de álcool. E a memória me devolveu o banho das outras, as poucas roupas ficando mais escuras a cada derramada do líquido, desinfetando-se. Eram todas imundas, soltas, ardiam porque queriam. Até a que tinha o aleijão gostou de se consumir.

Me levantei e fui até a criança, a peguei pelo braço. A fruta caiu no chão, ela gemeu.

"Hora do banho, anjo!", eu disse.

E a criatura arrancou-se, passou pela porta de vidro e subiu no sofá. Fui atrás. Bastou eu pisar na sala, ela saiu de novo, encontrou as escadas e subiu, atrapalhada, desesperada. Eu não ia correr, não tinha motivo para pressa. A criança achou o banheiro. Entrou no boxe. Não era esse o banho que eu tinha em mente, isso não era do meu hábito. Mas estava ali, aceitei. Tranquei a porta do banheiro, fechei o basculante.

"Fim da brincadeira!"

Ela começou a chorar de novo. Dei um tapinha em seu rosto e mandei que se calasse. A menina se mijou. O líquido molhou o short e empesteou o banheiro. Abri a água. O espelho, o vidro do boxe e a janela se encheram de fumaça. Fiquei mole. Peguei-a pelo braço e a coloquei embaixo da água. Era isso que você queria, não era?

Tirei a roupa e entrei no boxe também.

Peguei o sabonete e comecei a esfregar o corpo dela. A criança chorava. Esfreguei a cabeça primeiro, passei as unhas, os cabelos envolveram meus dedinhos. Era muita sujeira. Enfiei seu rosto debaixo d'água para tirar o sabonete. Ela gritava. Mandei que se calasse, ela não parou. Enfiei a cabecinha debaixo d'água de novo. A menina começou a tossir. Eu a abracei e cantei. Ela se calou e recomecei. Passei o sabonete nas pernas, penteando os pelos minúsculos para cima e para baixo. Massageei seu tronco, os mamilos apontando, olhando para mim. O banheiro era puro perfume.

Ela continuou debaixo da água, sentindo o jato, sentindo a si própria. Não chorava nem tossia. Não queria mais sair. Me ajoelhei e fiquei da altura da criança. Toquei seu corpo, passando só as pontinhas dos dedos. Ela não parava de se mexer e se agachou. Fiz as mãos em concha e coloquei embaixo dela, colhendo a água. Joguei no meu rosto, engoli. Eu estava cheia de força, revigorada, pronta.

Agarrei as pontas do short da menina e puxei devagar, meus olhos acompanhando a descoberta em pedacinhos. Era o ápice. Mas o que vi... O que vi? Era um graveto. Era minúsculo. Aquela menina era um menino! Tinha um pinto. Eu quis puxá-lo e puxei. O menino gemeu. E eu caí para trás de rir. Ele também riu.

"Você é um meninão!", eu disse.

Tive raiva. Bati de novo no rosto dele. Por que enganar daquela forma uma mulher solitária? Ele abriu a boca e gritou. Eu não estava acostumada com meninos. Como tratá-los? O que fazer com eles? Para que eram bons?

Ele chorava fininho, uivava.

Eu estava nua e molhada com a água daquela criança dissimulada.

Ia levá-lo de volta ao parque.

Olhei de novo o corpo brilhando sob o chuveiro. A água tinha feito com que o menino se calasse. Eu já tinha tocado nele, bebido seu caldo, sentido seu cabelo. O ar no banheiro era só fumaça, não se via nada no espelho, nem fora do basculante. Ninguém podia ver. Nos ver. Não, não ia levá-lo de volta.

A campainha tocou.

Eu não ia abrir.

Tocou outra vez. Ouvi Leda, lá fora, gritando meu nome. Um escândalo. Vesti a roupa correndo, desci as escadas o mais rápido que consegui e abri a porta. Leda forçou-se para dentro, me deu um abraço.

"Que bom, que bom", ela disse. "Tentei ligar. Onde você estava? O que aconteceu?"

Ela ouviu o chuveiro lá em cima. Eu estava pronta para dizer que tinha saído do banheiro correndo para atender a porta e tinha deixado o chuveiro ligado, quando a criança gritou. Foram dois agudos. Leda quis saber o que era aquilo.

Eu ia dizer que era um cachorro. Que era o vento. Que não era nada. Mas o que disse foi: "É meu neto".

"Neto?" Tinha olhos enormes, aquela Leda. "Mas você é nova! E eu nem sabia que tinha filhos."

"Eu tive, a mãe dele. Bem jovenzinha."

"E onde ela…"

"Ela morreu."

Leda deu um passo para a frente, contorcendo o rosto. Ficou pálida.

"Não se preocupe, foi há um tempo, quando ele nasceu."

Leda voltou a respirar.

"Agora, como o pai também morreu… ele é meu!" E, encostando no ombro dela: "Me desculpe por sumir da feira daquele jeito, mas é que não consegui mais encontrar você e não podia chegar atrasada aqui, tinha que receber o menino".

Leda disse que ela é que me devia desculpas pela insistência, imagine, um momento tão difícil, ela não tinha ideia que…

"Não tem problema, minha querida. Sou muitíssimo grata pela sua atenção", respondi, enquanto fechava a porta.

Voltei para o banheiro, o menino estava sentado, nu, no meio do boxe, passando o sabonete no chão.

"Vamos precisar dar um nome para você", eu disse.

"Kaique!", ele gritou.

Não soou mal.

Desliguei o chuveiro.

"Não. Não. Não." Ele esticava os bracinhos para cima, para a ducha.

"Vamos nos divertir muito!", eu disse, e sonhei com o futuro, este: Kaique e eu no quintal, ele seria útil, seria forte, ajudaria uma velha, seria jovem, seria o que eu precisasse. Tínhamos que providenciar uns documentos. As pessoas ajudariam. Quem ia impedir uma mulher de dar escola e comida a uma criança? Uma criança que ela havia encontrado no lixo!

Kaique chorava. Enrolei o corpinho dele na minha toalha e o levantei, o furo dos olhos querendo me sugar. Sacudi até que parasse. Dei um beijo em sua boca, o primeiro de muitos. Virou nosso costume.

10/02/2011

"Professora?", Gilberto diz, com um sorriso pela metade, na única cadeira estofada em volta da mesa. Me convida, por baixo do bigode, a registrar minhas impressões sobre Walkiria, da 7ª série C.

Não sei quem é. Busco em minhas anotações, não há um traço. Talvez a menina nem exista. Com Gilberto, é possível. Uma armadilha. Ao lado dele, anotando tudo, Raquel ri.

"Nota vermelha comigo no ano passado. É uma bocuda", diz Janice, em meu socorro.

Não há relógio na parede. Olho no meu pulso, torcendo para que Gilberto perceba e se incomode. Estamos há duas horas naquela sala, escrutinando as turmas, passando aluno por aluno, julgando, como se pudéssemos, como se não estivéssemos cercados de caos, de pilhas de livros velhos, de armários de metal inchados, prontos para despejar mais papel no chão.

Gilberto começa um discurso, usa inúmeras palavras para dizer o que apenas três resolveriam, que não me preparei para a reunião. Alego que não recebi o e-mail com a convocação.

"E-mails chegam, professora", ele diz.

Sorrio, digo que ficaria feliz em mostrar minha caixa de entrada. E ficaria mesmo, porque assim poderia checar se P. escreveu, poderia parar de pensar nisso. Devo mandar a mensagem de novo? Mas a internet da escola nunca está funcionando. Gilberto passa para o aluno seguinte.

"Wannya, 7ª C."

Tento me manter concentrada. A mente, porém, é egoísta. Não sei se são as pílulas que impedem minha concentração ou se é efeito do problema maior, ele me ocupa.

P. escreve três e-mails em três dias para a professora Lúcia. Quantos e-mails, em média, P. escreveu?

Encontro Wannya num de meus diários e respondo: "Ótimo comportamento comigo". Os outros também registram suas impressões, todas rasas e apressadas.

Gilberto se dá por satisfeito, termina a reunião. Começo a juntar os diários, preparo a bolsa. Ele volta atrás. Há uma última questão: "Quem vai dar as aulas de recuperação?".

Ninguém se candidata. Fátima, a outra professora de matemática, tem filhos pequenos; Jorge, de biologia, é também diretor de um grupo de teatro; Janice dá aulas em mais uma escola; Júnior, de história, é um preguiçoso. Dos demais, não sei, não quero saber. O que sei é que essas aulas representam um acréscimo tão ínfimo aos ganhos, e uma dor de cabeça tão grande, que ninguém quer pegá-las. Nem eu, que recebo pela hora trabalhada.

"Vamos lá, gente. Vou ter que escolher?", diz Gilberto. Ele mira em mim, Raquel finge que tenta segurar uma gargalhada e abre a boca, incontinente, anunciando vitória antes do fim. Gilberto e Raquel se deliciam em me torturar, sentem-se poderosos governando seu reino de meia dúzia de gente. Mas não dou esse gosto. Adianto-me, sou mais rápida. O inesperado é que é poderoso, e é com ele que eu luto.

"Eu dou", digo. Gilberto desvia os olhos, finge organizar os papéis à sua frente.

"Ótimo", ele responde, o tom mais baixo, esvaziado da alegria sádica de minutos atrás. Foi derrotado. "Estão dispensados."

Sou a primeira a sair da sala, a primeira a cruzar a porta da rua. Ar, finalmente. Tiro um cigarro da bolsa, acendo enquanto caminho, driblando os buracos na calçada, a raiz gorda da árvore, as pessoas, o poste de luz, a ansiedade. Não posso sucumbir. É questão de chegar em casa e checar. Ele terá respondido, é o padrão.

Jogo o cigarro na rua, esmago com o pé. Entro no carro, acendo outro, passo em frente à escola a tempo de ver: ninguém saiu ainda.

26/05/2005

Fiquei sozinha na mesa. José voltou à TV, mergulhando nos programas de esporte, nos filmes de cinco anos atrás, nos comentários sobre os comentários feitos no *Big Brother Brasil*. Eu senti o vazio dentro de mim se expandindo mais alguns milímetros, uma massa uniforme que me inchava. Um câncer imaginário. É verdade: a casa sem José e sem Amélia já tinha sido um alívio para mim. Mas tudo tinha mudado tanto. O vazio agora era uma pressão constante e silenciosa.

Eu amava minha filha. Talvez ainda mais então, depois que ela havia proposto aquele problema. Não que ela nunca tivesse sido uma questão. Ela foi, sim, não com a mesma força, mas Linha sempre foi um desafio.

Amélia não era a menina mais inteligente da classe, não tinha vocação para liderança, não era a mais bonita. O que ela fazia bem era coordenar pernas e braços no ar, na música, em movimentos lentos e arredondados. Amélia sabia dançar.

Numa tarde lerda de domingo em que José tinha saído para fazer compras, ela desceu e roubou um dos CDs dele. Levou o quadrado achatado para o quarto, caminhando como se fosse um gato, torcendo para que eu não visse, prevendo uma bronca. Colocou o disco no aparelho de som cinza que Décio tinha dado de Natal. E começou a dançar. Amélia levantava os braços lentamente, simetricamente, seguindo o ritmo da música, os olhos fechados, as pernas, finas, esticadas, leves, ágeis. Ela usava todo o espaço livre, se movimentava com tanta graça, com tanta convicção, que parecia mais alta, parecia mais velha.

Quando a surpreendi, pouco depois, tive certeza de que aquela não era a primeira vez. Amélia parou na hora; a música ainda tocando, ela com braços fechados em volta de si mesma, e, de repente, o último degrau rangeu, eu a tirei do transe. Amélia ficou vermelha. Eu disse: "Continua, Linha, está bonito".

Ela forçou um sorriso, sacudindo os braços desajeitadamente, uma pré-adolescente de novo. Fez menção de desligar o aparelho e desistiu. Fez menção de sentar na cama e desistiu. Em vez disso, caminhou até o som e, enquanto a música recomeçava, ela já estava no centro do cômodo, bailarina de novo. Eu segui para o meu quarto, peguei os óculos que tinham ficado no criado-mudo. Na volta, quis parar na porta dela, admirar aquela filha que não era minha, eu nunca dancei daquele jeito, entregue ao som, a mim mesma. Mas minha presença ali era uma invasão. Minha filha também tinha um mundo só para ela; enquanto fosse no quarto, enquanto fosse inocente, eu devia respeitar.

Desci as escadas sem pressa, a música cada vez mais baixa atrás de mim. Não sei se Amélia me viu sair, não olhei para trás. Voltei para o meu artigo, me sentindo leve. Minha filha afinal tinha paixão. Ainda que não fosse pelos números, como eu, ou pela invenção, como o pai dela, ela havia demonstrado que, talvez, já soubesse o que é dedicação. Faltava pouco para colocá-la no caminho adequado. Era só ajudá-la a transferir o talento inato para o lado certo, para a universidade, não podia ser difícil.

Quase dois anos depois que isso aconteceu, oito meses depois que Amélia tinha desaparecido, era essa a cena que estava dentro de mim. Amélia bailarina. Amélia quase lá. Sentada na cadeira de madeira com o coração cravado no encosto pelas mãos habilidosas do Genaro, eu me sentia presa na antessala de um grande evento; na véspera do dia mais importante da minha vida. Era sempre quase, mas quase é só o equivalente simpático de nunca.

Domingo

Da janela do quarto, vejo minhas meninas — elas não me veem, não sabem olhar para cima. Não posso ir ao quintal. Kaique vem almoçar hoje e a casa precisa de limpeza. Desço. Sofá, relógio, baú, mesa de jantar, estou na cozinha. A vassoura fica... fica? Atrás da porta. Encontro. Começo a varrer. Terra embaixo do fogão, terra embaixo da pia. Que desastrada!

A pá na boca do lixo, pronta para despejar. Peralá. Isso não é meu, é das minhas meninas. Não cabe a mim jogar fora. Seleciono o que é bago de arroz murcho, pedaço de tomate, farelos de biscoito e de pão, cabelo. Cabelo causa indigestão à terra. Jogo fora, junto com tudo o que não é do quintal e não faz bem às plantas, guardo o restante num copo de vidro que está seco, virado no escorredor.

Varro. Encho um dedo do copo. Descubro mais terra, na porta da despensa. Checo meus sapatos. Estão limpos. Deixo a vassoura e carrego o copo: mesa de jantar, tapete, baú, relógio, porta de vidro, varanda.

"Oi, meus amores!" Minhas árvores têm saudade de mim, o

chão embaixo delas está colorido de amarelo-dourado, verde-escuro, verde-claro. Elas derramam folhas. Queria abraçar cada uma, mas os galhos atrapalham. Então canto.

Elas devolvem a gentileza, exibem seus frutos. Às vezes, são indecentes. Não posso negar, não consigo. Com uma das mãos, arranco do pé a carambola mais gorda. Com a outra, devolvo à árvore a terra do copo. Está pago. Meus dedos se encaixam entre os gomos. A carambola tem um cheiro suave. É firme, brilhante como pele de bebê. Devoro em poucas mordidas. O suco agridoce escorre até meu cotovelo e pinga no chão.

Eu não vou me lavar, não. Deixa o sol me secar, deixa minha pele absorver esse líquido de vida, tudo é vida.

As costas de mamãe na cadeira de madeira, lã no caixote ao lado, com os moldes e uma meia terminada: era a última. A cadeira balançava. A corcunda dela ia e vinha; mamãe se dobrava sobre si mesma, atrofiando-se, cada vez mais fraca. No fogão, o leite queimava, defumado e doce. As brasas no forno estalavam. Queriam contar um segredo? Nada era segredo na nossa casa, mamãe sabia.

A jabuticabeira mexe os galhos me chamando. Também me oferece suas frutas, pregadas no tronco, tumorezinhos pretos. O estouro da primeira bola faz eco na minha cabeça. Está saborosíssima. Cuspo a casca e o caroço embaixo da árvore. Mais uma. Outro estouro e outra casca e outro caroço. E outra, e outra.

O braço de mamãe caído, de lado. O vestido pobre, podre de uso, a gola verde alargada e, principalmente, o pescoço dela, limpo, desbastadinho. Nele corria uma bica. Um rio. Escuro e vermelho. Começava na tesoura que, quando olhei assim, parecia lavadeira pousada, as asas transparentes lindas. Tinha transformado mamãe em flor. Eu e papai vimos juntos, quando saímos do quarto.

"Mulher!", papai chamou. E foi até ela. Mamãe não era de

palavras. E continuou quieta. Papai pegou no pulso dela, pôs o dedo e esperou. O leite chiava se espalhando no fogão. Quando ele soltou, o braço caiu de uma vez, como tramela, como o machado em cima do porco. Papai arrancou a tesoura do pescoço e me mandou limpar a bagunça que a mamãe tinha deixado na cozinha.

O solo embaixo da minha jabuticabeira fica cheio de pontos pretos e brancos, corpo e vísceras da fruta, prontos para voltar para o solo.

Do lado de fora, mas antes do curral e antes do banheiro, as costas da mamãe na terra, o rio de sangue fazia o vestido grudar, papai cantava, dava banho de álcool nela. Eu quis tirar o vestido dela, queria para mim. Papai não permitiu. O tecido ficava. Mamãe não teria competência para se queimar sozinha.

Ele acendeu o fósforo e jogou.

Mas mamãe não se inflamava por nada, nem antes, nem ali. Mais álcool. Papai entrou em casa, voltou com o caixote de costura para bloquear o vento e trouxe lenha do fogão. Jogou outro fósforo, bem no tecido. Começou. Mamãe se consumia, defumada e doce, demorada. Fomos dormir antes de acabar.

No dia seguinte, tinha um resto misturado às cinzas. Papai procurou sementes mas não procurou muito, pegou umas. Abriu a cova com as mãos, jogou mamãe e, por cima, as sementes, ele espalhava sementes, era um pássaro. Elas não brotaram por tempos, então tudo era morte, até que nasceu uma pontinha no solo bem ali e papai disse que era uma cajarana. E tudo era vida de novo.

A campainha toca. É Kaique! O que eu acho? Porta de vidro. Sala. Recolho os jornais no sofá, a vassoura encostada na porta. Cozinha, lixo, rápido. Rápido. A campainha de novo. O que eu acho?

Mamãe teve competência, sim. De se fazer flor e de se fazer

árvore. Renasceu cajarana. A planta convocava a beleza, atraía tucanos, micos, tico-ticos. Virou a rainha do lado do sítio onde o dia chegava primeiro. Não demorava, eu sabia, ela seria soberana da roça inteira, da cidade.

"Já vou", grito. Corro para a porta, abro devagar.

"Oi, querido."

Kaique entra, terno, gravata, pasta de couro falso, não engana. O couro legítimo, de boi, é duro, muito mais duro que couro de gente, e o dele não é nem isso. É o couro de um homem sério e pobre. Ele tem a cara dos problemas no escritório. O trabalho dele é parasita, abraça Kaique feito erva-de-passarinho abraça árvore, constante e sutil, suga a seiva, seca.

"Mas hoje não é domingo?", pergunto.

Ele faz "tsc", olha a hora no celular e diz que tem pouco tempo.

"Você trouxe o…"

Sim, ele trouxe. "Está na pasta", completa, e vai andando rápido até o banheiro onde eu guardo os remédios. Escuto abrir uma porta de armário e depois a outra.

"Cadê as pílulas?", quer saber, e sai do banheiro batendo a porta.

"Me mostre primeiro meu presente", peço.

"O que você quer com um computador, velha?", ele pergunta, e se apressa em tirar da pasta vagabunda um aparelho preto, liso e brilhante, que põe em cima da mesa de jantar.

Abre a máquina na minha frente, e a tela se ilumina de azul.

"Os caras da internet já vieram?"

Respondo que sim, já deve ter um mês. Seus olhos estão fixos na tela. Ele aperta teclas e movimenta o dedo num espaço no meio da máquina e, então, acaba.

"Pronto", diz. "Conectado e tudo." Kaique se levanta e eu sento na cadeira dele, em frente à tela.

"Agora, as pílulas", ele pede.

"Ah, não tenho."

"Como é que é?"

"O médico", digo, "não tinha mais, querido. Vou tentar em outro."

Assim você volta. Para se servir do nosso quintal, das meninas. Veja como são cheias, como são fortes, dão flores. São obra nossa! Minha e sua. Lembra, você menino me assistindo fazer o adubo, cavar, jogar as vidinhas na terra, para germinarem e crescerem maravilhosas como nunca tinham sido? Lembra da carambola caprichosa? Não, você não se lembra, era mínimo ainda, tinha idade suficiente para não entender.

Ele se curva, segura meu rosto e aproxima o dele. Sinto seu hálito de homem, de fome, um beijo de ar.

"Não brinca comigo." Kaique aperta minha cara, os dedos enormes, macios. Era eu que lavava suas roupas, suas louças. Coloco minha mão na dele, está úmida, mas ele a puxa em seguida, como um lagarto recolhe a língua.

"Preciso comer. Cadê o almoço?", diz, caminhando para a cozinha.

"Não deu tempo de fazer, tive médico de manhã." Kaique não acredita, ele diz. Não acredita, ele repete. Tem razão. E me chama de preguiçosa, diz que não faço nada durante o dia. E se corrige, diz que talvez isso seja bom, melhor mesmo eu não fazer nada, do jeito que sou...

As palavras não me machucam, me fazem cócegas, sorrio com ele. Meu menino, tão estressado. Sugiro irmos ao Zé do Caldo, na Francisco, logo ali. Um PF lá sai por nove reais e oitenta centavos só. Ele olha o celular: não tem tempo. Kaique quer comer aqui. Vai para a cozinha.

"Vamos ao pomar, as meninas estão carregadas", proponho.

As plantas curam tudo. Carambola e pitanga baixam qualquer febre e tratam escorbuto. Laranja fortifica contra resfriado. Agora, a jabuticaba, essa é uma farmácia com raízes, previne rugas e faz a pele ficar viçosa, melhora a circulação, a memória e as defesas do organismo. Cura o câncer. O câncer. É milagrosa. Não fui eu que disse. Foi o médico. Ele me dava as pílulas, eu só comia as frutas. Mas a doença acordou de novo, em dor, em febre.

"Velha louca", Kaique diz, baixinho. Eu escuto, mas não ligo, o trabalho o deixa assim.

Vou para o pomar, ele atrás. Kaique tira o paletó e o estende com cuidado em cima do sofá violeta. Enrola a manga da camisa branca até o cotovelo e vai direto para a jabuticabeira. Não. Desvia. A caramboleira. A do canto. No fundo.

Sento na cadeira da varanda, quero assistir.

"Venha para perto", peço.

Ele não responde. Mas eu me ajeito, o distingo. Entre os galhos das caramboleiras da frente, da pitangueira, é uma mancha comprida e branca, escuto o som oco quando ele arranca a carambola. Kaique morde a fruta e se vira. Sim, estou aqui, anjo. Aceno, aprovo. Seu rosto muda.

"Está amarga?" Não está. Não é dessa carambola fazer isso. Mas quero ouvir da bocarra dele.

Kaique engole e abaixa a cabeça. Reza? A carambola brilha amarela e gorda em sua mão, na altura da cintura, ele carrega uma estrela. Então, do nada, joga a fruta no chão e cospe em cima.

"São as formigas?", pergunto, me levanto e vou em direção a ele. "São essas vagabundas?"

Kaique não responde. Ele me encontra no meio do caminho, as duas mãos levantadas, um médico que acaba de terminar uma cirurgia. Limpa as mãos no meu vestido, faz carícias, me arrepia. Pega o paletó no sofá, acelerando para a saída, enquanto tira o celular do bolso, olha, faz "tsc".

Vou atrás. Corro. Ele tem pressa, mas, em frente ao computador, para.

"Para que mesmo você precisa disso?"

"Umas coisas. Receitas. Plantas. Bichinhos."

"Olha o que vai fazer", ele diz, e empurra com força a parte de cima do computador. Ela cai sobre a parte de baixo, uma boca que se fecha. "Se bem que qualquer coisa é melhor que deixar você à toa", completa.

Vem o vento, vêm as meninas, elas quase se arrancam do solo.

Kaique já está na porta. Antes que ele desapareça, pergunto: "Esse computador é meu?".

Ele responde que não, é emprestado, de um amigo, e pede para eu tentar não estragar. Em seguida, baixinho: "Velha louca".

Não digo nada. Ele não queria que eu ouvisse. Estou fechando a porta quando Kaique grita: "E vai pegar o remédio...".

"Ou o quê", digo, gosto do jogo, e aumento a voz para terminar a frase, para ouvirem da rua, "meu anjo?"

E Kaique volta correndo do portão, escala os degraus de uma vez e segura a porta que eu ia fechando.

"Não me provoque. Você não me conhece", sussurra, e abre a boca para mostrar os dentes, os lábios rasgam-se para se esticar, estão rachados. Os olhos dele têm o furo mais profundo que existe.

13/02/2011

O homem que corta os frios é lento. Está de costas, a touca excessiva embola atrás. Corta pedaços de papel transparente, que mede com a mão aberta arreganhada, impreciso. Três palmos, passa a guilhotina. Seco e brusco. Embala o paralelepípedo rosa e entrega à mulher ao lado dele. Narra cada passo: "O presunto", "Pega com cuidado", "O plástico", "Passa a guilhotina", "Guarda ali". A touca da mulher aperta, sobram cabelo e suor. Ela é baixa, um metro e cinquenta e quatro, calculo, e tem espinhas. Ele quer saber se ela entendeu. A funcionária diz um sim íntimo e antigo, e percebo: são pai e filha. Incompetência hereditária. Nenhum dos dois olha para trás. O homem indica um pedaço gordo de muçarela, cinco quilos talvez, ainda dentro do balcão. Pede que ela pegue. "Agora é você", avisa.

Como se não houvesse ninguém esperando, e já faz cinco minutos, trezentos segundos. E já faz oitocentas e sessenta e quatro vezes esse tempo que P. não responde. Está blefando?

A mulher vem em minha direção, tenta erguer a muçarela. E geme. O pai vem em socorro, toma da mão dela, pega o queijo com firmeza, encaixa ao lado da máquina e acaricia a superfície.

Quem contrata essa gente? Estão mortos! Tenho vontade de gritar. Para que tanto cuidado? São entranhas embutidas e processadas. Não sentem nada, vá fundo, corte.

Ele quer me torturar com a ausência, quer mostrar sua força. E, então, me surpreender. É um jogador.

O homem dos frios continua com a filha, explicando. Outra funcionária chega, fala alto, segura dois tipos de iogurte e pergunta qual eles preferem, eles param, se viram em minha direção, mas só veem os iogurtes, escolhem o sem polpa. Começo a me sentir invisível. Miro a garota jovem que tenta escolher cebolas. Miro o homem alto que escolhe um vinho no corredor ao lado.

Vocês me enxergam?

Desapareci. Como P. Não, P. não desapareceu. Está presente.

"Por favor!", grito. O homem e a filha olham para mim, ele pede um minuto. Sorri, olha para a filha, diz que ela é nova. Um senhor perto da prateleira das geleias me olha, incomodado, me incomoda. O homem dos frios se aproxima, finalmente, e eu peço cem gramas de presunto, ele nem reage, volta para sua guilhotina, começa a cortar. A lâmina desliza na peça, que deixa cair as fatias quase bidimensionais na bandeja.

O que ele quer está claro: me torturar. Quando achar que estou fraca o suficiente, vai me escrever. Não pode arriscar perder minha atenção. E hoje é domingo, e faz muito sol, e quais as chances de eu estar em casa agora, no meio do dia? É o momento propício. Ele vai escrever, porque faz uma semana do primeiro e-mail. Daqui a pouco. Mais tarde. No próximo minuto.

Me debruço no balcão e peço: "Mais rápido!". O homem dos frios e a filha riem, são cúmplices. Como podem?

Dou as costas, sigo, esbarro no balcão de pães atrás, não é minha culpa, o carrinho é desproporcional, os corredores são estreitos. Não pego o pão caído no chão, uma funcionária vem em minha direção. Peço desculpa, mas digo, não posso deixar de dizer, que não deveriam contratar pai e filha, não é profissional. "Pai e filha?", a funcionária não entende, finge que não. Estou com pressa e aperto o passo a tempo de ser a sexta na fila do caixa 3. Uma garota é a sétima. A mulher no caixa conversa com outra funcionária e, a cada três itens em média, o código de barras não passa. Serão ao menos mais quinze minutos. E outros trinta até o prédio, três até o apartamento, um para ligar o computador.

Tiro um cigarro da bolsa, uma funcionária vê e diz que lá dentro não se pode fumar. Quando ela sai, acendo.

13/02/2006

Acordei e fiquei na cama quase cinco minutos, contando mentalmente, respirando fundo a cada segundo. Peguei o remédio em cima do criado-mudo. Fluoxetina e excipientes que somam vinte miligramas, a medida mais próxima do meu choque, do peso dele. José deixava a dose separada, com um copo de água ao lado.

Estava quente, mas eu não quis abrir a janela. Acendi a luz. Abri o armário e só quando a porta rangeu percebi o silêncio. As calças e blusas ali eram todas estranhas. Era o décimo sétimo mês. Havia semanas, meses?, que não me arrumava para sair. Havia muito eu não saía.

Peguei a primeira calça jeans que vi. Mas ela não parou na cintura. Eu tinha perdido mais de dez quilos.

Experimentei outra. Nem com o cinto. Fui obrigada a fuçar no armário. Mais quinze minutos perdidos até encontrar, dobrada no fundo da gaveta dos moletons, uma calça preta de sarja. Ela servia antes de eu engravidar. A cama. Respiro fundo, não posso nem pensar em voltar a dormir, não posso nem pensar.

Minhas pernas doíam quando desci a escada, fui devagar. José estava à mesa, me esperando. Jarra de suco de laranja, cheia, pão francês, manteiga e margarina, mamão papaia picado. Eu não queria comer.

"Bom dia", disse ele, e mudou a expressão na hora, descontraiu a testa. Estava aliviado. José. Meu marido. Feliz porque eu ia trabalhar.

Não respondi. Aquela, naquela sala, não era eu, aquele não era o meu corpo.

"Onde está a chave?", perguntei, já na porta.

"No lugar de sempre", José disse.

"Onde?", insisti, e nos atropelamos um pouco.

"Ao lado do vaso, na mesinha do hall."

O vaso era novo, tinha gérberas vermelhas, amarelas e laranja. A janela do fundo da casa estava aberta, e a madeira clara do chão brilhava. O sofá azul da sala parecia menos azul, estava gasto. Conceição fazia faxina na cozinha, ela começava cedo, e um cheiro quente de álcool me invadiu. Ela não me viu nem eu a chamei.

Peguei a chave e saí.

O dia estava claro, branco-gelo, sem padrão algum as nuvens manchavam o céu. A rua que estava ali era outra. Tentei entrar à direita, mas era uma rua sem saída. E me enganei mais duas vezes com entradas falsas, arcos que alargavam a via para depois ela voltar ao estreitamento característico, numa espécie de resiliência. Elas não existiam antes, não para mim.

Um grupo de quatro crianças atravessou na minha frente, descendo em direção à escola. Atrás delas, mais três e, à minha direita, outras duas. Elas pisavam leve no asfalto, iam para a escola mas não olhavam para a frente. As feições de apenas uma ou duas lembravam de relance aquelas que eu sempre via na rua, mochila nas costas, cabelos presos, escovados, tênis ou sandálias coloridas.

Árvores dos dois lados quebravam a calçada, não havia sol ali que as fizesse necessárias. As casas tinham muros altos, um carro de polícia vinha da Alenquer, à esquerda, uma velha atravessava a rua, uma mulher de short curto fazia cooper. Pensei em ligar o rádio, mas para quê? Deixei que o barulho de fora invadisse, eu não conseguia me livrar dele também.

A claridade excessiva não permitia que eu abrisse completamente os olhos. Pensei na minha cama, quis voltar atrás. Meu corpo estava mole, não era a hora ainda. O que ia fazer na faculdade? Voltaria como o quê? Uma fracassada, alguém que não conseguiu resolver o próprio problema. Que sinais eu havia ignorado? Era agora só metade. Quando olhassem para mim, era isso que veriam: o que não há, o que não havia mais. E por isso me julgariam. Seria um absurdo que eu fosse ruim, ocupando um emprego público, apenas uma cópia reduzida do que já fui. Mas seria absurdo também que isso me tornasse maior, a parte que falta me fazendo mais densa, humana. Não havia saída.

Acontece que mora em mim o terror do inconcluso, sair de um ponto e não chegar ao outro. O retorno que fiz quando caí na Francisco Morato não era para voltar, mas para ir para o outro lado. Cheguei à universidade em vinte e três minutos, não fui ao estacionamento, seria intimidade demais. Parei na porta, uma vaga boa, ilegal. Que se danasse.

Os alunos vinham da esquerda para a direita, conversando. Não havia muita diferença entre eles e as crianças que desciam minha rua. Eles ainda usavam mochila e pisavam devagar. Olhavam uns para os outros, não para a frente. Procurei uma cara conhecida, sem ter certeza de que queria mesmo encontrar. O que ia dizer? Saí do carro quando o movimento parou um pouco. Estava atrasada quase cinquenta minutos.

Fui caminhando sem pressa, relembrando: Bloco B, quintal, árvore à esquerda, árvore à direita, Edifício Professor Cândido

Lima, recepção. Sorri, Liane não me reconheceu. Passei direto. Sala 151, 152, 153. Coordenação. Valéria, secretária do Américo, foi a primeira a me ver.

"Lúcia!" Ela estava efusiva. "Que bom ver você de novo! Sentimos saudade!" Efusiva demais. A porta à esquerda se abriu: era Américo.

"Lúcia, querida." Ele me abraçou. "Bem-vinda!"

Respondi apertando os lábios num sorriso mínimo, mudo. Mas não importava: o professor estava empolgado por mim e por ele.

"Pronta para rever a sua sala?"

Américo me pegou pelo braço, ele tinha entendido tudo, queria se assegurar de que o acompanharia. Subimos ao segundo andar do prédio amplo, arejado e frio. Entramos no quarto corredor à direita. Não havia alunos ali. Um quadro de avisos pedia respeito em tinta preta descorada, no mesmo papel A4 velho de dois anos antes. Vivemos aqui, dizia. Morremos aqui, pensei. Minhas pernas ficaram um pouco dormentes, uma coceira estranha. Tentei não dar atenção. O professor falava: "Estavam todos sentindo a sua falta, a sala ficou intocada na sua ausência, você talvez estranhe as mudanças no departamento mas explico com calma depois, e uma boa notícia é que começaremos o curso de...".

A voz dele se misturava a todo o barulho do lado de fora, aos alunos conversando no andar de baixo, à obra no corredor ao lado, à conversa de um professor novo com uma aluna, ao rádio do faxineiro.

Chegamos à sala 162, meu mundo em quatro metros por três, reproduzido na minha casa pela obsessão do José em me ter por perto. Antes de Américo abrir a porta, ouvi as vozes lá dentro. Pedro, Joana Costa e Beatriz Lima, minhas últimas orientandas, a professora Eurídice e o professor Jairo estavam ali. Todos. Menos Glória. Glória-dragão não tinha vindo. Não era surpresa.

Quando o professor abriu a porta, dei de cara com os balões e cartazes na parede, impressos em letras coloridas de uma fonte infantil do computador: "Bem-vinda", "Sentimos sua falta" e, no maior de todos: "O Departamento de Matemática da Universidade de São Paulo saúda a professora Lúcia Baeta e celebra seu retorno a esta instituição".

Soava como uma frase escrita numa coroa de flores.

Eles gritaram, alegres, ao me ver. Aplaudiram, me abraçaram.

"Bem-vinda, professora Baeta", disse Pedro, fazendo piada enquanto indicava com os olhos o cartaz maior. Ele me recebeu com um abraço comum. Só então percebi. "Baeta". Tinham errado o meu nome. Não, tinham acertado o da outra. Não era mesmo eu quem estava ali.

Cheguei perto de sorrir. Abriram uma Coca, me serviram um copo de plástico. Perguntaram como eu estava. E José. Não falaram de Amélia. Contaram da universidade, das mudanças na grade do curso, da reforma no andar. Meia hora depois, o professor Américo pediu que todos saíssem para retomar os trabalhos.

"E a Lúcia também está doida para recomeçar, tenho certeza", ele completou, como se dizer fosse acreditar e acreditar fosse tornar real.

Assim que eles saíram, fechei a porta. Passei quase vinte minutos retirando os balões e os cartazes, escolhendo onde guardá-los. No fim, decidi que o melhor lugar para aquilo era o lixo. Depois, liguei o computador. Enquanto a máquina iniciava, olhei para as coisas em volta. As cadeiras pretas que giram, as mesas de madeira escura sobre as quais havia infinitos relatórios, trabalhos científicos, análises minhas, as prateleiras claras, envergadas pelo peso dos livros, que eu gostava de abrir em qualquer página e ler, ler de novo. Obsoletos. Aquela sala estava apertada. Quando o computador iniciou, estava tudo lá, minhas pastas antigas. Mas eu não conseguia lembrar onde tinha parado.

Então comecei a jogar Paciência, encaixando o quatro no cinco, o valete na dama.

O telefone tocava, eu tirava do gancho e batia. O oito no nove, o sete no oito. Assim o dia passou. Em casa, José quis saber como tinha sido.

"Bom", respondi. Fui deitar, desfiz a cama. Tomei meus remédios. Dormi ainda na vinheta do *Jornal Nacional*, José lá embaixo, só ele e a TV.

Quase no fim da manhã seguinte, cheguei à USP, atrasada mais uma vez. Consegui alcançar minha sala sem encontrar ninguém. Liguei o computador. Na caixa de entrada, havia um e-mail de Pedro.

"Precisamos deste relatório revisado para a semana que vem", escreveu na mensagem, profissional. Antes de se despedir com um "abs", "vamos combinar um almoço um dia desses".

Ri da inexatidão, precisa em sua mensagem: "um dia desses" é igual a "dia nenhum".

Imprimi. O relatório tinha oitenta e uma páginas, que a velha Lúcia teria lido em três dias e no qual teria encontrado erros milimétricos, enunciados menos que perfeitos. Mas não aquela. Aquela Lúcia era só uma representação, um contorno. Comecei a ler, venci as primeiras dez páginas. Dama vermelha no rei preto, três preto no quatro vermelho. Site de notícias: o Lula venceria Serra no segundo turno, voos atrasados em todo o país, filme de diretor brasileiro concorreria a quatro Oscar. Cinco vermelho no seis preto, travou. Ctrl + Alt + Del por três segundos, a tela ficou preta e eu comecei de novo. Paciência. O dia se foi, o relatório ficou na mesa, esquecido, não levei para casa. Quarta e quinta se passaram assim também, estáticas, o relatório acumulando poeira, agora embaixo da garrafa vazia de água, dos panfletos de aulas de dança na Educação Física que eu tinha encontrado presos debaixo do limpador de para-brisa.

Na sexta, outro e-mail de Pedro. A que horas eu enviaria meus comentários, o relatório revisto e analisado? Dessa vez, sem o convite para o almoço "um dia desses". Respondi que entregava até o fim da tarde e procurei o relatório, com pressa. Mas a leitura não rendeu. Dez páginas em uma hora. Quatro preto no cinco vermelho no seis preto. Para terminar tudo e ainda revisar, levaria ao menos mais outro dia inteiro, não ia conseguir. Não queria também. Paciência. Mas Pedro perdeu a dele, em vez de mandar o terceiro e-mail cobrando, veio até a sala, veio até mim com Américo. O professor ainda alegre vinha conciliar, era meu pai quando minha mãe me batia mais do que eu merecia por ter comido o biscoito de maisena guardado no armário. Ela não tinha culpa, o único irmão tinha acabado de morrer e meu pai passava muito tempo fora, dirigindo para os outros, empregado, não controlava a direção da própria vida. Mas minha mãe, que mal sabia ler, não entendia e, logo, não aceitava. Agora eu compreendia seus silêncios. O professor Américo estreitou um pouco os olhos e, com a cabeça, indicou a Pedro que saísse. Ele viu que eu estava jogando Paciência.

Pedro foi rápido, virou de costas e saiu, eu não era mais problema dele.

Américo sentou-se ao meu lado devagar, receoso de interromper qualquer coisa, um raciocínio, um devaneio. Era um medo condicionado, um respeito que conquistei nos anos em que ele sentava ali, na mesma cadeira, e eu não tirava os olhos do que estivesse lendo até que o enunciado, a equação, ditassem as pausas. Era a eles que eu servia, não a ele. Então, parei e nos encaramos.

"Lúcia."

Não me movi. Era melhor que o professor dissesse o que havia para ser dito. Era hora de acabar com aquilo.

"Pedro me falou do relatório."

Continuei calada. Desde que tinha voltado, eu e Américo não havíamos tido tempo de falar. Pensei em me explicar, dizer que a cabeça não parava ali, mas a explicação soava incompetente, supérflua.

"Lúcia", ele insistiu.

"Professor, acho melhor eu ir." Dei o comando para o computador desligar, no meio do jogo.

Américo se ajeitou na cadeira, colou as costas inteiras no encosto, ergueu a cabeça quarenta e cinco graus e perguntou, pediu: "Você volta na segunda?".

Não respondi. Levantei-me, apanhei o celular, a chave do carro, e saí. O professor Américo ficou na sala, não veio atrás de mim. Não tinha mesmo que vir.

Domingo

O vídeo começa com o arame, a linha retorcida e enferru-jada corre na imagem e para. O nó de um tronco, um galho que não foi, o seio eriçado de uma menina. O arame entra. Tronco, tronco, tronco e outro nó, o arame sai, o leite eterno do bico do peito, duro e congelado no ar, apodrecido. Ele segue, partindo o nada em dois, quase despercebido, mas está lá, não deixa dúvida, ligando a árvore com o que não pertence a ela, infinitamente.

Eu assisti várias vezes.

O pássaro me trouxe aqui. Digitei "papo vermelho, gargan-ta vermelha, cabeça preta, bico pretíssimo". Ele não veio. Tentei de novo. "Pássaro raro, cinza, preto, branco e vermelho." Quase uma placa de "Procura-se". De novo ele não veio. Mas apareceu uma imagem, a única na página branca toda escrita, que virou movimento: a árvore vencendo o arame, suportando a dor, o me-tal participando dela.

Aperto a tecla, o vídeo recomeça. Como chego a essa árvore? Como posso acariciá-la, cuidar dela, alimentá-la, adorá-la?

Não conheço a árvore, mas adivinho sua história. Era um

graveto quando o arame foi colocado acima dela, passou a fazer parte do seu céu. Ela teve que aceitá-lo para continuar crescendo. E, quando foi a hora, quando tinha a altura certa, teve que aceitá-lo dentro dela para não morrer.

Mas vamos dizer que a árvore se arrancasse dali. Vamos dizer que um vento forte empurrasse o tronco até que suas raízes rompessem a terra e seu peso quebrasse o arame, e a árvore caísse não muito longe de lá, mas longe o bastante. Ainda haveria o metal, porque ele está dentro dela, é entranha. Porém, ele agora é mínimo, um filete, uma lembrança ínfima, que vai sendo corroída pela madeira, até se tornar tronco também, até que se duvide que o arame realmente existiu. Até se tornar apenas uma vontade, uma vontade de não se fincar em lugar algum, nunca mais. Uma comichão.

Eu preciso ir para a China.

13/02/2011

Ponho as sacolas de compras na mesa, ligo o computador. Levo as sacolas para a cozinha, deixo na pia enquanto a máquina aceita a ordem. Ela é lenta. Começo a guardar os objetos, os pacotes de macarrão instantâneo na prateleira à direita do fogão. O pacote de torradas ao lado. Volto ao computador. A página ainda está carregando. As cervejas na geladeira, uma cai e rola até embaixo da pia. Volto ao computador e aperto o ícone da internet.

Pego a vassoura na área para alcançar a lata caída. A página já deve ter carregado. Volto ao computador. Minha caixa de entrada é preguiçosa, mas abre. Há cinco e-mails novos, nenhum deles vindo do site, nenhum deles de P.

Confiro a caixa de enviados pela primeira vez hoje, e pela quinta vez confirmo: a mensagem foi enviada. Chegou.

Começo a digitar.

Cadê v

Apago.

Ca

Não. Ele não pode vencer. Aperto com força a tecla quadrada que desliga a máquina, seguro até sufocá-la. A tela apaga. Vou até a cozinha e, com a vassoura, busco a cerveja ainda embaixo da pia. Abro, a espuma cai quente na minha mão e suja o chão.

Segunda-feira

Dias atrás, vi na TV dois dragões-de-komodo fazendo amor. Era um desses canais de animais. Os dois estavam num cercado de vidro, num chão de terra batida, sem grama, rodeado de pedras. Tudo marrom. Cientistas tinham que vigiar o ato, um olho em um e outro em outro, fêmea e macho, porque era tão violento que ficaram com medo de que houvesse um assassinato, um bicho matasse o outro enquanto gozava. Uma cientista deu uma entrevista: "O dragão é de fato peçonhento" e "Essas cobras vertebradas são muito violentas".

E quem não é? Um inseto? Veja o que eles fazem com as plantas. Veja o que fazem com aqueles da própria espécie. Um pássaro? Pergunte às frutas. Bebês? Por favor. O homem invade a mulher e bum, um feto. O feto invade o buraco entre as pernas da mãe e bum, uma criança. A vida é uma explosão atrás da outra.

A cientista estava fascinada. Não desgrudava da cena, queria aquele macho. O macho era o mais agressivo. Ele tinha dois pênis. Essas criaturas têm a boca mais doce do mundo. Peguei os horários das reprises, e vi e vi e vi. Quando pararam de passar, quis ligar para pedir: "Quero mais!". Onde é que liga? Depois, achei na internet uma escultura gigante de dragão, não dava para ver se macho ou fêmea, mas eu quis comprar. Custava seiscentos e trinta e quatro reais, apertei a tecla, mas deu certo? Como é que dá certo? Como é que ele chega aqui?

Os dragões são o símbolo da China.

A China tem um bilhão de pessoas, todas iguais, espalhadas, concentradas, andando nas ruas, formiguinhas lava-pés. Lava-pés, lava-pezinhos, se arrastando, lá vão elas. Devoram aquela terra, comem cachorro, tudo, inseto, larva, e depois são comidos, e dão lugar a mais um, bilhões, um vômito que a terra engole de volta, nunca está saciada. Quando se irrita, treme, aí é tudo para dentro de uma vez, uma gulosinha.

A China tem jardins com lagos grandes, como um centro, o coração de tudo. As plantas deles são exóticas, têm cores brilhantes, são tratadas com a perfeição merecida.

Aqui.

Uma foto de uns arbustos cortados em forma daquele peixe bicudo, como se chama, aquele peixe com cara de bobo que faz acrobacias nesses parques que eles põem na televisão. Ah, outro é cortado em ponte, dessas chinesas de duas cores, verde nas grades e roxa na base. E um são dois jardineiros, duas pessoas agachadas na grama, tudo que é pele é verde, a blusa branca, o calção cor de bonina, o pé amarelo, tudo em planta, em arbusto. Uma maravilha, uma correção. Um mundo feito da beleza da natureza, as plantas tomando o homem. Atrás deles, a fachada de uma casa e um portal. Tanta maravilha, são feitos de tijolos, quer dizer, não são tijolos de verdade mas poderiam ser, são. Microflorezinhas, viburno ou jasmim, elas marcam o espaço entre cada tijolinho de arbusto cor de sangue. Coisa de Deus.

A campainha toca.

Os chineses são devoradores de longan, plantam e importam da Tailândia, são os maiores comedores dessa fruta do mundo. Eles a chamam de olho-de-dragão, mas é porque eles não têm olhos, ou melhor, têm mas os mantêm semifechados, não reparam. A longaneira é abundante, mais frondosa que as outras meninas. Mais até que a cajarana.

As frutinhas são lindas. A casca tem cor de pele, é beginha. Estão maduras quando estão macias. Você aperta, elas nem gritam, cedem e abrem para o miolo, uma massa meio cor de leite meio cor de vidro, parece mesmo um olhinho, e tem gosto de coco. De-li-ci-o-sa. Elas vêm da Tailândia, mas para lá não vou. Tem pouca gente, muitos buracos e um mar famélico.

A campainha.

Os chineses têm um filho só, no máximo. É assim porque eles precisam continuar crescendo, mantendo-se vivos, mas não se multiplicando. A terra não aguenta mais. Cada um tem que fazer sua parte, diferentemente daqui. Aqui no Brasil só alguns colaboram. Lá é obrigação. Nasceu outro filho? Nasceu menina? Matam no útero da mãe ainda, para evitar o trabalho. Ou então depois que a menininha nasce, afogam o problema no penico. Cheio de mijo. Ou enviam para adoção mundo afora. Por algum motivo tem sempre alguém querendo uma boneca de olhos puxados, molenga, cabelo espetado, chorona. As nenéns valem em dólares, entre duzentos e dois mil. Os meninos também podem ser redistribuídos, são dados às famílias que não conseguiram ter um varão, e custam bem mais caro que as garotinhas.

A campainha de novo.

Os chineses falam aquela língua, não é chinês, é mandarim. Parecem bichos grunhindo. *Nihuishuoputonghuama?* "Você fala mandarim?" *Bú.* "Não." É um susto. É lindo.

A campainha.

Eles escrevem com gravetos, parecem criancinhas brincando. São miúdos, chinesinhos, uma raça menor. Se movem em blocos, todos para lá, todos para cá, uma coreografia sem graça. Empurram quem entra no caminho, uma pessoa, o mundo inteiro.

Campainha.

Preferem ficar na deles, não sorriem, não olham na cara, caminham com os olhos na frente, no objetivo que ainda vão alcançar, seja construir uma casa seja chegar ao outro lado da rua.

Campainha, campainha, campainha.

"Já vou!"

Fecho o computador, ponho em cima da cadeira, enfio a cadeira embaixo da mesa de jantar. Espelho, poltrona, porta.

"Oh, seu Simão." O bigode preto e farto esconde a idade. Ele está ofegante, segura pela alça um caixote de plástico azul, grande e vazio.

"Dona Esmê. A senhora desculpe tocar a campainha assim. Mas eu fiquei preocupado, sabe." Ele limpa o suor com as costas da mão, um cheiro de fruta podre invade minha casa. "Pensei que a senhora…" Ele mesmo se interrompe e muda de assunto, diz a que veio. Quer as frutas. Pergunta se é uma boa hora.

"Ótima hora", respondo. "Estava justamente cuidando delas. O banho diário." Faço sinal com a cabeça para ele me acompanhar.

Seu Simão não consegue manter a língua quieta. Ele fala sobre o tempo, diz que está feliz que a chuva deu sossego, porque, toda vez que começa a juntar nuvem cinza no céu, a esposa usa como desculpa para que ele a leve ao trabalho lá na Saúde.

"Mais de uma hora para ir, mais de uma hora para voltar."

Aí, emenda sobre Mariana, a filha que foi estudar numa cidade qualquer da França e arrumou marido francês e por lá ficou. Agora os dois têm um filho, Jordan, de dois anos, que seu Simão me mostra no celular. Sorrio e digo que o menino é lindo. Eu poderia jurar que já vi essa criança na padaria ou no Zé do Caldo.

Chegamos ao quintal. Seu Simão está vidrado nas minhas árvores, todos ficam. Minhas frutas já fizeram fama na quitanda dele, eu sei. Se não fosse assim, ele não colocava aquela placa, "Esmeraldina", na frente delas no balcão. É uma espécie de selo de qualidade. E eu ainda faço um preço especial para ele. O caixote é duzentos reais.

Cada frutinha é um exemplo: ainda que nem todas sejam perfeitas, todas são perfeitamente acabadas, feitas para se desgarrarem. Elas não se importam de crescer robustas mesmo sabendo que seu destino será breve: de um jeito ou de outro, logo voltarão a ser adubo, alimento para outras frutas.

Seu Simão dá uma rodada pelo quintal, examina árvore por árvore. Ele não sabe por onde começar. "Que beleza, dona Esmê. Tem fruta aqui a dar com o pau."

Não vão caber todas as frutas, nem muitas, no caixote azul que ele trouxe. "Se quiser, pode fazer duas viagens", eu digo.

"Se a senhora permitir, prefiro chamar o Luisinho, que ele vem mais rápido. Pago duzentos e cinquenta."

Faço que sim com a cabeça e sento em minha cadeira. Seu Simão faz uma ligação e pede ao garoto que feche a quitanda por uns minutos para vir ajudá-lo. Quando ele desliga, começa a pegar as carambolas, olhando cada fruta com cuidado. Difícil dizer se para procurar bicho ou admirando o amarelo bonito delas.

"Minhas meninas são competentes", eu grito da cadeira, e quebro a concentração dele. Seu Simão vira para trás para me ver. Tem um sorriso bobo na cara. "Se quiser, coma uma, seu Simão, sem cerimônia aqui, hein?!"

Ele põe o caixote no chão e escolhe uma fruta no pé. Em seguida, morde com vontade, suja o bigode e o avental branco, manchado de outros sucos. Junta o polegar e os demais dedos, e os sacode um pouco: "Maravilhosas, dona Esmê, maravilhosas".

Quando ele termina, vem falar comigo, quer saber por que

minhas frutas são assim. Diz que dificilmente encontra carambolas tão doces, jabuticabas tão gordas, pitangas tão vermelhas,
laranjas tão cheias de suco. Eu sorrio. Ele me encara, sério.

"É o adubo, seu Simão."

14/02/2011

O trânsito para no farol, procuro um cigarro na bolsa, mas não encontro o maço. Tinha dez pelo menos, e agora sumiram. Luto para não deixar a emoção entrar e apontar os culpados, mas me lembro de um aluno que veio me interrogar com obviedades no fim da terceira aula, a matéria inteira no quadro-negro, a bolsa atrás de mim, aberta porque eu já tinha começado a recolher da mesa o estojo e as anotações.

Não suportaria ficar sem cigarro hoje, basta o resto. Estou me livrando de uma droga, preciso de outra em que me apoiar.

Há uma mercearia a vinte metros, do lado direito, com duas vagas livres em frente. Seta, buzina, braço para fora, me movo uma faixa. De novo e de novo. O farol abre, estaciono.

A mercearia é escura, tem dois corredores, de balas e chicletes, todo tipo de chocolate, e leite, óleo, arroz, feijão, macarrão e macarrão instantâneo, bolachas em pacotes brilhantes de oito, dez, doze, vinte unidades, números pares para garantir a simetria, a sensação de que cada parte integra um todo, um plano maior. O padrão é a certeza da ordem, conforta a mente. Água e refrigerantes quentes. Tem pôsteres com imagens da cidade, tem chaveiros no balcão. E mais doces. Caseiros. Não tem cigarro, me diz o jovem diante da registradora, e estende a mão para a mulher atrás de mim, a próxima cliente. Saio, e uma senhora que varre a calçada diz: "Tente aí na padaria, do outro lado".

Começa a garoar, tenho impulsos de pegar o carro e ir embora. Mas não seria prático: já estou aqui, consegui estacionar. Os carros não param de passar, um a cada segundo, em média sessenta por minuto, e mais cento e oitenta se vão enquanto espero o farol abrir. Quando finalmente param, tenho um quarto de minuto para atravessar, sigo o caminho marcado por retângulos brancos, grandes, pintados no chão, a faixa.

Na padaria, o caixa é um amontoado de inutilidades. Cilindros que são chocolates, ao lado de outros, de maior diâmetro, que são paçocas, ao lado de paralelepípedos que são a soma de dez outros paralelepípedos que são chicletes, ao lado de esferas de chocolate, ao lado de formas ovaloides de hortelã, de abacaxi, de menta, de coco. Eles quase escondem o computador, que quase esconde a funcionária. Atrás dela, dez fileiras de maços, paralelepípedos retangulares, meu objetivo.

Estender o braço e pegar a rosca da mão da velha em frente a ela: dois segundos. Digitar o código do produto no computador. Três segundos. Mostrar à velha, pedir que confira. Dois segundos. Falar com a velha sobre a vida. Um minuto inteiro. Despedir-se: três segundos. A funcionária me atende em seguida. Usa uniforme e touca. De perto agora, vejo, ela não sua.

Peço um maço de Marlboro Lights, e me corrijo: quero três. Espero a mulher abrir o vidro, a chave emperra. Mais cinco segundos. Espero enquanto ela se confunde, me dá a marca errada, depois se corrige sozinha. Dez segundos. Espero a operadora do cartão de débito autorizar o pagamento (cinco segundos), tiro o cartão antes de a máquina imprimir minha via (um segundo) e saio (dois segundos). Acendo o cigarro ali, sob a garoa.

O farol está verde, mas os carros dão um intervalo e atravesso a primeira pista da avenida, até o segmento de concreto à frente, a congruência da ida e vinda. O farol está amarelo. O ônibus na faixa mais à direita para. Por reflexo, dou um passo, piso no asfalto, no mesmo décimo de segundo que um carro preto vem zunindo, buzina, me joga para trás, no chão. Os pneus urram, sobe um cheiro de borracha queimada. O motorista grita uma ofensa e some, o veículo vira mais um entre as dezenas que seguem pela avenida.

Três segundos para entender o que aconteceu. O que não aconteceu. Me levanto, a nuca molhada, o coração batendo forte. Perdi o cigarro, arranhei as mãos. De resto, nada. A realidade é a mesma: a padaria de um lado, a mercearia de outro. Os veículos enfileirados, comportados diante do vermelho do farol. Avanço, atravesso com o foco no meu carro, entro direto. Acendo outro cigarro, dou um trago mais longo, e penso nas infimidades cotidianas que a um olhar menos atento parecem não existir. Mas estão lá, as frações que mandam e desmandam, as lascas de nanossegundos que determinam cada mínima parte do todo e, logo, o todo inteiro. Por que não me deixam?

Quinta-feira

Kaique está vindo, vejo através da janelinha do hall. Quando ele toca a campainha, atendo na hora. Entra dizendo "oi", andando em passos longos até o banheiro. Não anda num ritmo normal. É como se estivesse na Sé, no fim da tarde, na véspera de um feriado nacional. Ouço uma porta do armário abrir e bater. Ele é um bom garoto. Outra. Abre e bate. Mas, quando está zangado, está zangado. Precisa tirar do peito. Foi assim que o relógio de chão na sala parou de funcionar. Um soco no estômago quebrou o vidro dele.

"Vó!" A voz abafada, quase metálica no eco do banheiro.

Vou para o quintal.

"Vó!"

Ele saiu do banheiro agora, dá para ouvir. Está vindo atrás de mim.

"Cadê você, velha?"

A jabuticabeira, apanho a tesoura no chão, dou a volta inspecionando os galhos.

"Vó?"

Ele grita da varanda, perto da cadeira. Tão cansado... Por que não senta?

"As pílulas", diz.

"Ah", respondo. "Na cozinha!"

Kaique some lá dentro. Espero, ele vai voltar.

De onde estou, ouço Kaique abrir os armários e o barulho craquelento que as embalagens vazias ou quase vazias de arroz, feijão e biscoito fazem. Ele joga tudo no chão. Derruba os alimentos, o pano de prato vira pano de chão, ele bate a porta, a vassoura cai e entra no caminho, ele a chuta, ela esbarra no fogão e derruba um vidro vazio, que cai e se espatifa. Kaique é meu furacão. A força da natureza em seu esplendor.

Kaique volta, vem para o pomar, me caça entre os galhos da jabuticabeira, só há a árvore entre nós. As meninas fazem um escarcéu.

"Shhhh", peço. Mas elas não param, Kaique chega perto, tenta me encarar, os olhos se desviam dos galhos, minha caçula luta para me proteger. Ele respira fundo, sorvendo a terra, as meninas, as frutas, a mim, e grita mais alto que as plantas, mais alto que qualquer outra criatura viva que esteve neste quintal.

"Cadê?"

"No quarto", respondo, e levo a mão ao rosto dele, quero sentir a barba crescida. Mas Kaique não está mais lá, voltou para dentro da casa. Vou atrás, levo a tesoura.

Sento-me no sofá, a tesoura no colo. Vejo o menino ir de um quarto a outro, agora homem, agora fera. Ele some um tempo, escuto madeira batendo, as portas dos armários, gavetas... Kaique é enérgico, não o criei para se conter. Quis que ele fosse livre, eu sou livre.

"Fala!", ele ordena, do alto da escada, a blusa de escritório grudada no tórax, torneando a saúde de seus músculos, a testa expulsando água, o suor embebendo o corpo. Kaique cheira até aqui, eu gosto: todo bicho cheira.

"Fala!", mais baixo, a voz agudazinha.

Kaique fraqueja, é de novo um menino-menina, implorando pelo chuveiro ligado. Ele para, apoia-se no corrimão. E passa a mão com força na sobrancelha direita, penteando os pelos pretos que marcam sua face, olhos nos degraus em frente, o peito subindo e descendo, subindo com o vigor de seus rugidos internos, descendo para prendê-los, sufocá-los, acalmá-los. Ele desce a escada feito um ancião, prestes a desmontar. Quando foi que você envelheceu assim, meu anjo? Kaique não diz nada, limpa o rosto com a manga do paletó escuro. Está bêbado?

Não, hoje não está.

Mas, naquela noite, naquela noite estava.

Estendo os braços para ele, sou a mais leve das criaturas leves.

"Não está no armário do banheiro", Kaique fala alto. "Nem no quarto nem na cozinha." Me segura forte e me levanta do sofá. A tesoura cai no chão, faz um barulho.

"Sabe o quê?" Ele me aperta. "Acho que você anda querendo as pílulas para si mesma."

"Não, filho, eu juro. Eu não gosto, não preciso delas. Tenho as minhas plantas."

Sorrio, admirando minhas lindas uma a uma lá fora, na esperança de que os olhos dele façam o mesmo e vejam o divino tão perto, ao alcance. Mas Kaique não me solta, não desvia o olhar. Ele nem pisca.

"Tenho dinheiro, se você quiser", digo. "Seu Simão me deu ontem, pelas frutas. Pega e compra as pílulas, filho."

"Não dá para comprar sem receita. Você não entende ou só se faz de burra?" Ele me solta, e deixa quente e pulsando o lugar em que me segurava.

"Então compre outra coisa. Uma pasta nova. O que quiser." Tiro do bolso do vestido uma nota de cem. "Não entendo, filho. Como é que você fez esse tempo todo sem elas?"

Kaique passa a mão na sobrancelha, apertando forte, puxando o olho no final, esticando até fechar.

"Você não quer saber", ele diz, e pega o dinheiro, desaparece com a nota na velocidade de um truque. Kaique não desvia os olhos de mim, estou dentro do furo. "Foi você que me viciou, velha. Você é esperta. Você só se faz de tonta." Ele tira o celular do bolso, vê as horas e faz "tsc", como se fosse uma palavra mágica, o fim do feitiço. Está atrasado. Precisa ir e vai. Já.

No caminho até a porta de entrada, vê o computador na mesa de jantar. Dá um soco na tampa, o aparelho fecha.

"Para que mesmo você vai usar isso?"

Respondo que é para achar receitas, pegar informações sobre as plantas...

"E só?", ele pergunta. "Fala. Só isso?" E pega firme no meu queixo, a mão de homem me aperta.

"Só, meu anjo." Minha voz sai baixa porque a mão dele me impede de abrir a boca direito, mas tento sorrir com os olhos.

"As pílulas. Amanhã", diz, e solta meu rosto, me empurra um pouco para trás.

Kaique caminha até a porta na velocidade da Sé de novo. Observo tudo da sala, meu menino. Antes de sair, quando está fechando a porta, ouço baixo, sem força: "Velha filha da puta".

Kaique esquece que minha audição é perfeita, acostumada às conversas das árvores e das abelhas e dos besouros que infestam os jardins, ao vento nos galhos. Às vezes, parece que ele não me conhece.

Kaique já está lá fora, mas a porta da frente continua aberta, o sol arde na madeira do chão, na poltrona creme, no espelho. Aperto os olhos por alguns segundos e ponho a mão na testa, como soldado saudando general.

"Tchau", digo. Mas Kaique não olha.

17/02/2011

O despertador toca às seis e meia, me levanto, jogo água no rosto, como uma torrada com requeijão. Uma semana sem resposta. Os dias são um, elevado a dez, elevado a mil, iguais. Abro o computador para checar a caixa de entrada. Não está lá, P. sumiu. Penso em desistir da escola, desistir de pensar, de sentir.

Mas vou, por não ter o que fazer. Para me ocupar. Desço as escadas, entro no carro. Na rua, acendo um cigarro.

Depois: cinco aulas de cinquenta minutos, os mesmos problemas, as mesmas equações, as mesmas equações, as mesmas equações. Os alunos, as perguntas deles, iguais, engulo, sorrio. Penso em P. Converso com Janice, não, ouço Janice falar, do ex-marido, de Deus. Tudo o que acontece com ela é obra de um ou de outro. Dou mais um trago. Volto ao apartamento, em uma hora e sete minutos no trajeto de vinte minutos. Busco me concentrar nas placas dos carros vizinhos.

CAM 8128, vermelho-tomate, perfeito; 8128 é um número perfeito, o quarto, depois de 6, 28 e 496.

P.

EGT 9030, prata; 30 é divisor de 90. Ligo o rádio. P.

Um cigarro.

FAG 2022, prata. Dois pares em sequência, e números amigáveis. Desligo o rádio.

Chego, o elevador se arrasta. Abro o computador, aperto a tecla quadrada no canto à direita. Começar. Vamos lá. Demora, a tela azul pede a senha, dou, a tela preta se enche de imagens à esquerda, clico uma vez no ícone da internet. O computador murmura algo em sua língua, que ignoro. Clico mais uma vez e outra, e cinco ou seis telas se abrem simultaneamente, brancas primeiro, então, só então, a tela inicial. Tanto tempo para chegar aqui: no início. O mundo é lento. Digito o endereço da caixa de entrada e dou *enter*.

Três segundos.

A resposta: nada. Nem P. nem ninguém.

Ligo a TV. Os atores na cena batida dos personagens que se amam mas não se encontram, se amam mas não se beijam. Procuro cervejas na geladeira, acabaram-se. Acendo o último cigarro do dia, olho pela janela, há pouca luz. P.? Não. O celular toca. É Janice, me preparo para a radionovela. Será bom me distrair. Refaz o convite de toda quinta, quer dançar forró, o único vício mantido depois da conversão. Deus entende, ele nem vê, tão pequeno esse pecado, ela insiste. Uma banda qualquer vai tocar no Loca Luna. Tenho que repetir que sim, eu vou. Janice não acredita.

Nove horas, estou pronta. Vestido solto, azul-escuro, decotado atrás, um que usava em Santos depois da praia. Os sapatos, boneca, baixinhos, de bordas douradas, estão velhíssimos.

Antes de sair, P. F5 na caixa de entrada. Não.

Preciso de uma cerveja.

O Loca Luna fica na Nove de Julho, espremido entre oficinas mecânicas, em frente a um viaduto que sai do asfalto a quarenta e cinco graus e cujo vão é cercado. As grades protegem um espaço possivelmente usado durante o dia, talvez por crianças. Com certeza por crianças. À noite, é um buraco vazio e sem luz. A avenida cortada em duas vira uma rua de mão única, quase uma viela. Paro no primeiro estacionamento que aparece, a pelo menos cento e vinte metros da entrada. Quinze reais. Que se dane. Vejo a fila para entrar na boate: sete pessoas mais duas que fumam encostadas no Chevette AMB 3353 em cima da calçada.

3 3 5 3

Por que mesmo vim?

Ninguém entra nos três minutos que levo para caminhar até a boate. O lugar deve estar lotado, vai ser uma longa noite. E se eu voltar? Ainda posso.

Fico, por inércia. E porque preciso de uma cerveja. Felizmente, o porteiro libera a porta no minuto em que chego. Mal atravesso o retângulo de gesso áspero que serve de entrada, a umidade me engole. Sinto o cabelo da nuca começar a grudar. A mulher atrás do balcão me pede dez reais só para permanecer ali, respirando aquele ar suado. Me arrependo. Pago mesmo assim. É sufocante, mas não por muito tempo. O salão principal, uma pista de cinquenta metros por setenta cheia de gente, é a céu aberto. A lua está sozinha no ponto mais alto, não há estrelas. Tenho que encontrar Janice. Vejo os casais dançando, arrastando o pé com os corpos colados, a cintura, devagar, cadenciada, de um lado para outro. No bar, pago cinco reais numa latinha de Brahma quando alguém toca meu ombro.

"Onde é que você estava, mulher?"

Janice, até que enfim, Janice. Nos abraçamos. Sirvo a cerveja num copo transparente e finalmente dou um gole. Não está tão gelada quanto deveria, mas já me sinto melhor. Janice me puxa pelo pulso para o outro lado do salão. Ainda na metade do caminho, vejo Tina e Sandra encostadas na parede, os dois zeros à esquerda. Elas não sorriem, não falam, não dançam. Escondem-se no canto. Janice, ah, Janice, convenceu as duas também. Tina me escaneia de cima a baixo e Sandra me cumprimenta com um beijo. A gente não conversa. A banda está no palco, a música, alta.

Bebo a cerveja duas vezes mais rápido que normalmente, quero ir embora. Procuro uma lixeira e não encontro. Então, deixo o copo numa mesa de metal perto de Tina, que não diz nada. Nem sorri. Está difícil conversar com Janice. Linda num vestido vermelho, liso, colado no corpo, os caras não param de chamá-la para a pista. Ela vai com todo mundo, minha amiga ama dançar, é uma forrozeira de primeira.

A banda para. Janice está de volta. Ela me dá uma cerveja que ganhou de alguém.

"Ele" — minha amiga olha para cima — "também não é tão cego assim", diz. Aceito. Tento conversar, mas uma nova música toca, dessa vez é o DJ, e ela começa a balbuciar e, depois, a cantar. Um homem se aproxima. É isso: Janice voltará para a pista e eu vou embora. Termino a cerveja em quatro goles e deixo o copo no chão, próximo à parede. Escuto Janice dizer ao homem: "Lúcia, o nome dela é Lúcia".

Ela o está empurrando para mim. Aquela criatura careca, cheia, tem o peito cabeludo, a camiseta preta desbotada nas axilas, manchada de desodorante. Ele usa uma corrente dourada grossa, que, aposto, não é de ouro mas impressionou Tina e Sandra. Ele deveria ir falar com uma delas. "A humildade que importa é a de espírito", Tina me disse uma vez. Mas ela e Sandra já não estão no canto, devem ter ido embora. O homem vem em minha direção com um convite confiante para dançar. Recuso, educadamente. Janice insiste. Ela não deixa o homem se afastar, diz que sou tímida, pega a mão dele e põe na minha cintura. Sou arrastada até a pista, fraca demais para reagir.

Ele me puxa para grudar meu corpo ao seu. A bochecha

está melada de suor, as mãos molhadas. Abaixo da bermuda vermelha, os pelos das pernas fazem cosquinha nas minhas. O homem exala uma mistura de cerveja e perfume de planta, um cheiro agridoce. Tento acompanhá-lo — um, dois, um, dois —, mas ele é rápido, me empurra, segurando minha mão, me gira pela cintura. Me puxa de volta e muda a direção dos nossos micropassos rastejantes. Um, dois, um, dois. Também estou suando. Sinto que todos nos observam. Ele sussurra em meu ouvido, eu não entendo. Um, dois, um, dois. Peço que, por favor, repita. Ele repete, mas, em vez de falar mais alto, decide colar os lábios na minha orelha. Um, dois, um, dois. Murmura frases desconexas, escuto: "Amélia". Escuto que sabe onde ela está. Peço que pare, mas o homem me segura firme. E diz: "Posso encontrá-la", me manda relaxar, ouvir a música. Estou dançando com P.

"P.?", pergunto, empurrando o homem. "Você é o P.?" Outro homem se aproxima e quer saber se preciso de ajuda. O careca está suando mais ainda, tenta me acalmar. Janice também chega.

"Que foi?"

Digo que nada, não aconteceu nada, e vou embora. Não posso mais ficar, é claustrofóbico.

Chego ao apartamento vinte e sete minutos mais tarde e, antes mesmo de lavar as mãos, ligo a merda do computador. Vou para a merda da caixa de entrada, para merda nenhuma. Releio todas as mensagens, as minhas e as dele. Fiz algo de errado? Tento encontrar a lógica nos e-mails de P. Talvez ele estivesse me dando pistas. Isso é um jogo, tudo que preciso fazer é entender as regras. Posso resolver, vou resolver.

Tenho uma hipótese. P. sabe com quem está brincando: não me resolvo com texto. Ele quer que eu descubra os números, eles estão lá, escondidos. Eu sei como encontrá-los, eu posso. Transformo as palavras em dígitos.

Amelia Posso Te Levar Pra Ela

652533
Voce Nao é A Boa Na Pesquisa Me Ache
431132824
L Sumiu Ela Ta de Brincadeira Nao Quer a Filha
15322113415
Papel. Na gaveta do bufê. Não tem. A apostila da escola, isso. Arranco a última página, pego a Bic na bolsa.

652533343113282415322113415

Uma sequência finita, um mistério comprido, em azul, garrafal na mesa. Levanto, boto na altura dos olhos.

Digo, em voz alta, cada número.

A mente é uma criança de três anos. Só faz o que se quer quando ela quer, não quando se pede. É preciso distrair-se. Olhar um número, olhar mais, olhar de verdade. Até ele sumir. Até aparecer outra coisa.

652533343113282415322113415

Não, não é isso.

Um endereço?

Rua 652533/ Número 431132824/ Bloco 15322113415

Jogo no mapa do computador. "Talvez você queira outro endereço."

Puto. Não é.

Coordenadas geográficas?

O paralelo 65 ao norte cruza a América do Norte, a Europa, a Ásia. Ao sul, é mar.

Que lado é o certo? E os demais dígitos? Não faz sentido.

Um CEP? Somo os três.

15753898772.

Muito grande. Filho da puta.

Agrupo em pares e subtraio o menor do maior. O maior do menor. Nada. Divido? Multiplico?

Não. Os números puros. Os números. Puros.

Jogo no Google: 652533 é o número de série de um tipo de buzina automotiva na França. A referência de uma vaga de analista de planejamento num site de empregos. A primeira parte de um IP de computador, isso. Isso é bom. Um começo. Encaixo os outros números para terminar a sequência.

65.25.33.55.32.21.13.41.5

Nada.

Volto aos demais: 431.132.824 é a matrícula de um xampu de uma fábrica de cosméticos americana; 553.221.134.15 é o registro de um medicamento na Austrália. E só.

Qual a relação?

Hahahahahahahahahahahahahahahahahahahahahahahah ahahahahahaha.

São qualquer coisa, infinitas possibilidades, tudo. São nada.

"O que você quer dizer?", grito. O vizinho de cima dá duas pancadas no teto.

"Me derrotou!" O vizinho bate de novo.

Eu estava bem, tinha voltado a trabalhar, a acordar de manhã. Ele vai ouvir, vai levar a dele também. Escrevo:

Me prova. Ou chamo a polícia.

Aperto *enviar* sem reler. Chega de jogo. O celular toca. É Janice. Desligo. Vou para o quarto e deito, tonta, no escuro.

17/02/2006

Cheguei em casa quase junto com José, quando ele entrou no quarto eu tinha acabado de me deitar. Sentou-se ao meu lado, querendo saber como tinha sido o dia, a semana, a volta para a faculdade.

"Não houve volta."

José não entendeu: perguntou onde eu tinha estado todos aqueles dias. Pensei em dizer que tinha ido embora, que estava perdida entre a realidade e a ultrarrealidade, um lugar onde tudo que já fora familiar era estranho, e que o mundo só existia no estado puro, não havia nada em volta das coisas, nem passado nem futuro. Só a minha cama, o tempo estático que não passava, e assim não fazia sentido acordar ou dormir ou ter prazos, era tudo um movimento único. Que eu não aguentava pensar e preferia não ter que fazer isso, ainda não era o momento, ainda havia uma descoberta a ser feita, a ordem precisava ser restaurada. Mas ele continuaria a não entender e eu não estava disposta a explicar, a mergulhar de novo numa discussão que terminaria por demonstrar a distância diametral entre nós. Respondi: "Não interessa".

Virei de lado e fechei os olhos.

"Lúcia", ele chamou. "Lúcia."

Tocou em mim, me sacudiu um pouco. Não me virei.

"Lúcia."

Continuei muda, José ao lado, depois em pé, e então no banheiro, fungadas longas e semissoluços. Não ouvi quando ele saiu de lá. Acordei sozinha na manhã seguinte, o lado direito da cama frio, e voltei a dormir.

20/02/2006

José abriu a janela e sentou-se ao meu lado na cama. Ele pôs a mão no meu braço, me chamou. Abri os olhos. Barba feita, roupas passadas, aquele homem se parecia com o marido que eu tive. Mas havia algo diferente: a leveza, o jeito distraído, o haviam deixado. José estava sério.

"Liguei para a psiquiatra, ela sugeriu que você voltasse a vê-la. E que a gente aumentasse um pouco a dose dos remédios."

Ele e eu tínhamos começado juntos com a psiquiatra, depois do trote de Cordeiro. Dois meses, foi tudo que suportei. Três vezes por semana numa sala, aquela mulher me encarando, conjecturando, repetindo minhas próprias perguntas em sessões que não tinham nenhum resultado concreto. Eu precisava de certeza, de teoremas, não de teorias. José ainda a via uma vez por semana.

Aquele tratamento não funcionava para mim, e eu disse isso ao meu marido. Mas aceitei triplicar a dose diária do antidepressivo. Me levantei, pesada, José estava de saída para o trabalho. Fui ao quintal, a maioria das plantas estava seca e eu não pensei em regar, não pensei em nada. Elas não cresceriam mais. Eu não poderia cuidar, não conseguiria. Saí, e minhas pernas fizeram o que estavam acostumadas a fazer, me levaram ao escritório. Liguei o computador, apenas porque precisava ver causa e consequência em perfeita ordem, a tecla de ligar, o barulho, a tela ganhando cor. Mas então me deu uma saudade do que havia ali, havia muito.

Minha pasta com relatórios antigos. Mais do mesmo, mais do mesmo, mais do mesmo.

Fotos.

De um churrasco de fim de ano da faculdade, o quintal pequeno de muros vermelhos da casa de Américo, Pedro e uma namorada, eu sorrindo.

De um aniversário de Amélia, a vela de cinco anos no bolo com cara de boneca, cabelos de fios de ovos, ela havia pedido assim. José segurando-a para soprar, as pernas dela apoiadas no joelho dele, nessa época eu já não aguentava suspendê-la.

De um fim de semana qualquer em Santos, na casa de Décio, só eu e José, de quando era eu não podia precisar, mas meu cabelo estava curto, fazia muito tempo. Lembrava que era um feriado e tinha chovido, nós jogamos campeonatos e campeonatos de Buraco, casal contra casal.

A pasta de José, semivazia, uma corrente: "Envie para sete pessoas e seu desejo se realizará", e documentos escaneados da empresa.

Dentro da pasta de José, a pasta dela. De Amélia. Minha intenção era abrir. Queria saber o que passava pela cabeça de minha filha, talvez houvesse uma pista, talvez não. Eu tinha o direito. Era meu computador, ela sabia do risco. Mas havia algo estranho naquele dia, porque eu podia ouvir meus pensamentos, e ouvir os pensamentos não é normal, dá margem à análise, a uma avaliação crítica daquilo que é nada menos que o produto mais nobre da mente humana. E, ouvindo aquele pensamento, me contive. Me veio outra ideia, uma que era mais dela do que minha, de que eu não devia abrir a pasta. Então, fiz essa concessão, dei a minha filha o espaço dela, e apertei a tecla *desliga*, sem processos, de uma vez.

20/02/2006

Voltei para o quarto e tomei o segundo Prozac do dia. José me acordou quando chegou. Reclamou do trânsito, me chamou para jantar. Respondi que estava indo. Mas continuei na cama, ouvindo os barulhos agudos dos pratos e talheres que ele punha na mesa lá embaixo, o silêncio enquanto me esperava, o silêncio quando decidiu não me chamar de novo, pela terceira vez, os ruídos do meu marido partindo o bife, pousando o copo na mesa, juntando a comida, limpando o prato.

No dia seguinte, nos encontramos no quarto. Eu não estava de pijama, tinha me trocado para investigar pelo computador. Era esse o meu trabalho. Contei que tinha sido produtiva, tinha descoberto outras quatro Amélias Bueno em São Paulo, na lista telefônica on-line. José balançou a cabeça, deu meia-volta, e estava na porta quando o chamei. Não ia falar nada?

"O que você vai fazer? Ligar para elas?", José perguntou, antes de dizer que eu precisava tentar esquecer, era o que ele vinha tentando. Acreditava que a resposta viria milagrosamente, não pensava em desvendá-la.

No terceiro dia, contei que a vizinha repetiu que não tinha visto Amélia naquele domingo, no quarto dia disse que refiz o caminho outra vez, visitei mais possibilidades. Falei de minhas hipóteses, questionei postulados: Amélia deixou mesmo a casa de Bruna às cinco e meia? Saiu mesmo sozinha? E reafirmei meu inconformismo, minha indignação com aquela equação aleijada: quando se descortinassem mais fatores, a gente seria capaz de descobrir, de propor resultados. Teria de haver uma explicação lógica.

"Lúcia, pelo amor de Deus."

"Você desiste fácil", retruquei.

No quinto dia, meu marido não veio ao quarto. Escutei a porta da frente, passos no hall, a geladeira abrindo, água caindo no copo. E então a TV, das oito até depois, não sei precisar, eu dormi. E no dia seguinte sua rotina foi parecida, até que passamos a nos ver só no café da manhã, quando ele lia para mim algumas notícias do jornal. Queria me mostrar que o mundo continuava girando, como se algo de real importância estivesse acontecendo. Eu não comentava.

Ele tinha saído da nossa órbita — nós dois entramos numa nova dinâmica. Eu poderia ter vivido assim, era uma fase, um problema, e qualquer problema era menos complicado que aquele que chegava a seu décimo sétimo mês. Mas não para José.

Ele pediu o divórcio dez dias depois. Foi uma conversa curta, indolor: todo luto era menor. José saiu de casa no dia seguinte, garantiu que não me faltaria nada. Como não? O sobrado, ele fazia questão, era meu, fruto da minha batalha, ousadia, quando compramos, foram meus cálculos que o fizeram acreditar que conseguiríamos, sim, pagar. E minha teimosia.

Insisti que não queria aquilo, ele insistiu de volta. Não tive energia para seguir argumentando.

Três semanas foi o que suportei sozinha lá dentro, os batentes das portas emoldurando o vazio, sala, quarto, escritório, quintal. E o pior de todos, o da janela da cozinha, do retângulo fantasma através do qual eu podia ver os quinhentos metros entre nossa casa e o prédio de Bruna, o caminho em que Amélia tinha sido sugada, o espaço físico entre o que era e o que poderia ter sido.

Passei a deixá-la fechada noite e dia, e também as portas. Mas então a sensação só ficou mais aguda. Dentro de casa, me sentia num caixão de luxo, feito de cimento e pintado de terracota, dividido em dois andares, dois quartos, três banheiros, três salas e um escritório três por três.

Vendi o sobrado dois meses depois, vinte por cento abaixo do preço de mercado. Tive que insistir para José aceitar a metade do dinheiro. Havíamos os dois comprado a casa, os dois receberíamos por ela. Eu não queria dever nada para ninguém. Com os objetos, ele foi mais criterioso. Quis levar as louças herdadas de sua mãe, seus aparelhos de videogame, o barbeador, casacos, a coleção de carrinhos de metal, CDs, DVDs e fitas de vídeo.

Fiquei espantada com o quanto do meu ex-marido ainda havia no sobrado, com o quanto não lhe fazia falta. Aquilo provavelmente ficaria amontoado por anos, para sempre, em caixas fechadas.

Além de seus pertences, José só pediu o velho computador. Eu não poderia levá-lo, de qualquer forma. Se eu tinha uma única certeza, era a de que minha próxima etapa seria de restrições, de espaço e de possibilidades. Cedi.

Sexta-feira

Tudo é luz: os armários, a cama, meu corpo. Transpiramos. Mas, num instante, acaba. Sombra e brisa entram pela janela. Um sopro divino apagou o sol? As meninas me chamam lá fora, ouço andorinhas também. Respiro fundo, faço uma oração, como as que padre Adalberto ensinou. Toda manhã era uma ladainha, com respeito, ajoelhada. Para espantar o demônio.

Ave Maria, cheia de graça, bendita sois, e o sol: ele nos renova.

Benditas sejam as meninas.

Bendita seja a cajarana, padre Adalberto estacionou debaixo dela. O carro era velho, o padre não. Ele ainda tinha muita força para se revoltar. Disse: "Chega, você não fica mais com esse homem, tudo vai ficar bem".

Papai tinha saído, tinha ido colher em outra roça. Ele era um multiplicador, espalhava sementes. Ele plantava.

"Que é?", perguntei ao padre. Ele segurou meu braço, me puxou até o quarto, pegou minhas roupas no armário e as que estavam em cima da cama. Eu e papai dormíamos nela.

"Chega, você não fica mais com esse homem, tudo vai ficar bem."

O padre me puxou na direção oposta.

"Minha caixinha", falei. "Deixa eu pegar minha caixinha." Ele consentiu, mas não soltou meu braço. Não temas, padre. Com a outra mão, peguei a caixa na gaveta e a joguei na sacola das roupas. Saímos de casa, fomos até o carro da igreja. Os bancos tinham rasgos no encosto e cheiravam a mofo. O padre me prendeu com o cinto, girou a chave, trememos. Então, estávamos em movimento. Fomos para a estrada.

"Chega, você não fica mais com esse homem, tudo vai ficar bem."

Mas, seu padreco, seu padrequinho, tudo já estava bem. Antes de entrar no asfalto, eu me virei. Por me virar. A casa era tão pequena! As plantas de chão eram isso, chão. Dali não se via nem o banheiro nem o curral nem o chiqueiro. Mas a cajarana se via, crescida, sua sombra a esticava e ela entrava na casa pela janela, retomava seu espaço, agigantada pelo astro rei, ele, no alto, era o seu cocriador. A sombra é tão obra do sol quanto a luz.

Salve Rainha! Salve mãe de misericórdia, vida, doçura e esperança nossa, salve! A vós bradamos os degredados filhos de Eva. Degredados, degredadozinhos. O padre Adalberto disse que eu era uma causa, não uma causa qualquer, uma causa urgente. Eu me atordoava, meus joelhos estavam roxos de eu me ajoelhar para rezar. Papai não foi me buscar no dia seguinte e nem no outro. Mas poderia vir a qualquer momento.

O padre dizia que eu tinha que desaparecer. O mais rápido. Aquilo era como cócegas para mim. Ele queria uma mágica? Mas o padre falava com tanto fervor, a boca cheia para dizer "sumir!", que eu quis. Parecia bom.

Ele me deu uns cruzeiros. Disse que eu fosse até a rodoviária e comprasse uma passagem. Para onde? Você vai para São Paulo. Ele queria me atirar na imensidão. Você vai se achar em São Paulo. Uma mulher te espera lá, uma freira. Você vai cuidar de velhas. Você vai se purificar. Você vai se salvar. E a seu padrasto, e a todos.

Meu destino era grandioso, eu era parceira de Deus.

Eu não conhecia rodoviária nem passagem. E o padre não quis me levar.

"Fico, para o caso de seu padrasto aparecer aqui."

Ir embora era simples, o padre garantiu, era só ir.

"Dinheiro, mala, documento, e pronto."

O padre chamou um táxi, um qualquer. O motorista me levou até o terminal da outra cidade. Quando a gente chegou, pedi a ele que por misericórdia fosse comigo comprar as passagens. Ele não quis. Levantei um pouco a saia, o motorista se agitou, me disse impropérios, se apressou. Saí com minha mala, ela era levíssima. Pedi ajuda a um cavalheiro que passava ali. Ele me acompanhou ao guichê e ficou ao meu lado.

A mulher atrás do vidro quis ver meu documento. Eu dei. Ela quis saber se eu viajaria sozinha, eu ia dizer que sim, qual era o problema?, mas falei: "Não, com papai", e indiquei com a cabeça o cavalheiro ao meu lado. Ele tinha apoiado o cotovelo no guichê e olhava para uma passante que estava indo embora.

A mulher me deu o bilhete. Deixei o cavalheiro, fui para o lado oposto. Um instante depois, lá estava eu no ônibus, indo para São Paulo. Das cidades, a maior, longe o bastante. Eu ia desaparecer, sumir. Encostei minha cabecinha na janela e comecei uma prece, uma das que o padre Adalberto tinha me ensinado. Para espantar o demônio. Como era?

Rogai por nós, pecadores. Pecamos sem saber que pecamos, como o sol faz a sombra. Misericordiosa, perdoa. Agora e para sempre. E na hora da nossa morte, e na hora da nossa mortezinha. Amém.

18/02/2011

Acordo às 5h53, quase uma hora antes de tocar o despertador. Tento manter os olhos fechados, implorando ao escuro que me leve de novo. Devia ter tomado uma pílula, não devia ter bebido tanto, não devia ter saído com Janice nem dançado com aquele homem. Melhor não ir à escola hoje.

Melhor ir, Gilberto já está na minha cola. Não posso arriscar ter outra mancha na carreira, o abandono da universidade é estrago suficiente. Levanto-me, peso trezentos quilos. No banheiro, tudo está no lugar certo. A escova de dentes azul e amarela no copo branco cilíndrico, ao lado da pia elíptica, perto do porta-sabonete líquido de lavanda cúbico. Jogo água fria no rosto.

Lembro da mensagem que enviei a P. Raivosa, em pânico. Louca. Na nossa equação, eu sou a constante, imutável, conhecida, e P. é a variável, que pode ser qualquer coisa, mudar tudo. Chega. Se ser capaz de mudar é ser poderosa, quero me transformar em outra Lúcia, uma que não acredita em P. Posso ser a mais vulnerável de nós dois, mas sou eu que dou poder a ele. Vou parar, digo a mim mesma, uma mulher descabelada, bidimensional, no espelho. E, parando, derrotarei P. Retomarei meus planos. Serei outra Lúcia, mais que uma professora, mais que uma mulher com uma filha desaparecida. Dias e dias esperando uma resposta. Pois agora espero que ele não escreva. Nunca mais. Me sinto forte, quase livre.

Mas, quando vou desligar o computador — passou a noite ligado —, lá está. Uma surpresa, um golpe fatal. Um novo e-mail de P. pesa no alto da caixa de entrada.

Vou para a cozinha, encho de água a chaleira e ligo a trempe embaixo dela. Pego a garrafa de café, coloco o filtro em cima, o pó dentro. Tiro da geladeira o vidro de requeijão, recolho um pouco com uma faca, espalho na torrada. Mastigo cada pedaço vinte, trinta vezes, e engulo para descobrir um novo sabor, pasteurizado, artificial. Como outra torrada. Olho o relógio redondo acima da geladeira, o mesmo que chequei tantas vezes no dia em que Amélia desapareceu.

São 6h15. Ainda tenho tempo antes de sair para o Inês. Vou ler a mensagem. Devo. Não fazer isso seria punir a mim mesma, e não sou eu quem merece castigo. Termino a terceira torrada e me sento, calma, em frente ao computador. Clico duas vezes no e-mail.

Sem policia Ou Sem Linha
48 Ela diz 48
P.

Poderia ser só mais uma mensagem, um apelo pobre, um resgate depois que, silenciosamente, virei a mesa, saí do jogo. Mas não. Linha. Ele a chamou de Linha. Só eu chamava Amélia assim.

Para José, ela era a Mel, Décio, a mulher e os dois filhos copiavam. Para minha mãe, era Amélia ou "tua filha", sua maneira de mostrar respeito, de reconhecer o pertencimento: aquela criança era minha. Eu deveria dar conta, era a responsável por ela. Linha tampouco existia na escola. Era Amélia, as crianças reproduziam a formalidade das chamadas orais. A não ser por Bruna, sua melhor amiga, que também a chamava de Mel. Alinhava-se com José, obviamente, Amélia devia falar muito do pai, e ele fazia as vontades dela, levava as duas ao parque aos domingos, ao cinema. Eu não me importava, gostava de ser a única a chamá-la de Linha, minha.

Ela respondia da mesma forma a qualquer um dos nomes, se tinha preferência não demonstrava. Mas nunca se referia a si pelos apelidos, e apresentava-se no telefone, assinava as lições de casa, os bilhetes com seu nome inteiro: Amélia. Ela adorava. O nome que eu tinha escolhido.

José queria Carolina, que achava bonito, ou Jussara, o nome de sua mãe, falecida nove anos antes. Mas eu tinha decidido, o nome da minha filha estava definido desde os dezenove anos, desde o primeiro ano de universidade, quando conheci o trabalho da alemã Amalie Emmy Noether, uma das maiores matemáticas da história, uma mulher pioneira, prolífica, reconhecida. Claro: "Amélia" era uma adaptação, o equilíbrio entre a minha vontade e a do José. Mas isso não apagava o brilho, minha filha seguiria a vida carregando a homenagem a uma das notáveis, ela seria notável, e minha, Amelinha, Linha, uma divisão, um marco.

Vou ao meu site checar. Procuro "Linha", qualquer lugar em que pudesse estar escrito. Na ficha da Amélia. Na minha apresentação. Em alguma resposta minha a comentários. Não está lá. Checo a internet, outros sites e blogs em que falei dela, cadastrei a foto. Releio artigos de jornal sobre mim, sobre nós, Linha não está em nenhum.

Mas há mais. Quarenta e oito, ela manda dizer.

Quarenta e oito.

Olhar um número.

A conta daquele dia, eu também nunca esqueci, ficou pendente em mim. Ela ainda lembra. Quem mais? Quem mais além de mim, José, Américo e a esposa sabe disso? Só ela. É ela. Só pode ser ela. Amélia está viva.

Olho a janela, o sofá, a TV, meus livros. Vejo três dimensões, todos os lados, as cores das cores, as texturas. Estou gelada. Leio a mensagem de novo. Aperto *encaminhar*, José tem que ver — não. Preciso resolver isso sozinha. Não quero dar aula, quero ir para onde P. está. Onde P. está? Quero gritar. Quero ligar para Janice e pedir desculpas. Quero dançar, voltar ao forró e terminar a música grudada naquele homem suado. O que parecia apenas possível agora é provável: P. está falando a verdade.

Levanto-me, vou até o sofá, desabo tentando pensar, preciso pensar, ser eficiente. Não posso dar a P. todo aquele poder de novo. Acendo um cigarro. E, então, decido: deixe-o ter um gostinho de desespero, faça-o esperar. Mas só um pouco. Não posso arriscar, ele não pode machucar Amélia. Não posso perdê-la outra vez, não posso perder.

Sexta-feira

Apoio os cotovelos na cama, giro, faço pressão, me empurro, mas uma fisgada vem, rasga desde a ponta dos dedos do pé até o alto da cabeça. São as costas. Repito o movimento, a dor me atira de volta à cama. É mandona.

Vou ter que obedecer. Levanto-me devagar, o corpo endurecido e frágil, uma porcelana. Saio da cama e me apoio no criado-mudo para me abaixar, estico as pernas, faço-as deslizar pelo piso, abaixo as duas, o tronco vai junto, me sento.

A dor me percorre de novo, um raio que bate e volta, me deixa quente. Em seguida, gelo. A febre não me larga. Rogo a misericórdia divina.

Vejo a mala daqui, embaixo da cama. Dobro-me ao máximo, outra fisgada, quase apago. Estico o braço, uma das mãos à frente, no escuro, a outra atrás, na base da coluna. Alcanço a mala, bendigo seu vazio, ela é leve, e a puxo até mim. O zíper agarra no couro de suas quinas, e fiapos, bigodinhos, saem dela inteira, em todo canto, como se fosse feita da costura de focinhos de gatos.

Abro a mala e levanto a tampa, descubro a caixa. Uma caixinha, ela tem no máximo dois palmos. Mas a madeira é maciça, preciso das duas mãos para suspendê-la. Trago-a até a altura dos olhos, o vermelho da cajarana se reflete em meu rosto, vem o perfume, sua madeira cheira mais que sua flor.

Um laço de fita. Não, não. Era barbante. A caixa veio enrolada num jornal. Papai era rude. Desembrulhei, sinto o rosto queimar, a caixinha me ilumina. O que eu acho? Felicidade. Felicidade! É isso?

Gargalho, preciso ouvir meus sons. Gaveteiro baixo de madeira falsa, cama e colchão duro feito pedra, mala vazia, caixa, janela escancarada, o dia nublado lá fora. Sim, estou aqui, onde sou velha.

Naquele dia, quando desembrulhei a caixa, não consegui sorrir. Eu não disse nada. Naquele dia, achei que meu pai me deixava desembrulhar um presente que era para ele. A música era para ele. Eu só abri a caixinha quando ele me deu. Depois, era ele que abria. Abria quando fechava a porta do quarto e estávamos só nós dois lá dentro. Ele ficava mais calmo e eu sentia o prazer de servir, de ver meu corpo respondendo conforme, firme, com fome de repetições. Papai queria mais, eu também. Hoje eu sei: eu era jovem. E por isso a caixa é um presente eterno, para o agora e para adiante. Ela me leva e me levará de qualquer momento ao que passou, me devolverá o vigor, o merecimento de estar de pé e caminhando sobre a terra.

Me ajeito no chão, a dor volta, sou uma escravazinha dela. Tudo bem, vou fazer sua vontade. Abro a caixa. Não há mais dançarina nem música. Peralá. Tinha uma dançarina? E música? Música tinha. Parou quando mamãe roubou a caixa. Mamãe roubou e atirou na parede. Mas papai não ligou, substituiu a caixinha por um rádio, e no rádio só tocava Leny. Não, a caixa substituiu o rádio, que quebrou sozinho. E ele não era meu pai. A caixa era minha mãe, esculpida dela, por ele. A caixa era minha, ele não, ele era dela.

Maldita dor, me confunde.

Dentro da caixa, lá estão elas, branquinhas, em formatozinho de frutinha-do-condezinho que explodiu. Minhas bombas. As pílulas são o que a dor quer. É assim que ela me prende. Eu tenho a morfina, mas ela me tem de volta. É um acordo justo. Kaique não as tem, elas querem ter Kaique, mas ele é meu.

Pego duas de uma vez e coloco bem atrás na língua, quase na garganta. Empurro para dentro, elas descem com dificuldade. Encostada na cama, espero o alívio, e guardo as pílulas restantes: elas dentro da caixa, a caixa solitária no vazio da mala em minha frente.

Kaique não sabe procurar. Ele se alimenta do passado, do que se lembra, do que tenta se lembrar. Voa em círculos. O que houve com ele?

Houve uma vez, uma única vez.

Naquela noite da chuva gloriosa que derrubou árvores, pássaros, todo tipo de criatura. Na noite da tarde em que ele foi meus braços porque os meus não davam mais conta. Foi a primeira vez dele, minha última. Ele me perguntava: por quê? Sua voz naquele tom de pedinte. Pedinte uma vez, pedinte pela eternidade.

Por que carregar aquela criatura? Kaique não tinha como saber, mas tinha instinto: aquela não era como as outras. Era maior, sim. Querer mais é pecado? Eu queria uma jabuticabeira. E agora tinha os braços fortes do meu neto. Era para isso que a Providência o tinha enviado para mim. Sim, ela era limpa, não estava largada. Tinha o cabelo escovado, preso em passador. Tinha um vestido bonito e esse vestido era o sinal: a estampa eram pássaros, havia centenas deles presos ali. Era ela mesma passarinha! E estava apagada. Tinha sido abatida. Estava viva? Sangrava? Não era possível ver. A chuva tinha levado, lavou. Estava na rua depois nos músculos de Kaique depois no sofá da sala.

"Só até a tempestade passar, então procuraremos a mãe dela."

Mas ele precisou sair quando a chuva parou. Era quase adulto. Quando ele me deixou, me deixei também. Cumpri minha missão, fiz o adubo, fiz uma bagunça. Limpei. Plantei a jabuticabeira com sementes que guardava havia meses. Joguei tudo na cova, saciei a fome da terra e desmaiei, exausta, na cama. Amanheceria outra, mais leve, vigorosa. Eu tinha plantado, e era uma jabuticabeira.

Acordei quando Kaique chegou. Ele voltou bêbado, e a bebida falando, fazia perguntas, em voz alta, do meio da sala. O que houve? Queria que eu ouvisse. Eu ouvi. E depois Kaique correu pela casa: abriu a porta de vidro e saudou o quintal, as meninas. As meninas o amavam. Houve um silêncio brusco: ele tinha visto o saco com os restos embaixo da cadeira. Subiu a escada correndo. As perguntas recomeçaram, mais altas, gritadas, em meu ouvido, na cama. O que houve? Nada, nada. Kaique vomitou no chão, eu lhe dei um tapa na cara. E a pílula. Umazinha só. Mas, como ele não melhorou, urrava, dei-lhe outra.

O médico tinha dito que a morfina desligava a dor mas não só ela. Às vezes, é preciso fechar os olhos e repousar, ele falou, sem ficar pensando em coisas. Kaique dormiu comigo. Só acordou na tarde do dia seguinte, quando eu varria a varanda. Do pé da escada, não me disse "bom dia". Foi querendo saber do saco.

"Que saco, meu anjo?"

"O saco que estava aqui, embaixo da cadeira. Um saco... cheio."

Ele não conseguia completar a frase.

"Não há saco", respondi.

Kaique veio para a varanda, olhou embaixo da cadeira, ficou de quatro. Vasculhou o quintal e a cozinha, depois voltou, com a cara de pedintezinho.

À noite, ele quis mais pílulas. Eu dei. E nas noites seguintes também. A gente dividia o remédio, eu conseguia com o doutor e trazia. Não tomava, a não ser que a dor fosse demais. As frutas davam conta para mim. Para Kaique, não. Tinha semana que ele queria toda noite. Queria as injeções que eu pegava com o médico, eu tinha que dizer que preferia levar a picada do meu neto, em casa. Queria também as pílulas brancas da farmácia. Eu dava algumas para ele, a maioria. Eu estava plena de mim, dos meus sentidos, e tudo que eu queria eram beijos dele, os fios de bigode juvenil fazendo cócegas em meu rosto, os lábios encontrando um ao outro rápidos, o cuspe era água sagrada sacramentando a bênção. Mas Kaique nunca mais quis. Ele me deixou na noite em que contei que as frutas tinham acabado com a doença e o médico não me daria mais pílulas.

E se eu dissesse que agora as tenho de novo? Você voltaria? E se eu dissesse isso mas preferisse não te dar as pílulas? Elas tomam você de mim. Você viria amanhã? E depois de amanhã também?

E se eu fizesse isso só para ver você pedinte, meu menino-menina mais uma vez, me deliciar com seu vigor e seu suor, suas gotas desesperadazinhas, seu lado bicho? Você é um meninão. Veja, meu neto, filho de meus sonhos mais saborosos, as frutas são suficientes. Elas têm o que você precisa. Elas vão te salvar.

18/02/2011

Dirijo rápido para o Inês. Minha cabeça vai para a escola, volta para a mensagem de P., e de novo para a aula que tenho que dar hoje. Ouço o motor do meu carro, o rádio do homem que vende carregadores de celular no sinal, os veículos ao lado, chegando devagar, acelerando dois segundos antes de abrir o farol para garantir uma boa arrancada.

Saí de casa há dez minutos, parecem trinta. Buzino, e o BPH 2500, um Voyage verde-abacate, finalmente muda de pista. Chegar logo à escola, dar a aula e voltar. Chegar logo à escola, dar a aula e voltar. P. escreveu? Quero ver a ansiedade, ler numa nova mensagem as palavras que expressam uma ameaça, um insulto talvez, e gritam uma confissão. Um pedido de socorro. Ele é fraco também. Deve estar desesperado por uma resposta. Mas não demais, espero. Não é boa jogada deixá-lo impaciente demais. Se ele perder a cabeça, pode machucar Amélia. Merda. Se ele tiver escrito cobrando minha presença, não posso demorar muito. Ele pode matá-la. Preciso checar. Melhor voltar para casa. A Marginal está parada do lado de lá. Merda. Ou poderia comprar um celular novo, um com conexão à internet. Quatro anos na mesma operadora, devo ter um desconto. É isso. Vou ao shopping no intervalo.

Na escola, os alunos vêm e vão, quarenta por vez. Sei o nome de alguns, mas devo ter chamado o Jonatan de Heleno e o Heleno de Rogério. Dou a mesma aula, uma, duas, três, quatro vezes, até o intervalo. No corredor, Janice vem em minha direção, uma linha fina, uma ruga entre as sobrancelhas. Aceno e digo que preciso ir, explico depois.

O tempo está contra mim. São quase doze minutos para chegar ao shopping, outros dez para encontrar uma vaga no estacionamento. Entro, passo acelerando, tenho cinco minutos. Onde é a loja? Pergunto ao segurança. Fica dois andares para cima. Não vai dar tempo. Dou meia-volta. Mas penso que Amélia pode sair machucada, penso que posso perdê-la mais uma vez. Meia-volta de novo. Corro para a loja.

Há uma fila lá dentro, é preciso pegar senha. Retiro a minha, estudando os números nos quadradinhos de papel branco nas mãos das pessoas em torno, procurando um mais baixo que o meu. Sou o 37, o painel mostra 21. Encontro o 23, um estudante. Parece gentil, ingênuo, óculos pretos grossos, cabelos penteados de lado. Converso com ele, o garoto não quer trocar. Ofereço dinheiro, dez reais. Ele pede quinze e eu pago. Sou a próxima. Vou até o balcão e explico minha situação.

"Tenho que dar uma aula daqui a cinco minutos, vamos ser rapidinhas…"

Mas a funcionária não sabe por onde começar. Eu ajudo, pergunto qual o aparelho mais barato que permite acesso à internet, e vamos logo com isso. Ela me mostra um retângulo preto pesado e começa a explicar suas inúmeras funções, os aplicativos, os truques. Está bom.

"Vou levar. Quanto é?"

O preço é um disparate.

"É o melhor que você pode fazer?"

"Com certeza."

"Sou cliente há anos."

"Desculpa, mas…"

"Obrigada", digo, me levantando.

Vou em direção ao estacionamento, me desvio do casal que caminha abraçado chupando um sorvete só, do pai que empurra o carrinho do bebê, da mulher carregada de sacolas. O shopping está lotado. Confiro as horas. Estou cinco minutos atrasada. Com um pouco de sorte, não vou precisar pagar — não fiquei mais que os quinze minutos de tolerância. Mas a máquina me impede de passar. Tento de novo. O carro de trás buzina, há mais dois atrás dele. Um funcionário aparece.

"Me deixa ir, moço. Sou professora, os alunos estão esperando."

O homem não quer saber.

"Ignorante." Falo baixo, mas ele escuta. Os carros atrás buzinam, a fila ocupa a rampa. O funcionário ameaça chamar a segurança.

Tento encontrar uma vaga, mas o primeiro andar está cheio, o segundo e o terceiro também. Paro no quarto, a céu aberto. Há uma cabine na entrada para as lojas, a atendente me espera. Pago em dinheiro, tudo certo. Mas a impressora do recibo demora demais. Três minutos depois, estou no carro. Metade da aula já se foi. Pego o maço de Marlboro Lights na bolsa, arranco dele um cilindro branco, acendo. Calculo o tempo necessário para voltar ao Inês. Calculo que P. está cada vez mais impaciente. É melhor ir para casa. Agora. Ligo para a Raquel. De repente, meu velho celular é tudo que preciso. Digo que estou com febre, não irei à tarde. Ela passa para o Gilberto.

A voz abafada debaixo do bigode é quase ininteligível no

telefone. Mas entendo quando ele diz que eu deveria ter ligado antes, que não é porque é pública que a escola tem que ser uma zona, professor tem que ter responsabilidade, senão quem se fode são os alunos. Gilberto é chulo.

"Não quero saber quantos artigos você publicou. Professor tem que dar aula. Ou é melhor pedir para sair", diz ele. Depois, me pede um atestado, me lembra as normas, me enche o saco. "Assinado por um médico."

"Sim", prometo, e acrescento um novo termo à minha equação, de fora dos parênteses que, como duas bocas abertas, enormes, indicam a prioridade que me engole — aquilo que deve ser resolvido primeiro, vou encontrar minha filha. Antes de desligar, uma fração de silêncio, que Gilberto rompe com um burocrático "melhoras". Mas o que ele queria dizer era: "Espero que você nunca volte". Arranco com o carro.

Sexta-feira

Abro os olhos. Apaguei aqui? Meu Deus, apaguei. Chove.
O calor que sai da terra das meninas vem me abraçar no quarto.

O telefone toca lá embaixo. Deve ser Kaique.

A caixinha cajarana na mala vazia em minha frente.

O telefone insiste, toca dentro de mim, mas a mala me convoca. Ah, dúvida!

Mexo os pés, o pescoço e os braços, para acordá-los também.
Apoio-me na cama, as mãos uma ao lado da outra. Empurro o
corpo todo. Não sinto dor, sinto a memória da dor. Por causa dela,
me movo com cuidado. Vou até a janela, minha moldura de
felicidade, vejo meu pomar.

"Bom dia, meninas!"

O telefone.

Volto-me para o quarto e tomo minha decisão. Vou fazer a
mala. Quero as longans. Não tenho muito mais tempo, está claro.

O telefone para.

Qual era mesmo o número do ponto de táxi?

Tomo fôlego para descer. Será uma jornada. A escada, o sofá para lá, a porta de vidro deslizante para cá, o relógio, o baú, o tapete, a mesa, discar, pedir. Custa tanto e custa nada. É só ir.

18/02/2011

Vou até a saída mais óbvia, à direita. Há fila para descer. P. vai machucar Linha. Linha, Linha, Linha. Buzino de leve. Caio direto na Rebouças. Ultrapasso o DTH 2254 verde, um Palio, ainda em frente ao shopping. Minhas costas pregam na blusa. O HPP 9752 prata para. Por um triz consigo frear. Buzino. O motorista não abre. Buzino. Ele não vai sair. Puxo o carro para a direita, acelero. Uma pancada. Justo agora? Um braço mestiço, peludo, sai da janela, sacudindo-se como se quisesse voar. Enfio a mão na buzina. O motorista puxa o freio de mão. Ele desce, vem em minha direção. Bate na janela, não abro.

"Desculpa, dona, mas o da frente também deu ré." Ele fala alto. "Parece que houve outra batida perto do farol."

O homem me lembra alguém. Um antigo vizinho? Ele diz que tem um seguro ótimo, que vai ligar para lá e em uma hora no máximo estaremos longe dali. Uma hora. O sol bate na corrente de ouro em seu pescoço, uma pequena cruz brilha no lugar onde um botão deveria ter sido fechado.

Um barulho oco na porta.

"Desculpa", ele torna a pedir, e se afasta dois passos, com as mãos levantadas, um jogador que cometeu uma falta. O celular dele, preso no bolso, acaba de bater na minha lataria. Arranhou? Não quero abrir o vidro. Viro o volante para a direita, tento sair, quase bato de novo. O homem grita, bate três vezes no capô.

"Cuidado, dona, o meu é novo."

Começa a chover, ele volta para o carro. Acendo um cigarro. Estou presa. A chuva me deixa surda, cega. Eu deveria ter antecipado: todo aquele sol, a tempestade era inevitável, causa e efeito. O mundo se desfaz no para-brisa, um cheiro quente e azedo sobe do asfalto. P. está com Linha em algum lugar. Será que eles veem a mesma chuva? Tento dar a partida, mas não consigo. Mais uma vez. O Palio pega, desvio para a direita, mudo de pista. Volta a parar. O babaca atrás buzina. O do carro batido, agora ao lado, pergunta aonde vou. Abro a janela e tenho que gritar, a chuva é grossa, digo que estou muito atrasada, para mim não dá mais. Ele gesticula, só vejo isso, os gestos, porque fecho a janela e ligo o carro de novo. Ando mais um pouco, com medo de frear e perder o embalo. Não está correto, não é a melhor escolha. Melhor estacionar por perto, chamar o reboque.

Entro na Oscar Freire, paro pouco antes de um ponto de táxi. A chuva não dá trégua, jogo o cigarro na rua. Estaciono lá mesmo, corro até o veículo branco, interrompendo o motorista que lê o jornal. P. não pode mais esperar. E P. = Linha. Alguém bate na janela. Reconheço a corrente, o braço peludo e o discurso. Ele diz que não posso sair dali.

"Para onde?" O motorista ignora o homem.

Atrás do vidro, vejo sua blusa molhada. Ele reclama, nervoso, quer ser honesto a toda prova. Quer a espera para ter a perícia para ter o direito do seguro para ter dinheiro para consertar meu carro. O erro dele.

"Mais quinze minutos", diz, e depois repete, e outra vez, alto, batendo no vidro, o tempo soando como ameaça.

"Para onde, moça?", o taxista insiste, enquanto o homem continua falando, e eu penso em Amélia e tenho pressa, e o homem bate de novo, e eu penso em Amélia e não posso mais esperar. "Campos, 92", digo. "O caminho mais curto."

E o táxi arranca.

Sexta-feira

Armário.

Pego algumas blusas, quantas? Umas sete. Dobro, empilho em cima da cama e as carrego até a mala, elas pesam, uma blusa verde cai, vai ficar no chão. Puxo do cabide as duas calças que me servem, uma ferrugem, cor da terra, que combina com tudo, a outra clara, branco-lírio-da-paz. Encho de casacos até o topo, não sei como vai estar o tempo lá. Fará sol? Lá tem sol? Deve ter, as longans precisam.

O telefone recomeça.

E agora? Chinelos.

E pijamas, o rosa felpudo e o azul de seda.

E escova de dentes e pente, um sabonete fechado, xampu e creme, toalha, essa mesmo, toalha de rosto, fecha, mala.

Não! Não! Minha caixinha. Preciso dela. Das pílulas. Desenterro a caixa, tento acomodá-la na bolsa, a bolsa pesa demais. Tiro a caixa e abro, derramo os pedacinhos da fruta-do-condezinho que explodiu lá dentro. Jogo a caixa em cima da toalha, agora, sim, fecha, mala. Fecha, mala! Aperto, aperto, apeeerto e... zíper! Pronto.

O telefone para.

Abro a porta do quarto e volto para pegar a mala, demoro a colocá-la em pé, com a alça para cima. Está gorda. Melhor empurrar. Arrasto a mala pela alça, cachorrinha. Na beira da escada, empurro e a observo puf, puf, puf, puf, puf, até o último degrau. Desço também.

O sofá violeta, o relógio parado, silencioso, um corpo que dorme em pé na sala, meu mordomo. Porta de vidro, abro. A varanda, minha varanda. Está chovendo frio e fino, as gotas me pinicam. Mas minhas meninas estão felizes, olha para elas. Shhh... Estão dormindo, descansam com o carinho da água gelada. Não me verão partir. O que eu acho? Adeus.

Um carro buzina lá fora. O táxi? O telefone toca de novo. Varanda, porta de vidro, relógio-mordomo, sofá, hall, janela. O táxi. O telefone. Abro a porta, o motorista sorri dentro do carro. "Bom dia, mocinho!", grito. A chuva grita mais alto. Ele se inclina, tenta me entender. Faço gestos, com a mão puxo uma mala imaginária e com a mesma mão o convido a entrar. Ele sai do carro e vem saltitando, tentando escapar dos pingos, portão, degraus e minha porta. Indico onde está a mala. Ele vai até a escada. No caminho, olha para as meninas, olhar de comilão eu conheço. Mas não diz nada, pega a sacola sem esforço, volta.

O telefone.

Olho para casa, respiro fundo, tento puxar do jardim o cheiro único da água que toca nas meninas e cai na terra. Mas não vem nada.

O telefone.

Fecho a porta. Entro no táxi, grande e novo, banco de couro. Quanto vai me custar esse luxo todo? O motorista fala da chuva, reclama. A rua começa a se movimentar, vamos mais rápido do que seu Andrade, sem guarda-chuva, correndo seus passos de velho sujo, do que os garotos que passam na travessa sem nem olhar se vem carro. Vinha eu.

A chuva nas casas, no conjunto de prédios do fim da rua, no asfalto da Francisco Morato, no escuro dos óculos do taxista, ele falando.

A água se infiltrando na terra, ela cedendo sob mim, expondo minhas raízes. Me desequilibro, vou me arrancar, mas sinto pouco, minhas raízes não são fundas. É só ir.

A chuva nas árvores, nos pássaros, nos arbustos, fazendo subir o calor que molha minhas costas, a nuca, a cabeça, ao lado dela, em cima, entre os fiozinhos de cabelo, me esquentando e me amolecendo. As casas, os prédios, a rua, tudo para trás, longe, o chão se rompendo, o corpo sem força, aquela febre, não, é o sol, é a chuva, fecho os olhos, não sei mais, tudo some, sou só eu.

Sexta-feira

Uma mão áspera no meu braço, pele grossa em pele fina, suores. O motorista me sacode, me tira do sono. Chegamos. A mala está do lado de fora, no carrinho. Ele se oferece para empurrar, quer saber qual a minha companhia.

"Aqui está ótimo", respondo. Pago. Ele vai embora. A chuva sumiu atrás do concreto, o terminal é gigante. Arrasto o carrinho até lá dentro. Presas pelos canos vermelhos, as lâmpadas fazem um esforço de sol, mas nada cresce ali. O chão brilha, escorrega, o carrinho volta, me empurra, quase caio. Uma mulher pergunta se quero ajuda.

"Obrigada, minha querida, estou bem", agradeço. Ao lado dela, uma menina, uns seis anos, novíssima, o nariz perfeito, empinado, sobrancelhas grossas, peludinhas, que se emendam. Os cílios são longos, escovam o ar, os pelos pretos do braço são muito pretos, riscam a pele branquinha. Carrega uma boneca, cabelos de lã amarela em duas tranças, pergunto o nome e a menina não diz. A mãe responde por ela, a boneca se chama Juju e a garota, Renata. Ela sorri para mim, a menina, oferecida.

"São lindas, as duas", digo. A mãe mostra os dentes, entendo que está satisfeita, ou fingindo que está. Ela começa a falar e olha para a lanchonete, e fico aguardando um convite para um café rápido, mas a mulher diz apenas que estão com pressa, precisam ir, o avião vai decolar agorinha. Agorinha! Uma cínica. Elas vão.

Procuro o balcão, o balcão, o balcão... Nenhum diz "China". Peralá. O nome da companhia está anotado num papelzinho, num papelzinho, num papelzinho... Aqui: A-IR CHINA.

"Mocinha, ei! Você!"

A moça olha para mim e continua andando, mas eu vou atrás, ela troca olhares com a amiga, veem que sou velha. Ela para.

"Onde fica isso aqui?" Indico no panfleto o nome, mas ela tem dificuldade de ler, a luz atrapalha, deixa as letras brilhantes. Isso é papel ou plástico?

A moça sobe os ombros, que quase tocam na base das argolas douradas penduradas em suas orelhas, o rosto virado em minha direção, como se tivesse uma vontade diferente das pernas. Ela sorri com os lábios apertados e balança a cabeça. Não sabe.

Sigo em frente, a escada rolante, o segundo andar, um enorme corredor. Sol nenhum. O chão lisíssimo, numa secura de dar dó. A-ir China, A-ir China... Uma família passa ao lado, uma criança montada nas malas chora alto. Um escândalo. Os pais tentam acalmá-la, a mãe, com um casaco gigante, está agitada, tem vergonha. O pai empurra o carrinho, o metal mal aguentando o peso das quatro malas grandes cheias, ele ri sem graça, cheio também. Despachem a criança junto com a bagagem!

Vou para o lado oposto, mas não há nada a não ser uma pizzaria, um restaurante de comida oriental, uma lanchonete. Croissant, folhado de frango, de frango com catupiry, de palmito, de carne com azeitona, de carne sem azeitona, enrolado de salsicha, pão de queijo.

Entro. A atendente repara, vem com força, quase tromba no balcão do outro lado.

"E para a senhora? Vai um pãozinho de queijo?", pergunta, alto.

Sorrio para ela, olho nos olhos.

"Não, minha querida, tenho um voo para pegar. China."

Ao meu lado, uma mulher perfumada chega com o braço estendido e, na ponta dele, uma ficha.

"China? Nossa, meus parabéns, que beleza." Ela continua falando alto, articulando bem os lábios.

A mulher perfumada bufa.

"Suzana, Suzana?", a funcionária chama a colega, diz, com uma empolgação infantil, que "olhe, acredite, esta senhorinha linda, impressionante, vai para a China, imagina!".

"Você sabe", interrompo os miados, "onde fica essa companhia aqui?"

Estendo o papel para ela mesma ler. Mas a atendente não sabe. A mulher perfumada, porém, lê o papel e se manifesta, me orienta a voltar, caminhar, caminhar e caminhar, o indicador direito, as unhas vermelho-tomate, longas, perfeitas, apontando para o fim daquele corredor sem fim que atravessa o rio de gente.

A funcionária se despede, só falta me abraçar. Me dá um "pãozinho de queijinho" de brinde e pisca. Sorrio, sigo com pressa. Meu avião. O tempo está passando. Caminho, o carrinho da mala é bom apoio, as costas, ai. Pessoas, pessoas, pessoas, na fila, sentadas nos bancos, não há mais bancos, homens, velhos, mulheres, crianças. Uma mulher passa com um carrinho de bebê cinza, a neném lá dentro mexe as mãos e os pés sem parar, besourinha caída de costas.

Há uma fila que vira um bicho gigante, um réptil cuja cabeça é cortada cada vez que alguém chega ao balcão, depois a cabeça cresce de novo, aquele bicho nunca vai morrer. Não há sol nem calor nem cheiro. Aqui é lugar nenhum.

Olho para a direita e encontro: A-IR CHINA. Não tem ninguém no balcão. Chego, bato palmas. Ninguém aparece. Um jovem da fila ao lado oferece ajuda. Aceito. Ele se debruça e grita lá para dentro, chama por um nome qualquer. Surge uma mulher, ela vem atender passando a mão na boca, devia estar comendo. Digo que quero embarcar.

"Qual o destino da senhora?"

Como assim, qual o meu destino?

"A China, minha linda", respondo.

Ela sorri, bate uma mão na outra e faz voar alguns farelos, olha para o computador.

"Nosso voo para Xangai já está todo fechado."

"Vou no próximo então."

O próximo é só no dia seguinte.

"Como assim?", não entendo. Não entendo.

"E está lotado."

Não pode ser. É a China. Quem quer ir para lá?

"A passagem tem que ser comprada com uma certa antecedência", ela diz. "Dá para fazer pela internet. A senhora não tem um neto…"

"Não tenho ninguém", digo, e me recomponho. "Eu vi o site de vocês, eu comprei um computador só para isso, mas não uso cartão de crédito…" — olho no crachá preso na blusa vermelha dela — "… Verônica. Eu prefiro usar dinheiro…" E vou pondo as notas em cima do balcão, o cheiro de frutas maduras, maduras demais, contamina tudo. "Me ajuda a contar?" Eu me aproximo dela. Os olhos de Veroniquinha negros nas notas e em mim, lá e cá. "Porque, se tiver alguma sobra, pode ficar para você, meu anjo, pela sua gentileza."

Veroniquinha se faz de difícil. Junta as notas e me devolve, indica uma agência da empresa no terminal mais adiante: "Ali ao lado, pode tentar lá", aponta, antes de limpar mais uma vez o canto da boca. Suja.

Sorrio, agradeço e vou na direção indicada, caminho mais, o carrinho pesa. A agência está fechada. Bato na porta. Ninguém. Grito: "Alôôô?".

Grito de novo: "Alguééém?".

E mais uma vez: "Alôôôô?".

18/02/2011

Os vidros do táxi embaçados, a chuva estourando no capô. O GPS faz a triangulação, calcula o endereço e encontra. Há cerca de noventa mil ruas em São Paulo. Nos afastamos da Rebouças, do trânsito, estou em movimento de novo, mas lenta, ainda. "Mais rápido, por favor", peço ao motorista.

P. olhando para o computador e para Linha, para o computador e para Linha, com uma arma, torturando minha filha com palavras, dizendo que eu não ligo. Faço um esforço, tento programar o cérebro, enquadrar minha filha, para vê-la mesmo que em imaginação. Mas não há mais nada nessa cena. Como ela reagiria? Concorda com P., que não ligo?

Eu, Amélia e o pai à mesa, ele interrompe o barulho das colheres nos pratos, da geladeira zumbindo, da nossa filha sugando a sopa da forma como centenas de vezes eu tinha dito para não fazer. Era começo de agosto, a casa estava fria.

"Como foi lá hoje?"

Lá era a escola de Amélia, onde pela manhã tinha ocorrido a reunião de pais. Era função de José ir, ele tinha horários flexíveis. Mas àquela ele pediu que eu fosse, "conselho anual da firma", justificou, embora eu sentisse que era desculpa. Para José, eu precisava "participar" mais do dia a dia da nossa filha, "e não 'controlar'".

"Ótimo", respondi, entre colheradas. O semestre letivo se iniciava também na universidade, o prazo para entregar o relatório das turmas anteriores estava terminando. E eu dava aula para o segundo período no fim da manhã. Nenhum orientando pôde me substituir, e precisei pedir a Américo, o diretor do instituto, que ficasse no meu lugar para os alunos não terem o prejuízo do horário vazio. Saí em cima da hora, mas deu tudo certo.

"No final, as mães passaram na nossa sala", disse Amélia.

A reunião tinha durado duas horas. Ainda faltava a visita à classe, mas dessa etapa eu não precisava participar. As informações e dados estavam coletados, a coordenadora tinha dito que Amélia era calada mas imaginativa, convivia bem com os colegas, era atenciosa, uma criança doce. Eu a veria à noite, aquele momento seria uma redundância, e tinha trabalho se acumulando na universidade, eu tinha um compromisso com os alunos. Fui falar com a coordenadora, onde era a saída?

"Que legal, filha. E você gostou de ver a sua mãe lá?", José perguntou a ela mas se virou para mim, queria ver a minha reação.

Houve meio segundo de silêncio.

"Não vá embora. É rápido", a coordenadora respondeu. Insisti, expliquei que era professora universitária, não podia deixar meus alunos. "Cinco minutinhos", a mulher completou, como se falar no diminutivo tornasse os minutos menores.

Entre duas colheradas, Amélia olhou para mim. Disse: "Muito", e o rosto dela mudou, se esticou inteiro, abriu-se.

Eu tinha ido ver minha filha na classe, terceira carteira da segunda fila contando a partir da janela. Quando entrei, ela ficou estática, olhos fixos em mim, alerta. Não disse nada, nem eu, só professora e coordenadora falaram. Demorou menos que cinco minutos.

"Depois contei para todo mundo que ela era a de casaco azul", completou Amélia, ainda olhando para mim. E estendeu o prato em minha direção: "Quero mais sopa!".

O taxista é lento, não ouve. Agora entendo sua frieza diante do protesto do homem que bateu no meu carro, ele é surdo. Faz uma concha na orelha com a mão e olha para mim. Repito: "Mais rápido!".

Ele faz que sim com a cabeça, mas reclama do trânsito, diz que com chuva não dá, que todo ano é a mesma coisa…

Ela sabia, Amélia sabia do meu amor por ela.

… que piores que os pontos de alagamento são os buracos, a correnteza da chuva tampa todos, assim, o transbordamento disfarça mas não impede o carro de cair, e motorista tem que andar desviando, porque buraco é como armadilha, pega e estraga mesmo, e às vezes até engole gente, um conhecido uma vez ficou preso até a cintura, quebrou uma perna, quase morreu, mas depois virou chacota no bairro, era chamado de Tapa-Buraco, mas não duvido que tem gente que some inteira, a cidade não respeita a gente porque a gente não a respeita.

Minha cabeça percorre doze anos, indo e voltando. Linha aos três, falando praticamente tudo. Dizia "na verdade" e "sim, correto", me imitava. Segurando o choro com o joelho machucado, repetindo que "não está doendo, não está doendo, não está doendo" porque eu tinha dito isso a ela, que era só lavar e a dor parava. E aos oito me contando da lição da escola, a prova em que tinha conseguido nota 9. Aos onze, a bailarina dançando para mim, consciente de seus passos.

"Chegamos."

O taxista me interrompe. Mas, quando consigo enxergar lá fora, um susto. O sobrado terracota.

"O que estamos fazendo aqui?"

"Foi o endereço que a senhora deu. O GPS só achou esse."

E chove ainda, a altura da água acumulada na rua deve ser de dez centímetros. O jardim está vivo, bem cuidado, parece — não vejo bem entre as gotas gordas que caem. Uma menina abre a porta e corre até o portão. Ela está de vestido. Um homem vem atrás, grita, chama a menina, acho. Não ouço direito, o temporal é o único que fala aqui, não dá vez a ninguém. A garota volta correndo e o homem a recebe com um abraço, os dois felizes, protegidos. Há também uma mulher na casa, eu sinto. As luzes estão todas acesas.

Uma equação me toma e a primeira variável que vejo é P. Ele não pode mais esperar.

"Não é aqui", digo ao motorista. "O endereço é Itapinima, 27. Rápido, moço, Rápido."

Acendo um cigarro sem perguntar se posso. Ele se vira mas não diz nada, e acelera, o carro brigando com a enxurrada até o fim da rua, refazendo aquele caminho tão familiar, os buracos engolidos pela água.

Sexta-feira

As pessoas olham. E olham e olham. Ninguém ajuda uma velha. Chuto a porta. Olham. Nada. Ai. As costas. Pego outra pílula na bolsa. Melhor me sentar. Vejo um banco livre, um milagre. Sento. O corpo amolece de novo, não há sol aqui. Deve ser a febre. A cabeça apoiada no carrinho, descanso.

Uma mão, uma mãozinha. A pele lisa, um pêssego. Conheço o rosto, aquela garotinha de pelúcia, quase macaquinha. Uma levada, me provoca. Viu que abri os olhos e sai correndo, volta para a mãe, que encontrou uma amiga e não vê nada, e agarra a saia dela. A boneca sacode as perninhas. Pendurada pelas tranças na mão da menina, ela ainda sorri. Vou atrás, minha mala fica. A garota segura com força nas pernas da mãe, que briga com ela, chama sua atenção. A menina se descola, decola pelo corredor. Sigo de longe. Eu, a menina e a boneca na brincadeira.

Ela corre e sobe no banco, de joelhos, olha para mim, dá um meio sorriso, me provoca, sumindo e aparecendo atrás da cabeça da mulher sentada de frente para mim, em outro mundo, lendo um livro. Olho de volta para aquela peludinha, ela estica os braços e levanta a boneca alto, contrai a boca, esforçada, e deixa a boneca cair no chão entre as duas fileiras de bancos. Depois olha para ela, olha para baixo, e para mim, e ri, gargalha. Cabecinha vazia. A mãe continua sem ver, conversa com a amiga. Me aproximo da garota, quero pegar a boneca, mas a mulher de costas para ela se dá conta, se vira e devolve o brinquedo.

A menina sai correndo de novo, borboletinha, flap, flap, flap, a boneca se sacode. Um carrinho cheio de malas, desvio, a pilastra branca é grossa. Ela está ali, o corpinho cabe todo atrás. Vou chegando, devagar, não posso assustá-la. Sinto o cheiro do suorzinho dela. Respiro fundo, engasgo. A menina percebe, decola outra vez. A boneca sorri, levada. Ela corre. Corro também, corrida de velha, invisível.

A mãe segue conversando com a amiga. A menina se embrenha na fila grande, gente, gente, gente, e menina, na barriga do réptil que já vai perder a cabeça de novo. Ela corre, desvia, se encosta em um, esbarra em outro, está numa floresta, corre entre árvores estranhas. Também quero entrar. Mas, quando me aproximo, uma mulher com cabelo cortado rente, de homem, me dá passagem, oferece seu lugar. E logo o homem à frente dela faz o mesmo. Eles contaminam a todos, todos me oferecem o lugar, dizem: "Pode vir aqui, senhora". A menina para de correr, me espera, observa e ri.

Uma atendente vem falar comigo, consigo explicar, não sou parte, não estou esperando nada. A menina sumiu. A atendente pergunta em que pode ajudar, não sei responder, digo que me confundi, são os remédios. A menina reaparece. Acena para mim? Está na porta do banheiro.

18/02/2011

Chego ao prédio quarenta minutos depois. Sem o carro, o porteiro não me reconhece, e tenho que tocar três vezes o interfone para ele abrir. E enfim estou dentro do complexo, no terceiro edifício das quatro torres de concreto manchado, divididas em microjanelas, abrigando microvidas. Subo as escadas de dois em dois degraus, abro a porta, abro o computador, vou ao banheiro, jogo água no rosto, volto para a sala sem me olhar no espelho.

Na mesinha redonda em frente à TV, o computador se esforça para ligar.

Preciso de outro cigarro. Tiro o paralelepípedo branco da bolsa, ponho na mesa, como quem se prepara para uma expedição. É meu kit de sobrevivência. O computador finalmente liga.

Clico no ícone da internet, e o endereço virtual que procuro se exibe quando escrevo as primeiras letras. Na caixa há quinze mensagens novas, genéricas, livrarias, cartão de crédito, horóscopo personalizado, lojas de departamento.

P. não escreveu.

Deixo meu corpo se redistribuir na cadeira, solto. Alívio. Raiva. Ele não cai no meu jogo. Escrevo eu então. Sou dona de mim, desenho minha vida como um algoritmo, clara, definida.

O que você quer?

E aperto *enviar* com o estômago quente, contraído, e o corpo de novo na beirada da cadeira.

Tento medir, saber o que esperar. Mas P. deixa tudo em aberto, é o deus da possibilidade. Não tem padrão. Abandono o computador, vou até a janela, me debruço. A chuva passou. Há crianças no playground. O cigarro acaba rápido. Vou buscar outro na mesa, e a tentação é imensa. Aperto F5 e peço que a página recarregue. Olho por obrigação, ato contínuo, pois a lógica me diz, por analogia eu sei, que P. ainda demora. Ele gosta de jogar.

Mas numa cartada-surpresa, como se fosse um pau na máquina, um erro de programação, está lá. Um novo e-mail. Ele respondeu. P. respondeu.

25 mil
Domingo 18h
Rua do Fusca 20 Jd. das Maquinas
P.

É real. Agora meu reencontro com a minha filha tem data. Como ela estará? Quero gritar e grito, alto, agudo. Um "ah" que enche a sala, a cozinha, o quarto. Vou ligar para José. Não. Ele não vai acreditar, vai querer pôr polícia no meio. Acendo o cigarro, saio da frente do computador, sento no sofá, penso em ligar a TV, desisto. Preciso de uma bebida. A geladeira está vazia.

Grito de novo. Um "aaaaah!" agora mais longo, até o corredor do andar. Vou ligar para Janice. Cadê o celular? Na bolsa.

Atende, atende, atende. Ela não atende. Que horas são? Ainda são 15h23. Faltam sete minutos para o intervalo.

Domingo, depois de amanhã. Serei mãe pela segunda vez, da mesma filha. Ela vai me reconhecer?

Corro para a janela. Respiro.

Apago a guimba no parapeito, acendo outro cigarro. É preciso pensar. Perto do fim da expressão é hora mais delicada, o momento em que, sem chaves, sem colchetes e sem parênteses, você relaxa, se entrega, fixado somente no resultado, nessa criança que é subtração, adição, divisão e multiplicação, todas as operações em uma. Mas matemática é muito mais sobre o processo do que sobre a resposta.

Resolvendo o problema proposto. Nos parênteses está: "Vinte e cinco mil reais". Na poupança, tenho dez por cento disso. Não me sobra muito do que recebo pelas quarenta horas de aulas semanais, quatrocentos e oitenta minutos diários de um balé que mistura números e livros didáticos insuficientes, e garotos e garotas que não aprenderam a ouvir ou simplesmente não conseguem por terem muito com que se preocupar. Mil seiscentos e sessenta e cinco reais por mês, menos o condomínio, menos a luz, menos o gás, menos a internet, menos o celular, menos o supermercado, menos os cigarros, menos a manutenção do carro. Janice. Ela pode me ajudar, tem o dinheiro do ex-marido. Que horas? São 15h32. Tenho uma chance, começou o intervalo. Aperto *ligar*, ela atende no terceiro toque.

"Cadê você?"

"Estou em casa, aconteceu algo muito importante. Preciso da sua ajuda."

Conto tudo em frases picadas, interrompidas por Janice. Lembro a ela quem sou, meu trabalho duro, minha honestidade, que nunca dei calote em ninguém. Ela concorda. Digo que Deus interveio e me trouxe P. E agora preciso de dinheiro para completar a graça.

"Não é para eu usar. É Deus quem vai gastar através de mim."

Janice elogia minhas palavras, mas pede mil desculpas, não poderá ajudar. A poupança dela já foi toda empenhada em duas frentes. A primeira, na obra de reforma da igreja, para a qual todos os devotos doaram e ela não quis fazer feio. A segunda, numa viagem de férias com Tina e Sandra, querem ir a Miami. Ela aproveita e pergunta se melhorei, se estou com raiva dela por algum motivo.

"Preciso desligar", digo.

Ela diz que ainda tem que dar quatro aulas hoje, que, engraçado, Gilberto está parecendo mais feliz nesta sexta-feira, que até contou piada quando a encontrou, depois do almoço, que ela estava precisando mesmo de um dia mais leve porque Pablo não liga há duas semanas, deve estar de namorada nova, na quinta passada Tina o viu com uma loira que não devia ter nem dezesseis anos, que é melhor desligar porque ainda vai comer antes de voltar para a sala, até mais, tchau.

Eu devia ter aceitado a pensão que José me ofereceu.

José. Ele tem esse dinheiro, vai me ajudar. Ligo, José atende e pede um minuto. Escuto uma porta bater. Digo que meu carro está velho demais, que está parado na rua, na Oscar Freire, com risco de multa e tudo, após uma batida besta. Ele ouve calado.

"Não posso ficar sem carro."

"Sei."

"Queria saber se você pode me dar um dinheiro."

"Sei."

"Assim, como se fosse parte da pensão por esses anos."

"Quanto?"

"Vinte e cinco mil."

"Vinte e cinco mil?"

Sinto o rosto queimar quando ele repete o valor, quase gritando. É muito, eu sei. Mas José está indo bem, a Dejota triplicou de tamanho nos últimos cinco anos. Ele comprou um apartamento novo, cento e dez metros quadrados em Pinheiros. Essa grana não vai fazer falta para o meu ex-marido. E, no final, ele também será beneficiado. Vamos ter Linha de volta. Linha vai voltar. Ela já está moça, está linda, está esperando. Quer estudar, quer sair, quer brigar comigo. Eu a amo. Nós dois a amamos. Vamos dividir a guarda, eu durante a semana, ele aos sábados e domingos. Vamos dar um jeito. Eu vou ganhar mais. Vou mandar um e-mail para o professor Américo. Um "está tudo bem, podemos tomar um café?" com seis anos de atraso. Aceito começar de novo, ter poucos orientandos, dividir uma sala com alguém. E saio daqui do flat, vou para um lugar com mais volume, onde caibamos eu, Linha e meus livros em prateleiras.

Linha, depois de amanhã.

"Pode ser", diz José. "Só preciso falar com meu gerente."

"Mas eu preciso logo. Já fechei negócio. Você consegue transferir até amanhã?"

"Como assim? Que urgência é essa?"

Eu explico tudo. José gosta dos detalhes, da história. Invento o nome de um vizinho que está vendendo o carro seminovo.

"É verde, ele trocou os pneus recentemente", digo. Conto que vi o carro na garagem, com o "vende-se" na folha em branco e o telefone, que liguei após o almoço e fechei o negócio porque o vizinho já havia recebido uma proposta, que eu não podia mais com o Palio, ele estava muito velho, parou no meio da Rebouças sem mais nem menos.

"Não é melhor tentar vender o outro antes?"

"Você pode ajudar ou não?"

"Vou falar com o gerente. Tenho um intervalo, estarei aí em vinte minutos."

18/02/2011

Devo responder a P.? Analiso a próxima jogada, no nosso tabuleiro viciado. A vantagem é dele, sempre. Eu deveria ter entendido e assumido isso desde o princípio. É o momento de mostrar que estou no jogo mas não sou peão, tenho vontades, resoluções. Sim, vou responder. Com firmeza e brevidade, seguindo as regras dele.

Marcado.

Aperto *enviar* sem mais conjecturas. Acendo outro cigarro, depois outro, e mais um, visitando sites aleatórios, como se os cliques fizessem sentido, até que o porteiro anuncia José. Apago a guimba, levo o cinzeiro para a área de serviço, abro as janelas. Jogo água fria no rosto, escovo os cabelos. José toca a campainha.

Ele entra sem falar nada.

"Que bom que você conseguiu vir", digo.

José segue em silêncio, a ausência de palavras ocupando a sala.

"Tudo bem lá na empresa?"

Finjo o interesse, porque é parte do processo, a conversa é só mais um parêntese, algo a se resolver para chegar à resolução, para ir ao cerne da questão. José nunca foi o mais objetivo do casal.

"Não vou te dar dinheiro, Lúcia."

Ele para no meio da sala, esperando que eu fale, mas não reajo. Meu ex-marido está suando, a respiração alterada, rápida. Talvez ele saiba. Mas como?

"Calma."

"Você ainda está em contato com aqueles canalhas do e-mail, não está?"

"Se quiser, pode ir ver meu carro lá na Oscar…"

"Não está?"

Não sei como ele descobriu. Não sei como ele sabe. Talvez por estar em alerta constante, obediente à convicção do que não virá, à descrença que é a esperança, mas do outro lado da equação. Ele me acusa de perder a razão. Argumento, defendo o meu raciocínio. P. demonstrou que sabe muito, além do que está na internet.

"Você pelo menos falou com esse cara? Sabe algum detalhe dele?"

"Não precisou, José." Me aproximo.

"Inacreditável." José vai para o outro lado do sofá, ainda me encarando, me medindo.

"Não é, eu garanto. Se você soubesse…"

"Eu sei. É outro trote, Lúcia." Ele fala alto e de repente para, convocando para a sala o silêncio gordo, redondo.

"Ele a chamou de Linha. E citou um número", explico, falo baixo, tentando trazer a conversa de volta para um volume normal.

"Não é possível", diz José. Ele passa a mão pela cabeça, bagunçando ainda mais os cabelos espessos, castanho-dourados, da cor dos de Amélia.

"Ele escreveu 'quarenta e oito'."

José não entende. Pergunta: "Quê?". Quero acreditar que seja um não entender por não acreditar, pela precisão de P., pela prova concreta. Mas não é. José não se lembra.

"Que há com você? Não é possível, Lúcia."

"Não, você tem razão. Não é possível, é mais que isso. É provável."

"Você não vê."

"Não é trote."

José quase grita, se segura, contrai o corpo todo e reformula o que ia dizer. As frases vieram tremidas, baixas demais.

"Amanhã eu vou ao IML ver aquele corpo que a polícia encontrou. Já comentei com você. Se quiser vir, é só ligar."

"Ela está viva."

Ele não diz mais nada — vira de costas e sai com uma pressa que me traz lembranças ruins. E fecha a porta com tanta força que ela não trava, bate e volta. Pela fresta, vejo José descer correndo a escada. Sento no sofá, meu estômago dói, lembro que não almocei hoje.

Sexta-feira

A peludinha entra no banheiro.

Vou atrás, ela corre para uma cabine e fecha a porta. Há outras duas pessoas, uma aeromoça que lava as mãos e sai. Uma gorda com uma filha bebê que não para de chorar. Caminho devagar, não faço barulho, mas a peludinha sabe que estou aqui e dá risadas lá dentro, gemidos. A mulher com bebê sai. Me aproximo da porta da peludinha, passo, passinho, numa quase dança porque quase canto de alegria, alegria pura. Ela geme de novinho. Dou uma risada.

Ela ri lá dentro, encurralada. Recupero os dias de matar porcos, a felicidade que se esticava desde a véspera, com a espera, a certeza de que o bicho viraria vários e a mesa ficaria cheia, e almoçaríamos e jantaríamos por semanas aquele sacrifício. O machado subia trêmulo e descia veloz, com gosto, nos lugares errados, no lugar certo. Papai tinha prazer, cantava. Eu jogava a terra em cima.

Estou a um deslize da porta.

Um grito. O nome da menina.

É a mãe dela, na entrada do banheiro, esbaforida. Indico a porta, ela bate, a menina sai, olha com medo para a mãe, olha para mim, me convida. Quer ser salva. A mãe é uma bruxa, continua gritando, sacode a menina e, na mão da menina, a boneca, a menina e a boneca. Que ela nunca mais faça aquilo. A peludinha chora. As três saem do banheiro.

Espero uns segundos, lavo as mãos, a torneira pingando na pia encardida, sobe um fedor de mofo. Enxugo as mãos no vestido mesmo, já na porta. Vejo mãe, menina e boneca, grudadas, caminhando. A mulher aperta o bracinho peludinho e branco. As duas encontram de novo a amiga da mãe, se beijam nas bochechas, se despedem. A peludinha choraminga. Mãe arrasta menina arrasta boneca. As três vão para o outro lado, vão para longe, passos apertados, aperto os meus também.

Elas param. Uma entrada. Elas entram na fila. Para onde? Tem muita gente. Elas esperam, mas pouco. Mostram um papel ao homem, passam. Ultrapasso os outros, peço desculpas, sou velha, me aproximo do homem. Ele me pede o bilhete. Finjo: procuro na bolsa, nos bolsos, digo que vou achar mas preciso entrar.

Olhos na mãe, na menina e na boneca.

O homem diz que não, eu imploro, sou velha, passo mal. Ela está na frente, logo ali, em outra fila.

O homem não permite, fala alto, as pessoas atrás reclamam. A mãe e a menina olham, a boneca também, com seu riso debochado. A mãe puxa a menina, ela não quer ir. O homem me empurra, mas não me mexo. A mãe vence. A menina olha para trás, olhos nos meus, joga a boneca no chão. É para mim.

A menina passa pela máquina, some, eu quase grito. Saio da frente, me ponho ao lado do segurança. Peço ao menos a boneca, o brinquedinho, é da minha neta, minha netinha que acabou de passar ali. Ele faz o que mando, pede ao colega que traga a boneca e me entrega.

Ela é linda. O nome no colarzinho. Juju. Sorri — agora, nem tão levada nem tão debochada. Juju tem medo? Canto para ela se acalmar.

Encosta a tua cabecinha no meu ombro e chora

Juju menininha em meus braços.

Quem chora no meu ombro eu juro que não vai embora

Sensação que volta, repetida e borrada, luz e escuro ao mesmo tempo.

Que não vai embora

Aperto-a contra o rosto, ela tem um perfume suave, um docinho. Os cabelos fazem meu queixo coçar, gargalho. Os braços são pálidos, um sujo aqui e ali, mas bege-claríssimos, de sangue parado. Não são naturais. Cadê o sol? Precisamos sair um pouquinho. Carrego Juju, descemos a escada rolante, os bracinhos dela roçando nos meus, as pernas se sacudindo. No saguão embaixo, uma multidão entra. Passamos entre as pessoas, invisíveis. Quase. Um homem olha demoradamente para nós, Juju e eu, Juju e eu. Ele faz cara de quem vê um bebê, segue a caminhada. Antes da porta automática, vejo que a chuva parou. O sol está lá, um resto dele. Veio se despedir. Rápido, me apresso, atravesso a porta, estou fora. Os carros não param de passar, cruzamos a rua, eles buzinam para nós. Chegamos ao canteiro. A luz de novo. Ah. Passeio, canto mais um pouquinho, minha música predileta.

Ela não reage. Melhor assim. Penso em minhas meninas. Como terão passado esse tempo sem mim? Devem estar com fome.

Juju se mexe. Eu a seguro pelo bracinho, sacudo, sacudo, para testar a vida nela. O tórax está rijo, peitinho sobe e desce. Respira. O sol vai indo, mas o céu ainda está claro. Um taxista me acompanha com os olhos, para lá e para cá. É hora de ir. Carros, rua, o taxista. Entro, a boneca em silêncio. Ele pergunta se não tenho bagagem. Me lembro de minha mala. Lá em cima, perto dos bancos. De couro marrom. Ele se oferece para ir buscar. Penso nas meninas.

"Não precisa, estou com um pouquinho de pressa."

"Mas, minha senhora..."

"Depois... depois peço que meu neto volte aqui para pegar", respondo. "Ele faz tudo por mim", digo, e dou o endereço de casa. Vamos voltar. Ele se conforma. Liga o taxímetro, saímos, em silêncio, Juju amolecida, eu mais ainda, as duas encostadas na porta.

18/02/2011

Um cigarro.

Sem José, sem dinheiro, sem carro.

Acendo.

Sem escola. Sem Amélia. Sem ter como jogar, como responder, como agir.

(Agir.)

Trago.

Não preciso do José, não preciso de dinheiro, não preciso de carro.

(Preciso da Amélia.)

Trago.

P. quer depois de amanhã. Não há tempo. Amanhã e depois de amanhã nunca chegam.

(Vou agora.)

Só ver.

Entrar.

Trago.

P. pediu para depois de amanhã.

(A grana.)
Não tenho a grana. O que tenho?
A mim. A mente. Obedecer a mim.
(Retomar as rédeas do jogo.)
Mais chances, quando ele menos espera.
Trago.

Sexta-feira

Em casa de novo, Juju no colo. O corpinho não pesa nada: Juju me faz sentir forte. A porta de madeira abre devagar, faz um barulho esmagadinho. A luz, a luz, a luz. Acendo. E entro, finalmente. Puxo o ar, todo que posso, quero tudo aquilo dentro de mim. No espelho vejo a velha, vejo a menina. Poltrona, mesa de jantar, relógio. Ponho Juju no sofá, com delicadeza, não posso machucá-la mais. Bate um vento, será que ela tem frio?

Procuro um pano. Uma toalha deve dar. Corro até o banheiro, na falta de uma branca pego a azul. Vai combinar com os olhos dela. A toalha sobra para os lados, para baixo. Juju é minúscula, é a menor de todas.

Minhas meninas se sacodem, me saúdam do quintal.

"Já vou!"

Elas gritam de novo.

Fecho a porta de vidro, para Juju não acordar. Ainda respira, Jujuzinha? Meu estômago faz barulho. Sofá, relógio, tapete, baú, mesa, estou na cozinha. Havia um pacote de biscoito de polvilho aqui. Não encontro. Peralá. Deve ter um bife na geladeira.

Tem. Um bife preto, perdeu todo o sangue, mas o sangue não se perdeu, está em volta. Quanta gordura. Vou tirando, tirando, tirando, que lambança, minha mão fica vermelha nos caminhos da palma. O sangue mela os dedos.

Lá fora, as meninas gritam mais uma vez. Não respondo.

O telefone toca. Mesa de jantar, móvel.

"Oi, meu anjo/ Ainda... ainda não/ Esta tarde/ Tudo bem, te espero."

As meninas protestam.

"Calma, ele não vai me fazer mal", digo.

Mas elas gritam de novo, o vento se opõe, grita também. Abro a porta de vidro, elas berram agora, num alarido que seria infernal, se não fosse divino.

"Cuidado... os frutos!" Corro até elas, abraço a jabuticabeira, os galhos me machucam de amor. Mas elas não se contêm mais, se sacodem, tremem inteiras, jogam folhas no chão.

"O que posso fazer para vocês pararem?", grito de volta. "O quê?" Elas olham para Juju com um apetite furioso.

A pequena e frágil Juju. Desprovidinha de sol, descarnada. Corpo rijo e mole ao mesmo tempo. Ainda respira? A boca rosa, muito rosa, entreaberta, uma vagininha, sorriso dos ignorantes.

Descubro o corpinho, aliso os bracinhos begezinhos, o cabelinho amarelo de lã, desabotoo a blusa, o peito tesinho é liso, sem um arranhão, sem uma ferida. Ela não é vivida. Cheiro Juju, o pescoço, entre as pernas, os pés. Levanto o braço direito. E solto. Cai como uma folha na terra, nem amassa o sofá, repousa.

O que eu acho?

Ainda respira. Tem que parar. Pego o corpinho, porta de vidro, varanda, estamos na faixa de cimento do quintal. Largo. Ela cai, boneca, uma perna dobrada para trás, uma perna esticada para o lado, braços para cima, sorriso.

Relógio, tapete, baú.

Abro e mergulho na roça. O leite queimando doce. As agulhas de mamãe, a tesoura dela, as xícaras de ferro, os pratos, dois apenas, o meu e o de papai. Em cima de tudo, o machado dele. Cabo de madeira maciça, cabeça de ferro. Sinto a lâmina com o dedo, sim, permanece afiado. Há quanto tempo! Senti falta de carregá-lo. Sou capaz? Seguro o cabo, suspendo. Sim, ainda sou forte.

Sofá, relógio, som. Aperto o botão, Leny começa a cantar. Mais alto. Giro o botão. Mais alto! Como papai fazia. Você pode gritar, ninguém vai escutar nada. Giro mais o botão. Mas Juju é contida, não grita. Não tenta correr e escapar. É só mirar.

Levanto o machado o máximo que posso, com a cabeça para a frente, a lâmina para trás. Deixo cair.

Na mosca. A cara de Juju afunda num só golpe. Os anos me fizeram mais habilidosa.

Mesa de jantar, cozinha. Pego a faca da carne. E volto: mesa, baú, tapete, o relógio por testemunha, glória a Deus que é mudo. Me agacho ao lado de Juju, passo a mão no corpo dela, beijo o umbigo e a bochecha da cara esmagada.

Enfio a faca do lado esquerdo do tórax, quase na axila.

A boca menos rosa. A pele sem cor. Peito imóvel, não respira mais. Fecho a blusa dela.

18/02/2011

P. me espera depois de amanhã. Hoje não. Hoje, pode nem estar lá.

Trago.

Linha está sozinha.

(Libertá-la. Abraçar, beijar minha filha. Voltar para casa.)

Preciso ir.

(Um táxi.)

Trago.

Celular. O número na memória. *Ligar.*

"O endereço, senhora?"

É no Jardim das Máquinas. Longe. Zona Leste no extremo.

Sim, o táxi vai.

(Vamos logo.)

"Aceita cheque?"

Em dez minutos.

Desligamos.

O que eu vou fazer?

(Amélia.)

A consciência quer se descolar, a matéria não dá conta. Me levanto. Me sento. Me levanto, vou até o espelho.

Ajeito o cabelo.

Choro.

(Caia tudo e agora.)

O taxista chega em quinze. Tenho até lá.

Sexta-feira

Ajeito os cabelos de Juju, abro bem as suas pernas e estico os braços dela, para o lado. As meninas gritam.

"Já vou!" Como são irritantes. "Sumarentas!"

Escolho o bracinho direito. O machado entre o sovaco e o ombro. Desce, erro, desce, mais uma vez, o tecido da blusa é o mais difícil de partir. Decido tirá-la, isso, melhor. Depois acrescento de novo.

Vozerio, algazarra. As meninas estão felizes, veem o que estou fazendo, sorrio para elas. A cabecinha agora. Desce. Acerto no meio, uma desastrada. De novo e de novo. Ela sai rolando com a força do machado. Vou atrás e a seguro pelo cabelo. Juju continua rindo, foi a única que nunca perdeu a alegria, até o fim. Dará boa coisa. E então, as perninhas. Elas saem com dois golpes certeiros.

Parto cada pedaço em dois, em três, em vários, quantos dá. Milagre da multiplicação.

Agora ficará mais fácil digerir.

As meninas vibram. O vento vem também, esganado, passa

dentro de mim, acaricia minhas costas suadas. Tenta roubar as jujuzinhas, não consegue, não deixo. Só porque estão espalhadinhas não significa que não são amadas. Começo a seleção: a cabeça está fora, os cabelos dão indigestão. Mas o nariz é empinado. Carne boa! E as orelhas. A faca, a faca, a faca… Aqui está. Corto o filé do nariz, corto o filé da orelha.

Um pedaço da perna. Muito duro, vai para o monte dos restos. Os pedacinhos do braço, firmes na medida, monte dos filés. Mãos. Firmes, firmes demais, vão para o monte de restos. Espera. Os dedos. São iguarias, as meninas amam. Corto os das mãos e os dos pés. O restante dos pés é resto.

Partes do tronco. Uh, duras, vão para o monte dos restos.

É hora do banho.

"Hora do banho, meu anjo!", digo às jujuzinhas. Porta de vidro, relógio, tapete, baú, me apoio na mesa de jantar, sem fôlego, feliz. Meu coração retumba. Vou até a cozinha, abro o armário, pego o álcool e volto, mas não caminho em minha casa, caminho num campo aberto, de flores e frutos, de árvores enormes, de bichos raros, o céu de gente como eu.

No quintal, pássaros não cantam, nem cigarras. Não há sequer moscas. As meninas estão caladas, em respeito. Fazemos juntas uma prece curta, agradecemos o privilégio de Juju: ela terá a chance de ser bem mais forte. Penso em mamãe, ardendo no chão, um calor, até sumir, para renascer esplêndida, cajarana. Oramos por ela também.

As jujuzinhas, reunidas, fazem montes acanhados no cimento entre a casa e o pomar, a um passo do meu éden. Do lado de cá, os filés, do lado de lá os restos. Banho os dois, o dos filés é menor, guardo mais álcool para os restos de Juju. Risco o fósforo e jogo, num monte e depois noutro: o fogo se acende nos dois, mínimo, mas está lá. Espero, sou paciente, as chamas decidem o que consumir.

18/02/2011

O taxista diz "boa tarde". Não conhece o endereço. Joga no GPS e a máquina aponta o viaduto Aricanduva, aponta um shopping. O taxista estranha, a simpatia escorre pelas fissuras invisíveis da lataria, o vazio de cada átomo. Só o não existe agora. O taxista não esperava. Ele não quer ir. Fica mudo dois segundos e então uma pergunta sai, fina, a última gota num frasco que se espreme: "É favela?".

Não sei, mas digo que não. Digo que vou visitar a minha filha, que estou atrasada. E rio, sem calcular, gargalho, encho o carro, anulo o taxista, e ele se transforma numa peça do veículo, o taxista é o táxi, o meio. Digo: "Acelere", daqui-lá mais de quarenta quilômetros. Quanto tempo? Ele estima uma hora, uma hora e meia, cada quilômetro em mais ou menos dois minutos. Não está correto, não pode ser. Mas refaço os cálculos, ajusto a expectativa: há uma variável nessa equação, o trânsito, é necessário somá-lo também.

O carro na Marginal, um em um milhão, uma ínfima porcentagem de engano, de acerto. Minha cabeça em Linha. Como estará? Estará?

Tento medir, mas não há mais nada além dos poucos fatores, P., sete anos, cinco mensagens, quarenta e cinco conjuntos de letras. Minha filha. As buzinas, os gritos de duas crianças sem camisa correndo na beira do rio, o motor das motos que costuram e correm, costuram e caem, e morrem, uma corrente elétrica nos cabos formados de veículos, o fim da tarde — o céu laranja, rosa, azul-claro, a beleza vindo do lixo, da poluição, o triunfo da natureza.

"Quanto tempo?" O taxista diz que mais uma hora.

Linha. P. sozinho na casa. Ou com alguém. Diriam que estou louca.

Há um único erro de cálculo possível: e se forem muitos lá? Mas não se podem basear conclusões em conjecturas. Sem prova não há mentira nem verdade. Por que seriam muitos? Por que seriam poucos? Por que seria um, sequer?

Construo minha hipótese em cima do que tenho. O que tenho é nada, são os nadas, aqueles deixados por P., nas perguntas que ele não respondeu, no desaparecimento sem razão, na ausência de explicação, de informação. São os nadas que constroem a imprevisibilidade dele, que me destroem. Ora, lei física elementar, a força dele pode ser minha. É minha agora, sou o objeto em movimento, o movimento é fundamental. Ficar parado é ficar na confusão, e a confusão é pior que o erro, não produz conclusões.

Serei o fator inesperado, um xeque-mate com a dama que está do outro lado do tabuleiro. Enquanto P. não me vir, não saberá que estou lá. Entrarei com calma, com a mente, medindo pelo som, pela reação dos outros, de bichos, de animais. Quando o raciocínio governa, os olhos veem mais, os gestos são exatos, a margem de erro é pequena.

E trinta minutos se passam como uma hora, e mais trinta como trinta dias, e mais trinta como anos. Sete.

"Quanto tempo?"

05/03/2008

José foi me buscar no Inês de Castro, no meio do segundo horário.

Ele tinha telefonado, atendi para entender a improbabilidade. Havia meses não nos falávamos. Queria saber onde eu estava e, depois, onde era a escola, e me disse que eu precisava ir com ele.

"Aonde?", perguntei.

Mas ele não respondeu, nem quando insisti, só pediu, implorou que eu desse um jeito de sair, que era importante. Fiquei desorientada, errei a sala ao voltar para terminar a aula. Entrei na 112, interrompi Janice, os alunos riram.

Depois, ainda tive que enfrentar Gilberto e seu bigode murmurante. Foi a primeira vez. Estava no Inês de Castro fazia apenas dois meses, aquele era meu primeiro mês na sala de aula deles. Quando pedi que me liberasse, confirmei a impressão de que ele queria me ver longe.

"Só desta vez", ele disse. E em seguida, eu já na porta da sala: "Não espere ter privilégios aqui".

Fiquei sete minutos em frente ao portão azul de metal da saída da cantina, nos fundos, debaixo de uma garoa hesitante. Bolsa no ombro, celular na mão, um aluno que chegava atrasado olhou, e olhou de novo. Não retribuí. Não podia me distrair, não sabia mais que carro José tinha, cada um que ameaçava parar era uma possibilidade. O que estava acontecendo?

Um carro encostou e um ônibus que vinha atrás buzinou antes de desviar. José esperou que eu me assentasse para dizer: "Acharam Amélia".

Por reflexo, perguntei: "Quê?", e me deixei cair no banco. Eu estava feliz, mas como demonstrar uma alegria daquele tamanho? Procurei algo que indicasse, mais, algo que marcasse. Eram 9h54, o 1257º dia, o 41º mês. Não significava nada. Eu havia começado a semana do mesmo jeito, havia feito tudo como sempre faço. Não houve aviso. Não houve processo. Era, simplesmente. Tinha acabado.

Mas tinha algo errado. Muito errado. A cara de José.

Ele segurou a minha mão e olhou para mim. Disse em palavras espaçadas, mal articuladas, que o capitão Bernardo, um policial com quem ele tentava manter contato razoavelmente constante, tinha ligado. Que haviam achado um corpo, estava enterrado num terreno perto da Éden, a dois quilômetros do nosso sobrado, que esperavam nossa confirmação e que ele, José, tinha certeza de que era a nossa filha. Amélia.

Era rodízio do carro do José, e saímos mesmo assim, partindo a manhã, rasgando a cidade; só nos demos conta no meio do caminho, no único diálogo que tivemos. Nenhum dos dois se importou, nada importava naquela hora, a não ser...

Não ser. Não podia ser.

Pegamos a Teodoro Sampaio parada, a Rebouças parada, a Doutor Arnaldo parada. Levamos uma hora e trinta e dois minutos para chegar ao prédio. Paramos no estacionamento lá dentro.

José saiu antes, caminhando em passos largos, nem trancou o carro. Subi a primeira rampa, e a segunda, indo para depois voltar, percorrendo o zigue-zague até a porta de vidro.

Como ela estará? O cabelo ainda grande? O nariz achatado? Com que vestido? Não, não era correto sentir aquela ansiedade. Minha filha não estava ali. Ela estava viva. Havia pouca chance de que estranhos, gente que nunca tinha visto Amélia, pudessem reconhecê-la. A morte é uma interrupção brusca. É estrondosa. Não podia ser anunciada assim, num dia qualquer.

José conversava com uma mulher quando entrei. Conversava não, ouvia. Ele continuava com os lábios cerrados, concentrado em caber dentro de sua cabeça, de seu peito, de suas pernas, não passar dos limites. Me aproximei. Ela olhou para mim e depois se fixou em José de novo, e entendi que o que veríamos não era um corpo, eram pedaços. Não era Amélia. Meu ex-marido a seguiu, eu fui com os dois. Ela nos apresentou a uma funcionária de luvas brancas finíssimas. Na hora, pensei: "Não é possível que protejam".

Ela empurrou com os cotovelos a porta de metal em frente e entramos.

A sala não tinha cor nem luz. Era pequena, dois por dois, azulejos retangulares e largos nas paredes, cimento queimado no chão, formaldeído. No centro havia uma maca, em cima dela um resto, como o que sobra numa divisão. Coisas, porque para aquilo não há nome. Elas se mexiam quando a luva branca tocava nelas, tinham uma leveza mórbida, iam se autodestruir em um segundo. Uma esfera disforme, sem dentes, com tufos de cabelo em partes aleatórias, um cacho escuro, fechado, como o meu. Como o nosso. Eu indo embora por aqueles fios, senti frio. Saí de mim.

"Não toque", me repreendeu a funcionária. Olhei para a frente: um, dois, três, quatro, cinco, seis, sete na altura, dois, quatro, seis na largura, resulta em quarenta e dois azulejos na parede.

E para a maca de novo. Um cilindro longo e amassado terminava num polígono que havia sido uma mão, nenhum dedo, envolto em todo o seu perímetro por uma capa preta e esticada, a pele que resistiu, um quadrilátero truncado, coberto em partes com retalhos, um tecido com pássaros mínimos, mortos, escuros onde haviam sido claros e, ainda assim, nem um micrômetro menos familiares.

José me abraçou e disse, baixo: "É ela".

Três, seis, sete na altura, três, seis na largura, quarenta e dois azulejos na parede à esquerda.

"Não, não é", eu disse, e José me soltou do abraço. A funcionária tirou as mãos das coisas, olhou para nós. Ia falar, quando repeti que aquilo não era minha filha. José pediu para conversar a sós comigo, a mulher fez menção de sair, eu a impedi. Não era necessário. Ela mencionou o DNA. Eu não queria ficar nem mais um minuto ali, meu ex-marido quis falar, eu sabia o que ele ia dizer, então disse de novo, com força, para encerrar a questão, que não era Amélia, que José não podia matá-la assim, que um problema devia ser encarado, parte por parte, com processo, com paciência, não basta querer dar um fim, o fim se alcança, não se inventa.

Uma mulher gritou em outra sala. A funcionária de luvas indicou a saída, duas colunas de sete azulejos de cada lado, mais dois acima do buraco da porta, trinta azulejos. Saímos os três. Cento e cinquenta e seis azulejos no total.

Sexta-feira

As meninas cantam, minha boca se enche de água por elas. O fogo acabou. Jujuzinha se inflamava fácil. Consumiu-se. Transformou-se. Juju agora é pó e, quando não é, é escura, curou-se da palidez. E logo será força para outras. Assim que eu terminar. O adubo tem outros ingredientes, mas não é preciso comprar nada, nem buscar nem sair. O que preciso está na minha frente.

Embaixo da caramboleira caprichosa há várias frutas, amarronzadas, seleciono três. Juju é miúda, não deu base para muito. Aproveito e pego também as folhas caídas. Jogo no monte de jujuzinhas boas. E então um pouco de terra, cavo perto da jabuticabeira, pego uma mão cheia. E água. Amasso, mexo, as jujuzinhas boas, escurecidas, escurecem mais, mexo, as jujuzinhas boas em pó se espalham na mistura, estão em tudo, somem. Já não existem. Um pouco mais de terra, mexo, aperto as frutas, sai um caldo delas também e dá liga, e mexo, bato, está feito. Me levanto, o vestido gruda no corpo, a febre, a febre.

Pro diabo com a febre.

"De quem é a vez?"

As meninas se esticam para mim, tentam alcançar as jujuzinhas no meu cesto improvisado. Eu queria distribuir, mas não há muito. Escolho: a jabuticabeira. Ela é a mais nova.

Me abaixo para recolher o adubo e percebo. Minhas mãos não serão suficientes para transportá-lo. A pá. Ah, não. A pá está na bolsa, a bolsa está em cima da mesa de jantar? No sofá? No sofá. Longe. Meu vestido. Isso. Me agacho e puxo a base dele, descolo das coxas e arrasto o adubo para dentro, não é muito, é o suficiente. E repito o movimento, varro. Não quero desperdícios, as meninas não perdoariam. No cimento, fica apenas uma mancha escura e o cheiro, terra, fruta, pó, o doce das jujuzinhas defumadas. Dobro a base do vestido para que nada se perca. O pano ainda é leve, apesar de úmido. Úmido de mim. Um pensamento bom. Meu suor se junta à mistura. Também sou parte do adubo.

Um burburinho toma conta do quintal enquanto me aproximo do tronco manchado e fino da jabuticabeira, me ajoelho na terra morna e solto o vestido. Ela não se move, quer apenas sentir. Eu também. Tiro um sapato e o outro, ponho os pés no adubo, sinto a mistura, ela envolve meus dedos, participo assim, participo mais. E o adubo vira terra, vira solo. Está firme. Virou pomar.

As outras meninas se agitam.

"Calma!" Me dirijo às pitangueiras, no centro. Visito cada uma, inspeciono troncos e galhos. Arranco os frutos podres da pitangueira de cá. Vou até as laranjeiras lá atrás.

"Está tudo bem. Está tudo bem."

A pitangueira de cá me chama de volta, quer me dar uma fruta. Apanho e mordo num movimento só. A fruta não dura um instante. As meninas gritam de novo e soltam um cheiro de chuva numa comoção de felicidade. E eu pego outra pitanga, bem vermelha. É doce.

18/02/2011

"É aqui." O taxista para. Olha para a frente, olha para o chão na frente. Peço que me espere. "É perigoso", ele retruca.

Ofereço quarenta por cento a mais que o preço da corrida. Ele não quer. Ofereço o dobro. Ele aceita, e bufa. Apaga os faróis, esconde o carro no breu.

Quando desço, sinto o chão instável, feito de detritos, areia e pedras e tijolos espatifados em formas irregulares mínimas. Meus passos rangem, moem ainda mais a mistura, e ela solta pequenos gritos.

O cheiro chega a mim antes de eu entrar na favela. Comida podre, fezes, lixo, animais mortos, animais vivos, esgoto.

Há pouca luz. Pego o celular na bolsa e disco o número do José, meu alarme particular. Qualquer emergência, aperto *ligar*. Sigo para o endereço escrito em minha mente, casa 20, rua do Fusca, Jardim das Máquinas, um problema na lousa. Procuro uma placa, uma indicação. Não há. Entro por uma via larga, cada vez mais estreita até se bifurcar. As casas maiores estão ali, quarenta metros quadrados no máximo, são de alvenaria, brancas, azuis e vermelhas. Mas a maioria são barracos menores, quinze metros quadrados de madeira crua, casas honestas, mostram as entranhas: pilares redondos, tetos de zinco, uma porta e uma janela. Estão fechadas, abafam os sons aleatórios que vêm de dentro, colheres batendo em panelas e pratos, latidos, o toque de um telefone, conversas. O chão ainda grita embaixo de mim.

Uma senhora passa ao meu lado, abraçada a uma sacola de plástico cheia de roupas. Viro-me em sua direção, quero perguntar, mas ela percebe e acelera o passo, entra à esquerda, vou atrás.

Uma voz vem de algum lugar à frente. Sigo. Há uma cadência, um padrão que é o oposto de todo o entorno desordenado e por isso mesmo atrai. A voz vem de um barraco de retângulos mal encaixados, tábuas que se amontoam. Há uma faixa, um nome: é uma igreja.

Bem-aventurados os que estão aqui. Os que vêm sempre. Os que vêm a primeira vez. Os que estão retornando. Estes são os que ouvem, ouvem e creem. São testemunhas do poder da fé.

A voz é um sermão. Respiro. Um padre não me fará mal, pode ajudar. Abro a porta devagar, mas não há ninguém ali. A voz vem de uma caixa de som que está em cima de um banco metálico.

Quando acredita, você recebe o dom de compreender. É como se a realidade se transformasse, mas não, o milagre é mais delicado: o que acontece é que você aprendeu a ler.

Há um oratório ao lado, no chão, as pequenas portas pintadas de dourado estão abertas. Está vazio. Ainda assim, me ajoelho. E peço como não peço há tempos, como nunca pedi, nem na infância, na missa de Natal, nem quando Amélia sumiu. Quero minha filha de volta.

Deixo a igreja, recalculo e decido: sigo em frente. Três rapazes vêm na direção contrária. São mais altos que eu, não sorriem, me olham por um segundo a mais, me fazem querer correr. Mas não, Amélia está aqui. Posso sentir. Por instinto, saio do meio da rua. Eles passam por mim calados.

Há alguém na porta do barraco azul à direita, uma mulher. Parece inofensiva, parece mãe, como eu. Ela entra quando me aproximo. Mas vejo o fusca na rua ao lado, sem rodas, todos os vidros quebrados, os cacos ainda nas bordas das janelas. Deduzo: é aqui.

Procuro o número. Não é o primeiro nem o segundo barraco. Encontro. Na quinta porta, desenhado em preto, 20. É um paralelepípedo de sete metros por cinco, amarelo, a porta é de madeira clara mas uma mancha cobre o terço mais perto do chão. Fuligem? Lama? Sangue? Um cachorro dorme em frente. Colo o ouvido na madeira áspera, mal raspada, mal pintada, só escuto o vazio. E as palavras mecânicas do pastor, que já não decodifico.

Pergunto-me: devo bater na porta?

De novo, a lógica. Uma questão de estratégia. P. acha que tem o controle, P. me espera daqui a dois dias, P. não me espera hoje. O controle é meu.

Bater é avisar, perder a vantagem.

Empurro a porta devagar e entro, consciente de cada passo, pé direito na frente, esquerdo depois. Errar não é uma opção agora. Nada vem de dentro, reforçando minha hipótese, não deve ter ninguém, P. não me espera, saiu. E Linha? Procuro um interruptor, mas não há. O chão de cimento cru, áspero de areia, terra e poeira, mói menos na sola do sapato, mas ainda mói.

Em dois ou três segundos, a vista se acostuma. "Linha?"

Silêncio. Nada. A sala é minúscula, não deve ter mais que três metros quadrados. Tem o cheiro da rua. Trombo numa sacola gorda e áspera, cheia de latas de alumínio vazias. Duas caem, fazem barulho. Espero. Um segundo. Nem respiro.

Nada.

Expiro.

Ao lado das latas, jornais empilhados, espalhados. Apoiada na parede, uma roda de bicicleta, murcha, em volta dela livros, revistas, pedaços de fio, uma vassoura, uma pá de ferro, um relógio parado. É um labirinto de coisas velhas, objetos catados no meio da sujeira, salvos do limbo, como se isso lhes tirasse o estado de lixo, de inútil.

Estou num depósito.

"Linha?" Um pouco mais alto.

O suor molha minhas costas, sinto uma gota escorrer entre os seios, o buço melar-se.

Não há janelas. Um som no quarto ao lado me arrepia, mas em seguida percebo: é um rato. Onde minha filha veio parar?

"P.?", arrisco.

Não há resposta. O único ruído está dentro da minha cabeça, um tum-tum-tum denso, cada célula do corpo projetando o coração. Há um cômodo à direita, sem porta, a divisão é marcada por um lençol estendido. É melhor sair. Rapidamente. Linha não está.

Dou meia-volta, a porta está a cinco passos, seu perímetro brilha. Lá fora está menos escuro, vou sair, preciso.

Paro, um segundo. E me esforço, tento me afastar de mim. Recalculo.

(O que preciso é achar Linha.)

Ainda é possível. Não cheguei ao fim, não vi tudo.

Volto. Uma faixa estreita de luz embaixo do lençol. "Linha?" Ela está com medo. Não tem por que acreditar que estou aqui. Eu vim, minha filha, vamos embora. Talvez esteja amordaçada, talvez desmaiada, talvez dormindo, talvez paralisada de medo.

Empurro o lençol como se resolvesse uma equação, lenta e atentamente, para encontrar uma resposta que, como todas, já existe. Ela espera para ser descoberta. Ao meu redor, só há silêncio. Dentro, o coração bate alterado, rápido. Estou saindo da antessala da véspera. Agora finalmente é hoje.

Sexta-feira

Abro o portão lateral, estou na garagem. Vejo a rua, a cássia-imperial do outro lado. Só nós. A sacola plástica mal pesa em minha mão. As jujuzinhas estão guardadas ali, um punhado de pó e restos escurecidos. Ela não é muito.

Subo o degrau para o portão da rua. Minhas pernas estão ágeis, vigorosas de fazer o adubo, de misturar o suor com a terra e pisar nela, na grama, nas folhas, gravetos, formigas e minhocas, todas as miudezas. Estou forte.

O portão da rua está aberto. Alguém aqui? Seu Andrade? Seu Simão? Leda? Kaique? Não, devo eu mesma ter deixado a entrada escancarada quando voltei. Caí ante o encanto, fiquei hipnotizada por Juju. Acontece.

Atravesso, e inicio minha caminhada antiga, agradável. Não preciso pensar no caminho, apenas abro os olhos e deixo a paisagem se entranhar. Quero digerir o momento, sou como as minhas meninas e como a terra. Ouço pássaros. Pardais? Pardais. Eles cantam, mas as cigarras cantam mais agora, só os machos, querem companhia. Na calçada, as plantas dos vizinhos me abraçam. Há um muro de amor-agarradinho, tão bonito, cheira a peixe. Suas flores rosa me sugam, quando soltam me empurram para a rua. Não vem carro.

Atravesso, do outro lado tem uma calçada inteira sem cimento, o chão é de barro socado e úmido. Desacelero. Mesmo de sapato, pisar no barro é diferente de pisar no cimento. Cinco passos, e encontro um oiti, lindíssimo, cheio. O tronco está quase na rua, mas a copa chega ao muro da casa em frente, de maneira que ele além de árvore é teto. As jujuzinhas se sacodem.

"Estamos chegando. Estamos chegando", digo a elas, com a mesma voz que fazia para Kaique quando o levava à padaria, à escola, à loja de uniformes. E acelero, chego ligeiro à esquina de baixo, as pernas funcionando, as costas caladas. Dobro na saliência da Éden. Ela tem várias, mas só essa termina nesse terreno onde nada mora, nada além de plantas enormes e livres, um terreno de luxúria.

Estou prestes a entrar nele. Paro. Há algo diferente. No escuro da noite que já é, eu noto. Uma placa "Não entre" e uma faixa amarela de um muro ao outro. Está gasta, mas atrapalha a entrada. Obedeço. Alguém esteve aqui. Aperto a sacola contra o corpo.

"Mudança de planos", digo. "Vamos para um novo lugar. Mas não se preocupem, não vai demorar."

Saio dali, acelero, testo minha força, dobro a esquina de volta, já sei para onde ir, sigo até o fim da quadra de cima e da outra num fôlego, continuo. As jujuzinhas se agitam.

"Falta pouco."

Não é porque se consumiram que não merecem consideração.

Chego à esquina seguinte, paro. Um segundo. Febre do diabo! Recupero o fôlego, é a reta final, faltam duas quadras, arranco. Um puxão me segura. As jujuzinhas quase caem, no susto, grito.

"Desculpa, dona Esmê."

"Seu Andrade!" Ele solta o meu braço, mas ainda me cerca, é um cão babão. A culpa é minha. Estou sempre jogando ossos. "Seu pôster, certo? Veja, Kaique levou de volta. Desculpe, fico devendo." E retomo o caminho. Ele vem.

"Não tem problema, não se preocupe, viu?"

Dou dois tapinhas na mão dele e sigo.

"Dona Esmê."

"Quê?" Eu na frente, ele atrás.

"Está tudo bem?"

"Perfeito, meu querido." Preciso atirar um osso longe. Longe.

"O vestido da senhora. Está todo sujo."

"Ah. Estava mexendo no quintal. Estou voltando para lá."

"Mas a senhora… Este não é o lado certo. A casa da senhora é para lá", ele aponta o dedo seco para trás. Me cutuca. Chega. Tento me livrar de seu Andrade usando a preguiça que o arrasta a todo canto.

"Mas, antes, queria pedir um favor", digo.

"Um favor?", ele pergunta, para ganhar tempo. Quer inventar uma desculpa. "Claro", diz.

Eu deveria saber, ele não vai me deixar fácil. Mas seu Andrade ainda não sabe o que vamos fazer. Convido, para ele não aceitar.

"Estou indo adubar umas árvores", digo, e mostro a sacola. "Você me ajuda, meu querido?"

Para minha surpresa, o homem diz que sim. Sigo, acelero, vamos logo com isso.

Em dois tempos estamos na praça, no alto dela, de frente para o morro das tipuanas. São árvores meninas, como a Juju, ainda cercadas pelas estacas e pelos canos. Vou até o meio delas, as folhas e o morro nos protegem da rua.

Paro aos pés de uma tipuana, uma qualquer. Não é o melhor adubo, mas ainda é bom. Essas árvores são de rua, de ninguém, não vão reclamar.

"Mas aqui?", seu Andrade pergunta, quer participar. Late.

Procuro na bolsa pela pá, e minha mão se espeta na tesoura. "Ai!"

"Que foi, dona Esmê?" Seu Andrade não me deixa, não sai, com a calça amarrotada, as minhoquinhas na unha, a blusa puída. Quem sentiria falta dele?

Seguro a tesoura, tenho ideias.

Não.

Não devo fazer nada sem finalidade. Minha mão alcança a pá. Bendita seja. Tiro-a da bolsa. Seu Andrade vê e a pega de mim, prontamente.

Ele não será tão inútil, afinal.

"Pode fazer um buraco aqui", aponto.

Seu Andrade se agacha e começa a cavar. Não vá mais fundo, cuidado com o tronco da árvore, isso, mais para o lado um pouco, oriento.

"Perfeito. Pronto"

Seu Andrade se levanta, satisfeito.

"Bom menino", digo, e abro a sacola.

"Nossa, dona Esmeraldina", ele fareja. "O que tem aí dentro?"

"Restos", digo, "queimados."

"Ah, sim. Minha mãe também fazia adubo com fruta podre."

"Mas eu queimei foi uma menina", respondo, e rio abundantemente.

Seu Andrade ri contido e espia dentro da sacola, enfia a mão lá dentro, pega uma pitada de jujuzinhas, as minhoquinhas em seus dedos, ele os levará até a boca? Até os olhos? Até o nariz. Ele cheira. E aí, sim, se solta, se sacode, ri e, entre as risadas, diz: "A senhora quase me assustou".

Viro os restos de jujuzinhas no buraco, varro com o pé a terra das beiradas para dentro, ele imita meu gesto, pisamos em cima, está feito.

18/02/2011

"Linha?", sussurro. "Linha?", mais alto.

Não há resposta.

Não há nada ali além de mais papéis espalhados, sacos de latas vazias, um colchão manchado, côncavo no centro, uma cadeira quebrada, um armário de duas portas e um computador. Está ligado, vejo, a única luz no quarto é um círculo na torre, que pisca a cada segundo. Olho para os quatro cantos daquele cubículo dois metros por um, quente, fedido. Abro o armário, e nele há somente roupas e embalagens vazias de produtos de limpeza. O computador me encara. Torno a olhar, minha boca seca, um calafrio, uma vertigem, uma hipótese. É ele.

É possível?

O adesivo azul ainda está lá, um segmento apenas, suficiente para que se tenha o todo. "Matemática — USP".

A mente constrói a equação com o passado. Lembra o e-mail do José, lembra a caixa perdida com seus carrinhos de metal, seus discos e o computador. Este computador. O caos da mudança.

O computador está num depósito de lixo. É possível.

O que restou ali? Sento no colchão devagar, sinto a espuma afundar até meu corpo tocar o chão. Entro na memória da máquina. Minhas pastas. Meus artigos, horas e horas, um tempo imensurável de análises, de paixão e fé naqueles exercícios, nos números, nos cálculos. Os arquivos sobre o desaparecimento da Amélia, minhas primeiras investigações, as pistas que não levaram a nada. Há as fotos: eu e José, meu cabelo curto, a praia, um sorriso leve, o mar de Santos. Amélia de vestido de festa junina. Uma festa no IME, meus quarenta anos, bolo, Pedro, Américo, balões, chapéus ridículos. Amélia com os óculos escuros do José, no quintal. O sobrado antes da pintura. Eu, de costas, no escritório, em casa. José de calção, fazendo churrasco na casa de Décio. O pôr do sol em Santos. José montando nossa cama, martelo, pregos, parafusos espalhados no quarto ainda sem mobília. Eu e Américo no bandejão da universidade. Pedro e outros alunos como um time de futebol, numa foto semioficial, talvez para o arquivo da faculdade. Um quadro com um problema, eu de costas para ele, microfone na mão, boca aberta.

A pasta do José, com seus poucos artigos copiados desajeitadamente da internet.

Um barulho lá fora.

É real?

Espero dois segundos. Nada.

Na pasta de José, a de Amélia, como eu tinha encontrado havia cinco anos. Dentro dela, um diário, anotações da minha filha. Foi aberto recentemente, posso ver.

A equação se resolve antes que a mente a escreva, somando a e b, para encontrar x. O resultado é feio, não condiz, o coração aumenta sua massa, reage ao golpe assim, e pesa.

O apelido, quarenta e oito, a briga.

Os desejos.

Leio e sinto.

Amélia está inteira ali, ainda assim ausente, ausente de novo e mais do que nunca.

18/02/2011

O paralelepípedo reto-retângulo em pé range, mas perde suas dimensões, não passa de um retângulo agora. Está ao lado do semicubo da tela, que se reduz a quadrado, e brilha. Ainda me encara.

Quem fez isso?

Embaixo de mim, outro retângulo, deformado no meio, o colchão gasto. Quem fez isso dorme aqui.

Não estou num depósito. Estou numa casa. Na casa de um catador. De P.

Há um retângulo maior à esquerda, na vertical, dividido em outros dois, simétricos, há quadrados no chão, quadrados e retângulos com letras, que se rasgam facilmente. Há dois eneágonos deformados, ásperos e ocos, carregados de latas, de frente para a combinação de quadrados ligados por canos, onde alguém já sentou mas que hoje uma rachadura estragou.

O quadrado do computador se apaga. É o máximo de alteração da máquina. Uma existência inteira ali dentro, eu, Amélia, José, e a máquina liga, desliga e não deleta.

P. fez isso.

Tenho raiva do desleixo de José. Como aquilo pôde ter ido parar no lixo? Tenho ainda mais raiva de mim, pelo fracasso, porque não fui capaz de antever. Aperto os braços com as unhas, engulo a saliva espessa e encaro a máquina.

Começo a deletar.

A minha pasta.

Um clique e ela não está mais. Procuro em outros lugares da memória do computador, na lixeira, em outros arquivos. Foi-se mesmo? Desapareceu? Ou se mantém em algum lugar que não vejo? Como saber do que não vejo?

Não há como ter certeza.

"Não há. Não há. Não há", digo, em voz alta, ridícula.

E me lembro do risco. Onde estou?, e paro e ouço.

Nada.

Estou quente.

Tenho que ir, não posso ficar aqui.

Apoio as mãos no chão, areia, terra, estilhaços de coisas invisíveis se fincam em mim. Paro, mais uma vez, recalculo.

O computador. Ele não pode continuar, é um perigo, uma armadilha. Se há algo perdido dentro dele, vivo onde não vejo, não deve haver mais. O computador não pode existir.

Apagar a máquina repetidora.

Agora.

Apagar a máquina repetidora.

Absolutamente.

Destruir.

Procuro algo com quê. A cadeira? Não, está quebrada. Atravesso o lençol e volto à sala. Sim, a pá. Vai servir. Pego o instrumento, o cabo de madeira maciça, o quadrado na ponta, de ferro, uso as duas mãos. Ergo dois centímetros, caminho rápido, para não deixá-la cair, para chegar logo ao fim.

Passo de novo pelo lençol e reencontro o computador. Ergo a pá o máximo que consigo, trinta centímetros do chão, o suficiente. A pá em cima da máquina, a pá em cima da máquina, a pá em cima da máquina. Levanto o retângulo, a torre, deixo a gravidade espatifá-la. Um barulho imenso. Levanto e deixo cair mais uma vez, uma explosão, uma bomba atômica em menos de dois metros quadrados. As entranhas verdes, pilhas de partes que se estranham, desencaixadas, são o resto. A pá no monitor. A pá nos cacos. Acabou.

Um segundo de silêncio e apenas isso. Da sala, vem um estalo, baixo, mas audível e claro. Vem ao meu encontro.

Tem alguém aqui.

Sexta-feira

Estou de volta em casa. As pernas pesam nos degraus, mas não só elas. O corpo todo, estou exausta, sugada, de felicidade. Nenhuma noite de sono é como essa, a noite depois do dever cumprido. Quero cama. E só.

Tento girar a chave na porta e não consigo. Giro a maçaneta. A porta está aberta. Deixei assim? Outro feitiço de Juju. Mas, quando olho, não reconheço. Espelho virado, o telefone no chão, tapete desenrolado, o sofá, as almofadas. Cadê as almofadas? O relógio quebrou de vez.

Há um vulto na varanda. Quem é?

As meninas gritam, se sacodem, avisam. Eu sabia. É Kaique. Meu furacão. Como ele entrou aqui? Há quanto tempo? Não pergunto. Não importa.

"Oi, meu anjo!"

A boca dele não se mexe, nem os olhos. Seus olhos não saem de mim. Mas o corpo não para. O peito sobe e desce, vai até as profundezas do meu neto. Ouço cada respiração. Está bem?

"Sente-se", sugiro, minha cadeira de metal está quase ao seu lado. Ele não senta. Então chamo, convido.

"Venha tomar a bênção." Ele não vem. Eu sei o que ele quer. Também sei o que eu quero.

"Você já olhou na despensa?", digo, e me aproximo, atravesso o trilho da porta de vidro aberta, a passagem da casa para o meu éden.

"Não vou mais procurar", Kaique responde. Ele salta da varanda para perto de mim, os pelos eriçados, e mostra os dentes, baba. Está feliz? Ele agarra meu braço, me arrasta para o caminho de cimento, sou sua presa.

"Que marcas são essas?" Ele quer me fazer olhar para o chão, para as manchas das jujuzinhas.

"São de adubo."

"O que você queimou aqui?"

A mão dele afrouxa em meu braço, desliza, me abandona. "Volte aqui", eu queria gritar. Mas Kaique está ocupado. Ele se dobra sobre os restos do fogo das jujuzinhas no cimento e se desdobra para inspecionar o pomar, vai de árvore em árvore, meu pássaro, meu passarinho. As meninas travam, em silêncio. Ele para ao pé da jabuticabeira, revolve o solo, procura. Não acha.

"Você fez de novo, velha?"

A caramboleira grita por mim no mesmo instante. Vou até ela, busco uma fruta. Mordo, escorre o caldo dela em mim. Penso nas jujuzinhas, me sinto completa. Sou amada assim.

"Fez?"

Kaique arranca em minha direção, rapidíssimo, tira a carambola da minha mão. Quando penso que vai dar uma mordida, joga a fruta no chão, me ofende. Ele quer me ofender. É o trabalho.

"Fala, velha!"

Kaique faz sons, usa a garganta, tem fôlego.

"As pílulas", eu digo. "Estão na minha bolsa."

Kaique ri, e ri de novo, tão alto que os anjos devem ouvir.

"Você fez! Você fez!", ele grita, e cai sentado, o corpo inteiro úmido, a perna, a camisa, a boca, em volta dela, embaixo dos olhos. Peço calma, shhh, shhh, e acaricio seu rosto, a barba tão espessa e preta, ele encosta a cabeça no meu peito, me deixa molhada. Somos um. Então sinto a língua de Kaique, quente, macia, em meu dedo, o indicador, ele dá lambidinhas, suga o melado do suco da fruta seco em mim antes de enfiar o dedo inteiro na boca, com gula. Me arrepio. E sinto, aguda, a mordida. Peço que ele pare, mas Kaique sacode a cabeça, meu dedo preso entre seus dentes, cada vez menos dedo, cada vez menos meu. Escuto dentro de mim o som oco, um estalo — o osso se quebra fácil. Num solavanco, Kaique arranca meu indicador, estou na boca dele agora e pingo sangue.

Kaique arfa, solta um urro alto, é um lobo, lindíssimo. Ele olha para a minha mão, percebendo o que fez. Meu dedo arde, sem estar lá. Meu sangue pinga, suja o vestido. Não. Aquela mancha é da carne. Não. Aquela mancha é de Juju.

Ele se levanta e caminha pelo quintal, ele corre. E cospe no chão, a boca, a barba, sujos de sangue ao pé da jabuticabeira. Kaique cospe mais, em cima do dedo, várias vezes. Eu grito: "Não", porque as formigas, essas vagabundas...

Ele volta. E segura meu braço com uma força! E me levanta. Ele me leva de volta à jabuticabeira, ao montinho de Juju. As meninas tremem, sinto a força delas no solo.

"Você vai acabar agora. Como acabou com essa menina. E com aquela", diz Kaique.

"Aquela? Qual?" Ele torce meu braço, me curvo, a cara para a terra. "Eu não acabei com ela, anjo. Não acabei. Nós acabamos!", digo.

Ele pega meu rosto. Espero um beijo, mas o que vem é mais forte. Na cara. Nos peitos. Na barriga. Caio no chão, em cima das folhas e dos gravetos, e me sinto quebrada, em cima das miudezas do solo, estou esmagada, e dos cadaverezinhos pretos das jabuticabas, enrugados e murchos, sou velha. A terra é nova, o cheiro dela me abraça, sinto o frescor, o barro, as folhas verdes, as secas, o sangue, a saliva, o suor, a jabuticaba passada, a jabuticaba morta.

Ele grita algo, uma palavra? As meninas reclamam.

Não gostaram do meu suco?, queria perguntar, mas a voz não sai.

Tento me levantar, mas meu corpo está em pausa. Qualquer movimento, as costas me jogam no chão. Kaique, traga as pílulas. Você pode ficar com o restante. O médico disse que eu não duraria mesmo. Essas pilulazinhas são umas bombas! Vem, Kaique, venha terminar o que começou para que eu possa começar o que não terminou. Vou renascer longaneira. Eu sabia que podia contar com você. Meu neto faz tudo por mim. Peralá. Eu não consegui as mudas.

Um barulho vem de dentro da casa.

Encosta a tua cabecinha no meu ombro

Leny. Ah, Leny.

Kaique urra. Onde está? Eu ainda o espero, Kaique, um beijinho.

A música aumenta.

Chora no meu ombro eu juro

Meu sangue escorre. Do dedo, da testa, da boca, de entre as pernas e do pé, meu suco entre as folhas, na grama, no solo. Vejo as meninas, seus troncos crus, virgens, elas dançam. Penso no nascimento de cada uma, sua origem de muda e machado, de semente e terra, de osso e sangue e cinza, o cheiro ferruginoso e fumacento, defumado e doce, penso na cajarana.

A casa inteira, a porta de vidro, a varanda, a cadeira de metal, a faixa de cimento, os restos da fogueira de Juju, a noite toca a todos de uma vez, é mais generosa que o sol.

Um vulto na varanda, desce os degraus e cresce, não para de crescer. Kaique é mais alto no breu.

"Achei", ele grita, e por isso escuto.

Amor, eu quero o teu carinho

Ele levanta o machado, a lâmina está pronta para cair em mim, como se partisse a linha de chegada. Serei várias. Serei suco. Serei terra. Kaique me plantará? Me faça longaneira. Eu ia buscar as mudas na China. Você busca, meu neto, meu anjo de papo vermelho e asas pretíssimas?

Não sei se a saudade fica

Minhas pernas se agitam, o corpo se sacode, elas batem no chão, sem comando, estou correndo, estou indo. Vou. Abraço meus braços, a coluna arde. Sinto pouco, não sinto, medo, dor, não sinto.

18/02/2011

Apanho a bolsa. Procuro onde me esconder, não há, me agacho atrás dos restos da máquina. O que vou dizer? Será P.? Só consigo perguntar, não estou sendo eficiente. Busco o celular na bolsa, vou apertar *ligar*, José virá. Mas o aparelho me escapa. Não estou sendo eficiente. Olho as partes do computador no chão, preciso ir embora daqui.

"Quem é você?"

Um homem está na porta do quarto, segura o lençol. Ele acende a luz. Havia um interruptor, então. É P.? O cabelo quase tapa o rosto, o pé descalço no chão, a boca amolecida. É P.? Uma fera anestesiada. Sem camisa. Olho em sua cintura. Um revólver? Uma faca? Não há nada. Ele não pode me ferir.

O homem fecha o lençol, suas mãos tremem — procura um degrau fantasma, dá um passo mal calculado e entra. Estamos frente a frente, ele levanta um dedo, vai dizer algo mas vê a pá no chão e se abaixa, segura o cabo, se apoia nele, e no chão, e na parede, e no saco com latas, derruba algumas, mas está em pé, com a pá, e me dou conta: está armado. A pá é sua arma.

"Você é o dono aqui?", pergunto, e levanto a mão, a palma virada para ele, meu escudo.

O homem se sacode num riso sem som. Ele diz que é o vizinho, que ouviu tudo, quer saber o que está acontecendo. Um fedor de podre, de álcool, sai da sua boca, e o homem não para quieto, o corpo pesa, é pêndulo.

"P.?", arrisco.

Ele estica o tronco, mira meu rosto, está sério, está surpreso.

"Lúcia?", pergunta, e vai dizer mais. Não diz.

"Como...", tento. "Você não é o vizinho." Vou para a direita, estou a trinta centímetros do lençol, o homem arrasta seu corpo e a pá, e entra na minha frente.

"Cadê a Amélia?", pergunto. Não tenho mais nada a perder. "Onde está a minha filha?"

Ele leva o indicador à boca, um traço vertical nos lábios, para mandar que eu me cale. "A bolsa", pede, e suspende a pá, dez centímetros, mas ela mergulha no chão em seguida, o barulho retumba, reverbera em mim, entendo. A lâmina e o peso, a força dele, de um homem. Não terei chance.

Ele vem em minha direção, luta contra o próprio peso, arrasta a pá, muleta e âncora, muleta e âncora. Ele é um muro entre mim e o lençol, e a saída, me encurrala no vértice do quarto.

"Não tenho dinheiro", digo, e me encolho, jogo a bolsa no chão. O homem se dobra para apanhá-la, o lençol se estende atrás dele, calculo: cinco passos e estou na outra sala, doze passos e estou na porta da frente, quinze e estou na rua. Mas não consigo me mover.

"Não tem nada aqui", ele diz. "Não tem nada aqui", grita, e larga a bolsa.

O homem se aproxima, mais rápido agora, a pá mais muleta que âncora, ele está perto, é assim então, Amélia?, respiro, respiro. Sem perceber, estou no chão, com os joelhos apoiados na sujeira. Seguro a mão dele, encosto a pá fria na minha testa, quase uma cruz, um exorcismo. Me vem a minha filha. José. Me vem Janice. E Heleno, Rogério, Diego. Américo. Preciso responder a Américo. Imploro ao homem que me deixe ir, juro nunca mais voltar nem chamar a polícia, descubro enquanto peço, enquanto suplico, o elemento-surpresa: quero viver. Mas ele não se comove, é quase máquina, seria, não fosse a imperfeição de seus gestos, não fosse ele pêndulo.

O homem tenta levantar a pá e fracassa. Toma ar, insiste, e consegue. O cabo está a trinta centímetros do chão e ele vira a ponta de metal contra mim, acerta os braços, que protegem meu rosto. É o primeiro golpe. Ele quer mais. Puxa mais fôlego e grita e sacode o corpo para acordar, se agacha e faz força, e entendo que não tem saída nem resposta. A única ordem é a ausência, a ausência de ordem. Por que Amélia? Por que eu? Porque sim. Por que este homem, por que o meu computador, por que esta favela? Por que hoje? Agora? Porque sim. Penso em empurrá-lo. Vou gritar. Mas vejo o quadrado enorme da pá a quarenta centímetros de mim, a um metro do chão e subindo, e calculo, ele agora sabe onde bater e quantos golpes mais dar e que ninguém vai me ouvir. Então um ruído, um golpe seco na minha frente, o homem caiu, vencido pela gravidade, dobrou-se, virou curva e caiu, o homem caiu.

Não penso: me levanto, pego a bolsa e saio correndo, quase tropeço na pá, quase tropeço nos jornais, nas latas vazias.

Chego lá fora em menos de um segundo, o chão escorregando, o fusca velho, ninguém. Corro até o diedro improvisado, a esquina. Como vim parar aqui? Reencontro as palavras do pastor, o discurso em looping, abafado agora, de portas fechadas, se repete, tenta ser real assim, mas falha.

Penso no corpo que vi três anos atrás, o cacho, o vestido, retalhos de mim e de José na maca. O que pode acontecer a qualquer momento, pode acontecer no próximo minuto. Pode já ter acontecido.

Vou para a esquerda.

Um homem vem na direção oposta, abaixo a cabeça. A tv está ligada na casa ao lado, e na seguinte. Os barracos são sombras, cubos com telhados, e paralelepípedos com antenas. Geométricos, perfeitos. Nada do que o homem criou se parece com ele. Deus, talvez.

A rua se abre. Vejo o táxi, a oitenta metros, setenta, sessenta e cinco, o motorista acende o farol.

Acelero o passo e corro, pelo que tenho. O que tenho é isto: o que quase perdi, o que perdi. O que se perde está, por isso o símbolo, o zero, as chaves que abraçam o branco da página. Para que o nada seja visto.

Eu vejo.

Amanhã vou ao iml com José.

Retomo o fôlego, acelero de novo, minhas pernas tremem e ardem, mas sigo, não vou parar.

Agradecimentos

Aos que foram luz, ponte e abrigo nessa caminhada: minha querida tutora Bernardine Evaristo, Celia Brayfield, Sarah Penny e os colegas da Brunel University; Julia Bussius e todos na Companhia das Letras, minha agente Norah Perkins, a Curtis Brown e o Afonso Borges; o professor Flávio Coelho e a professora Juliana, que compartilharam comigo um pouco do universo da matemática e dos matemáticos; Leda Cartum, Noemi Jaffe, André Gravatá e os companheiros do Coletivo; minha família, a de origem e a de escolha, em especial a Débora, que me pediu este livro; o Gabri, sempre.

ESTA OBRA FOI COMPOSTA PELO GRUPO DE CRIAÇÃO EM ELECTRA E
IMPRESSA PELA GRÁFICA BARTIRA EM OFSETE SOBRE PAPEL PÓLEN SOFT
DA SUZANO PAPEL E CELULOSE PARA A EDITORA SCHWARCZ
EM SETEMBRO DE 2015